AF650387

रज़ा पुस्तक माला

प्रवास और प्रवास

कृष्ण बलदेव वैद से संवाद

रज़ा फ़ाउण्डेशन | THE RAZA FOUNDATION

प्रवास और प्रवास

कृष्ण बलदेव वैद से
उदयन वाजपेयी का संवाद

राजकमल प्रकाशन

रज़ा पुस्तक माला : संवाद
प्रधान सम्पादक : अशोक वाजपेयी | सम्पादक : पीयूष दईया
राजकमल प्रकाशन प्रा.लि. और रज़ा फ़ाउण्डेशन का सह-प्रकाशन

ISBN : 978-93-88183-93-2

मूल्य : ₹495

© कृष्ण बलदेव वैद, उदयन वाजपेयी

पहला संस्करण : 2018

प्रकाशक : राजकमल प्रकाशन प्रा. लि.
1-बी, नेताजी सुभाष मार्ग, दरियागंज
नई दिल्ली-110 002

शाखाएँ : अशोक राजपथ, साइंस कॉलेज के सामने, पटना-800 006
पहली मंजिल, दरबारी बिल्डिंग, महात्मा गांधी मार्ग, इलाहाबाद-211 001
36 ए, शेक्सपियर सरणी, कोलकाता-700 017

वेबसाइट : www.rajkamalprakashan.com
ई-मेल : info@rajkamalprakashan.com

मुद्रक : यश प्रिंटोग्राफिक्स
नोएडा-201301 (उत्तर प्रदेश)

PRAVAS AUR PRAVAS
(Conversation with Krishna Baldev Vaid) by Udayan Vajpeyi

इस पुस्तक के सर्वाधिकार सुरक्षित हैं। प्रकाशक की लिखित अनुमति के बिना इसके किसी भी अंश की, फोटोकॉपी एवं रिकॉर्डिंग सहित इलेक्ट्रॉनिक अथवा मशीनी, किसी भी माध्यम से अथवा ज्ञान के संग्रहण एवं पुन:प्रयोग की प्रणाली द्वारा, किसी भी रूप में, पुनरुत्पादित अथवा संचारित-प्रसारित नहीं किया जा सकता।

चम्पा जी की याद में

आमुख

कलाओं में भारतीय आधुनिकता के एक मूर्धन्य सैयद हैदर रज़ा एक अथक और अनोखे चित्रकार तो थे ही उनकी अन्य कलाओं में भी गहरी दिलचस्पी थी। विशेषत: कविता और विचार में। वे हिन्दी को अपनी मातृभाषा मानते थे और हालाँकि उनका फ्रेंच और अँग्रेज़ी का ज्ञान और उन पर अधिकार गहरा था, वे, फ्रांस में साठ वर्ष बिताने के बाद भी, हिन्दी में रमे रहे। यह आकस्मिक नहीं है कि अपने कला-जीवन के उत्तरार्द्ध में उनके सभी चित्रों के शीर्षक हिन्दी में होते थे। वे संसार के श्रेष्ठ चित्रकारों में, २०-२१वीं सदियों में, शायद अकेले हैं जिन्होंने अपने सौ से अधिक चित्रों में देवनागरी में संस्कृत, हिन्दी और उर्दू कविता में पंक्तियाँ अंकित कीं। बरसों तक मैं जब उनके साथ कुछ समय पेरिस में बिताने जाता था तो उनके इसरार पर अपने साथ नवप्रकाशित हिन्दी कविता की पुस्तकें ले जाता था : उनके पुस्तक-संग्रह में, जो अब दिल्ली स्थित रज़ा अभिलेखागार का एक हिस्सा है, हिन्दी कविता का एक बड़ा संग्रह शामिल था।

रज़ा की एक चिन्ता यह भी थी कि हिन्दी में कई विषयों में अच्छी पुस्तकों की कमी है। विशेषत: कलाओं और विचार आदि को लेकर। वे चाहते थे कि हमें कुछ पहल करना चाहिए। २०१६ में साढ़े चौरानवे वर्ष की आयु में उनकी मृत्यु के बाद रज़ा फ़ाउण्डेशन ने उनकी इच्छा का सम्मान करते हुए हिन्दी में कुछ नये क़िस्म की पुस्तकें प्रकाशित करने की पहल *रज़ा पुस्तक माला* के रूप में की है, जिनमें कुछ अप्राप्य पूर्व प्रकाशित पुस्तकों का पुनर्प्रकाशन भी शामिल है। उनमें गांधी, संस्कृति-

चिन्तन, संवाद, भारतीय भाषाओं से विशेषत: कला-चिन्तन के हिन्दी अनुवाद, कविता आदि की पुस्तकें शामिल की जा रही हैं। सभी पुस्तकों पर रज़ा साहब और उनके समकालीन मित्र चित्रकारों आदि की प्रतिकृतियाँ आवरणों पर होंगी।

कृष्ण बलदेव वैद हमारे वरिष्ठ लेखकों में बिरले हैं जिन्होंने साहित्य की अनौपचारिक विधाओं जैसे डायरी, पत्र और संवाद में निरन्तर नवाचार किया है। इनमें उनकी बेबाकी, साफ़गोई, आत्मालोचन, विडम्बना-बोध आदि सब ज़ाहिर होते हैं। यह लम्बा संवाद उसी सिलसिले में है। जीवन और साहित्य दोनों को लम्बे समय से साधने की कोशिश में लगे वैद के अनुभव और विचार का रेंज बहुत व्यापक है और वे अपने समय, समाज, अध्ययन, लेखन, मित्रों, साहित्यिक और सांस्कृतिक स्थिति और तनावों आदि पर जो कहते हैं वह एक साथ उन्हें समझने और हमारे समय में लेखक की स्थिति और विडम्बना को समझने में हमारी मदद करता है। इस लम्बे संवाद को *रज़ा पुस्तक माला* के अन्तर्गत हम सहर्ष प्रस्तुत कर रहे हैं।

अशोक वाजपेयी

अक्टूबर २०१८, नयी दिल्ली

प्रवास और प्रवास

उदयन वाजपेयी

प्रवास और प्रवास

भारत में बीसवीं शती की शुरुआत से ही साहित्य में भारतीय ढंग से लिखने की खोज की शुरुआत हुई थी। यहाँ हमें 'भारतीय ढंग' को एकवचन न लेकर बहुवचन की तरह लेना चाहिए जिसका अर्थ यह हुआ कि भारत की सभी भाषाओं में कविता, कहानी, उपन्यास आदि लिखने के भारतीय ढंगों की खोज महत्त्वपूर्ण रही है। यह ऐसी खोज नहीं है जिसका दो टूक जवाब या हल मिल सके। हिन्दी उपन्यास में उसके आरम्भ से ही कई तरह से लिखने का प्रयास हुआ। मिसाल के तौर पर देवकीनन्दन खत्री और उनके जैसे कुछ और लेखकों ने उपन्यास का एक ऐसा रूप रचने की कोशिश की जो एक तरह से अन्तहीन हो सकता था। देवकीनन्दन खत्री के उपन्यास 'चन्द्रकान्ता सन्तति' नाम से ही यह स्पष्ट हो जाता है कि इसमें उपन्यास को उपन्यासकार के मनोनुकूल बढ़ाते रहने, तानते रहने ('सन्तति' का मूल शब्द तानना ही है) का ही सफल प्रयास हुआ। खत्री अपने उपन्यास को इस तरह नहीं लिखते थे कि वे किसी विशेष अन्त पर पहुँचकर दम ले सकें। उनके उपन्यासों में भारत की मार्गी कलाओं की तरह उपज हुआ करती थी। देवकीनन्दन खत्री के लिखने की यह शैली बीसवीं शती के दूसरे दशक तक आकर थम गयी। उनके उपन्यासों का पाठक वर्ग बहुत बढ़ा था पर उसे आलोचनात्मक स्वीकृति नहीं मिल सकी। उपन्यास लिखने का एक दूसरा ढंग प्रेमचन्द का था। उन्होंने किस्सागोई को पश्चिम के औपन्यासिक ढाँचे में ढालकर प्रस्तुत किया। शायद इसीलिए उनके उपन्यासों में एक ओर प्रांजलता है—जो उनकी किस्सागोई के कारण आती है—पर दूसरी ओर उनके उपन्यासों में

सुपरिभाषित अन्त हुआ करता है- जो उन्होंने पश्चिम के यथार्थवादी उपन्यासों को पढ़कर अपनाया था। उनके उपन्यासों की इस बुनावट के कारण ही उनमें समापन का क्षण असहज लगता है मानो किसी बहती हुई, कल-कल करती हुई नदी को अचानक बाँध बनाकर रोक दिया गया हो। इन उपन्यासों में जो क्लाइमेक्स आता है, और जिसे प्रेमचन्द जी ने यूरोपीय उपन्यासों से लिया था, असहज जान पड़ता है। यूरोपीय उपन्यासों में क्लाइमेक्स का विचार यूरोपीय संस्कृति के बहाव में आविष्कृत हुआ था पर ऐसा कोई बहाव भारतीय संस्कृति में नहीं था जिसके चलते हमारे उपन्यासकारों को उनकी आवश्यकता होती। प्रेमचन्द जी के उपन्यास लिखने की शैली देवकीनन्दन खत्री से अलग थी और उसमें भी प्रेमचन्द अपनी संस्कृति की समझ के अनुरूप खोज कर रहे थे।

जयशंकर प्रसाद की 'कामायनी' को महाकाव्य कहने का अविचारित चलन है। इस चलन के पीछे इस तथ्य की विस्मृति है कि महाकाव्य अनिवार्यत: समुदायों की कथा कहते हैं जबकि उपन्यास व्यक्ति या व्यक्तियों की कथा हुआ करती है। 'कामायनी' पद्य में लिखी मनु, इड़ा, श्रृद्धा, कामायनी आदि व्यक्तियों की कथा है। इसलिए उसे पद्य में लिखा उपन्यास ही कहना चाहिए। प्रसाद ने भी कामायनी लिखकर भारतीय ढंग का उपन्यास लिखने का प्रयास किया था। यहाँ यह याद रखना चाहिए कि प्रसाद और प्रेमचन्द समकालीन होते हुए भी बिल्कुल ही अलग दिशाओं में अपनी संस्कृति के अनुरूप औपन्यासिक रूपाकार खोजने का प्रयास कर रहे थे।

प्रेमचन्द से उम्र में छोटे जैनेन्द्र कुमार ने 'त्यागपत्र' लिखकर उपन्यास लिखने का एक और रास्ता खोजा, जिसमें उपन्यास का प्लॉट उतने महत्त्व का नहीं था जितनी उनके चरित्रों की मन:स्थिति। इस उपन्यास को पढ़ते हुए यह महसूस होता है मानो उपन्यास के चरित्र किसी प्लॉट से बँधे न होकर अपने क्रियाकलापों से एक धूँधले से प्लॉट को उत्पन्न कर रहे हैं।

फणीश्वरनाथ रेणु के साथ उपन्यास लिखने का एक और ढंग हिन्दी भाषा में आया। यह देवकीनन्दन खत्री, प्रसाद, प्रेमचन्द आदि से अलग था। रेणु ने मिथिला अंचल की लोककथाओं को उस अंचल की ही बोली, मैथिली में गुँथकर अपने उपन्यासों में बुन दिया। इससे उन्होंने उपन्यास और लोककथाओं के बीच की दीवार को ढहा दिया और एक बिल्कुल ही नये औपन्यासिक अनुभव को सम्भव किया। उनके उपन्यास में मिथिला अंचल

के लोगों की आवाज़ें इस हद तक सुनायी पड़ती हैं कि आप यह कह सकते हैं कि उनका उपन्यास लेखन कम, अभिलेखन (ट्रान्सक्रिप्शन) अधिक है। बोली के उपयोग से रेणु के उपन्यासों में सघन ऐन्द्रिकता भी आ गयी। उन्होंने उपन्यास में ऐन्द्रिकता लाने के अपने प्रयास में खड़ी बोली के बीच-बीच में मैथिली का बड़ी खूबसूरती से उपयोग किया। रेणु के बाद जिन तीन उपन्यासकारों ने मूलभूत काम किया है वे हैं, निर्मल वर्मा, कृष्ण बलदेव वैद और कृष्णा सोबती। हिन्दी उपन्यास की अपनी स्मिता को पाने की तलाश के ये तीन रास्ते एक-दूसरे से बिलकुल अलग और तब भी सभी अत्यन्त महत्त्वपूर्ण हैं। निर्मल वर्मा ने खड़ी बोली का अपने उपन्यासों में लगभग स्वरलिपि की तरह उपयोग कर उसमें एक अपूर्व ऐन्द्रिकता को उद्‌घाटित किया। जबकि कृष्ण बलदेव वैद ने उनसे बिल्कुल अलग एक ऐसा रास्ता दिया जिस पर तब तक कोई भी दूसरा भारतीय उपन्यासकार नहीं चला था। वैद ने अपने उपन्यासों में हिन्दी का उसकी पड़ोसी ज़ुबानों यानी उर्दू और पंजाबी के साथ विलक्षण प्रयोग किया। उनके उपन्यासों में भी देवकीनन्दन खत्री की तरह ही उपज हुआ करती है और क्लाइमेक्स का कोई स्थान नहीं है पर उनका भाषा का उपयोग देवकीनन्दन खत्री से नितान्त भिन्न हैं। न सिर्फ़ खत्री से बल्कि हिन्दी के किसी भी उपन्यास से वैद के उपन्यासों की भाषा अलहदा है। अगर निर्मल वर्मा की भाषा स्वरलिपि है, तो वैद की भाषा नृत्यरत है, वह नाचती हुई भाषा है। उनके उपन्यासों में यह नाचती हुई भाषा अपने पाठक से कुछ कहने की जगह उसे भी अपने साथ नाचने को आमन्त्रित करती है। यह भी कह सकते हैं कि वैद की भाषा अपने पाठकों को उनकी चेतना में उठ रही असंख्य तरंगों के नृत्य के प्रति सजग करती है। वैद का उपन्यास छपे हुए पन्नों पर उतना घटित नहीं होता जितना वह पाठकों की अपनी टूटती-बिखरती-सँवरती चेतना की लहरों में घटता है। वैद के उपन्यासों में भाषा का यह नाच आपको तरह-तरह की छवियाँ दिखाता और छिपाता है। मानो वह देश के विभाजन के बाद के किसी व्यक्ति के अन्तस कैलाइडोस्कोप हो जिसमें तरह-तरह के रंग, रूप और छवियाँ आ रही हों और जा रही हों और इन्हीं सबके बीच जीवन के मकसद, कर्म की सम्भावना, ज्ञान की इयत्ता आदि पर गूढ़ विषयों पर विचार भी चल रहा हो। वैद के उपन्यासों में पाठकों में शायद पहली बार हिन्दी भाषा के चरम लचीलेपन और खिलन्दड़ेपन को अनुभव किया था।

वैद साहब की ज़िन्दगी भी उनके उपन्यासों की तरह ही समतल नहीं रही। उसमें कई उतार–चढ़ाव आये, कई मुश्किलें पेश आयीं, कई रास्ते खुले, कई बन्द हुए। उनके उपन्यासों से उनके जीवन और उनकी लेखन यात्रा का बहुत पता नहीं चलता। वे उसे अपने उपन्यासों में इतना अधिक रूपान्तरित कर देते हैं कि वह उनसे स्वतन्त्र होकर उनके चरित्रों का हो जाता है। प्रस्तुत बातचीत में पाठकों को पहली बार उनके ज़िन्दगी के विविध ब्यौरे, उनके लेखन की अनेक प्रेरणाएँ, मुश्किलें और रास्ते दिखाये देंगे। वैद साहब डायरियाँ अवश्य लिखते हैं और उनमें भी उनके जीवन की किन्हीं घटनाओं के विषय में अवश्य ही पता चलता है पर उनमें उनके जीवन के उन पहलुओं की बहुत जानकारी नहीं मिलती जिनके सहारे आप उन जैसे विलक्षण लेखक के विकास को समझ सकें।

कृष्ण बलवेद वैद पिछले कुछ वर्षों से अमरीका के कॉलेज स्टेशन नाम के शहर में रहते हैं। वे वहाँ अपनी तीनों बेटियों के अपेक्षाकृत क़रीब रहने की इच्छा के चलते अपनी पत्नी चम्पा जी के साथ गये थे। वहाँ रहते हुए वे नियमित डायरियाँ लिखते रहे हैं। मेरी उनसे यह सुदीर्घ बातचीत ई–मेल पर हुई है। इसीलिए यहाँ सवालों और जवाबों में तात्कालिकता और आत्मसजगता दोनों ही उपस्थित हैं। इस बातचीत का अधिकांश 'समास–१६' में प्रकाशित हो चुका है। समास में प्रकाशन के बाद भी वैद साहब से मेरी बातचीत उसी तरह ई–मेल पर जारी रही। उनके बहुआयामी जीवन के ऐसे कई इलाक़े थे जिनमें हमारी बातचीत प्रवेश नहीं कर पायी थी। समास के बाद हमने उन इलाकों में भी जाने की कोशिश की है। वैद साहब जैसे लेखक से कोई भी बातचीत मुकम्मल नहीं हो सकती। यह बातचीत भी मुकम्मल नहीं है। पर इसमें पाठक उनके जीवन के विस्तार को कुछ हद तक देख सकेंगे।

हम चित्रकार और उर्दू के गहरे जानकार शिवदत्त शुक्ला के आभारी हैं कि उन्होंने इस किताब को अन्तिम रूप देने में मदद की।

उदयन वाजपेयी

भोपाल
६ अक्टूबर, २०१८

क्रम

कृष्ण बलदेव वैद देश के अग्रणी उपन्यासकारों में हैं। वैद साहब ने अपने लगभग हर उपन्यास में उपन्यास लेखन के क्षेत्र में नये प्रयोग करने का जोख़िम उठाया है। वैद साहब ने 'उसका बचपन', 'बिमल उ.र्फ़ जायँ तो जायँ कहाँ', 'गुज़रा हुआ ज़माना', 'दर्द लादवा', 'मायालोक' समेत अनेक प्रसिद्ध उपन्यास लिखे हैं। वैद साहब के कई कहानी संग्रह भी प्रकाशित हुए हैं। इन लगभग सभी पुस्तकों का अनेक भारतीय, यूरोपीय और एशियायी भाषाओं में अनुवाद हुआ है। वैद साहब के लेखन से न सिर्.फ़ हिन्दी बल्कि अनेक भारतीय भाषाओं के कई लेखक गहरे तक प्रभावित रहे हैं। उनके लिखने की शैली तक को वैद साहब के लेखन ने किसी हद तक बदला है। वैद साहब १९४७ में भारत के विभाजन के बाद डिंगा, जो पाकिस्तान में आ गया था, से दिल्ली आ गये। बहुत मुश्किल हालात में उनका आरम्भिक जीवन बीता। पाठक इस बातचीत में यह लक्ष्य करेंगे कि वैद साहब ने अपना उच्च अध्ययन शरणार्थी शिविर में रहकर पूरा किया है। वे वर्षों अमरीका में अँग्रेज़ी पढ़ाते रहे हैं और अब कई बरस भारत में गुज़ारने के बाद दोबारा अमरीका लौट गये हैं। यह बातचीत ई-मेल पर जनवरी से अप्रैल २०१७ तक लगभग चार महीनों तक चली। मैं उन्हें एक सवाल लिखकर भेजता था, वे अगले दिन तक मुझे उसका जवाब भेज देते थे, जिसे पढ़कर मैं उन्हें अगला सवाल भेज देता था। वैद साहब कम्प्यूटर पर लिखने वाले लेखक नहीं हैं। वे कम्प्यूटर पर ई-ख़त के अलावा शायद ही कुछ लिखते होंगे। इस अनभ्यास के कारण वे मेरे सवालों के

जो जवाब टाइप करते थे, वे बार-बार उड़ जाते थे। उन्हें उन जवाबों को दोबारा टाइप करना पड़ता था। कई बार तिबारा भी। इस सबके बाद भी वे पूरे धीरज से मेरे सवालों के जवाब देते रहे। इस बातचीत के दौरान उनकी पत्नी और कवि-चित्रकार चम्पा वैद बीमार हुईं और संक्षिप्त-सी बीमारी के बाद उनका देहावसान हो गया। हम समास की ओर से उन्हें याद करते हैं और अपनी श्रद्धांजलि देते हैं और वैद साहब की साहित्य-निष्ठा के समक्ष सिर झुकाते हैं।

आपको यह कब महसूस हुआ कि आपको लेखन कार्य करना चाहिए कि यही काम है जो आप ज़िन्दगी भर करते रहना चाहेंगे?

लिखने की कामना का बीज या जर्म डिंगा के उस हाईस्कूल में ही शायद रोप-सा गया होगा जिसमें दसवीं तक पढ़ा; सरदार हाकिम सिंह हाईस्कूल में। डिंगा और वह स्कूल अब पाकिस्तान में हैं। उस कस्बे की टेढ़ी-मेढ़ी गलियों और बलखाते बाज़ार में, अब मैं अपने सपनों और दुःस्वप्नों में ही भटक सकता हूँ या अपनी कल्पना में। उनकी कुछ झलकियाँ मेरे उपन्यासों 'उसका बचपन' और 'गुज़रा हुआ ज़माना' में भी मौजूद हैं। नवीं या दसवीं कक्षा में ही मैंने एक कच्ची-सी कविता, जिसकी पहली पंक्ति मुझे अभी तक याद है, प्रकाशन के लिए एक उर्दू अख़बार 'प्रताप' या 'मिलाप' को भेजी थी और वह उसके रविवारी अंक में प्रकाशित भी हुई थी। उसकी पहली पंक्ति थी, 'मुहब्बत की देवी का घर चाहता हूँ।' ये अख़बारें लाहौर में छपती थीं और डिंगा के एकमात्र बाज़ार के सिरे पर स्थित सार्वजनिक वाचनालय में, जो गुरुद्वारे के बगल में था, बाक़ायदा आती थीं। मैंने अपनी उस शर्मनाक कविता को बहुत शौक़ और झेंप से उसी वाचनालय में पढ़ा था और अपने काँपते हुए हाथों से फाड़ी हुई उसकी कतरन को चुरा लाया था। वह मेरी पहली और आख़िरी कविता ही नहीं, चोरी भी थी। उस स्कूल के हेडमास्टर सरदार नरोत्तम सिंह जौहर

ने मुझे मेरी अँग्रेज़ी की बुनियाद और सराहना दी और उर्दू-फ़ारसी के उस्ताद बशीर एहमद शाह ने मुझे उर्दू-फ़ारसी दी। जो बाद में मेरी हिन्दी के रंग का आधार बनीं। उस स्कूल और उस कस्बे का मेरी ज़िन्दगी और मेरे लेखन में बहुत महत्त्व है।

कॉलेज में भी मेरे प्रिय उस्ताद वही थे, जो पढ़ने-लिखने के लिए कॉलेज की दुनिया में जाने-माने जाते थे। उन दिनों में मैं उर्दू के कुछ लेखकों के सम्पर्क में भी आया। उनमें कन्हैयालाल कपूर, ओ.पी. मोहन और एहमद शाह बुख़ारी के नाम मैं ख़ास तौर पर लेना चाहूँगा। कपूर और बुख़ारी अँग्रेज़ी के प्रोफ़ेसर, उर्दू के वरिष्ठ, मुमताज़, मज़ाहिया और तंज़िया लेखक थे। मोहन भी अँग्रेज़ी के प्रोफ़ेसर और उर्दू के युवा प्रतिभा-सम्भावना-सम्पन्न लेखक थे। बुख़ारी और मोहन मेरे अँग्रेज़ी के प्रोफ़ेसर थे। कपूर पढ़ाते तो दूसरे कॉलेज में थे लेकिन एम.ए. के दिनों में उनसे मेरी ख़ास दोस्ती हो गयी थी और मेरे होस्टल में वे अक्सर आया करते थे। इन तीनों उस्तादों के प्रभाव के कारण कॉलेज में मेरी लेखकीय नियति और साफ़ होती गयी। तुम्हारे सवाल का जवाब मुझे यही देना होगा कि विभाजन के बाद जब मैं अपने लुटे-पिटे परिवार समेत दिल्ली पहुँचा और वहाँ कैम्प कॉलेज में जैसे-तैसे मैंने अँग्रेज़ी में एम.ए. पूरा किया और जालन्धर में अँग्रेज़ी का लेक्चरर बना, मैंने महसूस करना शुरू किया कि मैं उर्दू में लिखूँगा और जीविका के लिए अँग्रेज़ी का प्रोफ़ेसर बन जाऊँगा। उन दिनों आई.ए.एस. की बहुत धूम हुआ करती थी। वह अब भी है लेकिन उन दिनों देश नया-नया आज़ाद हुआ था और पंजाब के युवाओं में ख़ासतौर पर आई.ए.एस. का बहुत आकर्षण था। मेरे एम.ए. के साथियों में से भी चार-पाँच आई.ए.एस. में गये। मुझ पर भी कई तरह के दबाव उसी दिशा में ढकेलने की तरफ़ थे पर मेरे मन में कोई उलझन नहीं थी, मैं जानता था कि मैं उसके बिल्कुल नाक़ाबिल था। मैंने उसका इम्तेहान न देने की कसम उठा रखी थी इसलिए यह कह सकता हूँ कि १९५० तक पहुँचते-पहुँचते मैंने फ़ैसला कर लिया था कि मैं लिखूँगा और जीविका के लिए अँग्रेज़ी पढ़ाऊँगा। लिखना मैंने उर्दू में शुरू किया। शुरू-शुरू की कहानियाँ उर्दू की पत्रिकाओं में ही प्रकाशित हुईं, कराची, लाहौर, दिल्ली की प्रसिद्ध लघु साहित्यिक पत्रिकाओं में। हिन्दी में मेरी पहली कहानी, 'बीच का दरवाज़ा', जब 'साहित्यकार' में प्रकाशित हुई, नरेश मेहता के

अनुरोध पर वह बतौर 'उर्दू कथा' की तरह ही छपी, हालाँकि 'साहित्यकार' के आयोजनों में भीष्म साहनी, नेमिचन्द्र जैन, निर्मल वर्मा, रामकुमार और नरेश मेहता के साथ मैं भी था। यानी १९५२ तक मेरे मन में ये भी साफ़ हो चुका था कि मैं हिन्दी में ही लिखूँगा। इस सफ़ाई में मुल्कराज आनन्द का भी हाथ था, जिन्होंने ये सुझाया कि मुझे अपनी मुख्य मूल भाषा का चुनाव शुरू में ही कर लेना चाहिए। सो मेरे मन में रहा-सहा असमंजस भी समाप्त हो गया और मैंने अपनी क़िस्म की हिन्दी को चुन लिया, जिसमें उर्दू-फ़ारसी के लिए सब दरवाज़े खुले रहेंगे और पंजाबी व अँग्रेज़ी के लिए कुछ खिड़कियाँ भी।

> अभी हाल में मैंने उर्दू के नामचीन लेखक शम्सुर्रहमान फ़ारूक़ी साहब से बात की है। वे विभाजन के साहित्य के श्रेष्ठ होने पर प्रश्न लगा रहे थे। यह ज़रूर है कि उनका इशारा उर्दू लेखन की तरफ़ था पर आप को उर्दू और हिन्दी दोनों का लेखक मानना होगा। बल्कि आपके लेखन की भाषा को (जिसमें कम अज़ कम तीन-चार उत्तर भारतीय भाषाएँ शामिल होंगी) किसी एक नाम में बाँधना मुश्किल है। आपने भी अपनी युवा अवस्था और बाद में भी विभाजन से प्रेरित साहित्य पढ़ा होगा। क्या आपको भी उस साहित्य के विषय में यही लगता है कि उसमें अधिकतर सन्तुलन बनाये रखने का प्रयास हुआ था जैसे कि उर्दू के नक़्क़ाद और अफ़सानानिगार हसन असकरी ने कहा था। मैं इस साहित्य में आपके उपन्यासों को शामिल नहीं कर रहा। उनका दर्ज़ा बहुत ऊँचा है और वे विभाजन की पीड़ा को बिलकुल अलग तरह से रूपायित करते हैं। क्या हिन्दी और उर्दू का साहित्य विभाजन की पीड़ा को पूरी निर्ममता और कलात्मक दृष्टि से प्रकट कर सका? क्या आपकी नज़र में उस समय के ऐसे कुछ लेखक हैं जिनकी कृतियाँ आप इस सन्दर्भ में याद करना चाहेंगे।

शम्सुर्रहमान फ़ारूक़ी साहिब के नाम-ओ-काम से मैं ख़ूब वाकिफ़ हूँ और उन्हें एक दो-बार मिला भी हूँ। उनके रिसाले 'शबख़ून' में मेरी कुछ कहानियाँ भी प्रकाशित हो चुकी हैं। अब वह रिसाला बन्द हो गया है। कुछ महीने पहिले मैंने उनका ई-मेल पता खोज निकाला और फिर उनसे

अँग्रेज़ी में ईमेल-आचार भी हुआ।

मैं विभाजन-केन्द्रित साहित्य के बारे में फ़ारूक़ी साहिब की शंकालु दृष्टि से सहमत हूँ। उर्दू नज़्म में विभाजन की तबाही और बर्बर अमानवीयता की अक़्क़ासी उर्दू कथा साहित्य की अपेक्षा अधिक कलात्मकता से हुई है। हाँ, अलबत्ता मण्टो ने 'टोबा टेक सिंह' समेत अनेक मार्मिक छोटी-बड़ी कहानियाँ हमें दी हैं जिनमें विभाजन की विभीषिका मण्टो की विशिष्ट निर्ममता में नहाती हुई नग्नता और मारू मुस्कान के साथ हमारे अन्तर्मन पर अंकित हो जाती है, लेकिन राजेन्द्र सिंह बेदी के अलावा और कोई उर्दू कथाकार मण्टो की गहराई और ऊँचाई तक नहीं पहुँचा। इसलिए मैं मोहम्मद हसन असकरी से भी सहमत हूँ कि उर्दू (और हिन्दी) का बेश्तर कथा साहित्य-कहानियाँ-उपन्यास और नाटक भी या तो अतिभावुकता का शिकार होकर रह गया या फिर सन्तुलन-संयम का। ईमानदारी की आड़ में ये भय भी छिपा दिखायी दे जाता है कि मुसलमान या हिन्दू या सिक्ख नाराज़ न हो जायँ। और ये भय लेखक को खुल कर खिलने या लिखने से रोक लेता है। एक बात और : बहुत कम हिन्दी और उर्दू के गद्य लेखकों ने विभाजन के बारे में लिखते हुए भीड़ की भयानकता को सशक्त तरीक़े से दिखाया है। मुझे इलियास कनेटी की महान अनौपन्यासिक किताब 'क्राउड्स एण्ड पॉवर' (भीड़ और शक्ति) याद आ रही है।

> आपका डिंगा का घर कैसा था, कहाँ था, शहर के बीचोंबीच या किसी सरोवर के किनारे या किसी नदी के निकट? आपके साथ कौन-कौन रहता था? क्या अपनी माँ और बहनों के बारे में कुछ बताना चाहेंगे? आपके बचपन के दोस्त-यार क्या अब भी आपको कभी किसी स्वप्न में टकराते हैं? आपको विभाजन के विषय में सबसे पहले कब एहसास हुआ था?

डिंगा के घर के बारे में बताने से पहले मैं तुम्हें एक बात और बताना चाहता हूँ। मेरी पैदाइश डिंगा में हुई थी क्योंकि उस समय मेरे पिता वहाँ मुलाज़िम थे। वह पटवारी थे, नहर के विभाग में। लेकिन उनका अपना गाँव, डेरा बख़्शियान, वहाँ से दूर ज़िला रावलपिण्डी, तहसील गुज्जर खान में था। वहाँ उनके बड़े भाई अपनी अवकाश प्राप्ति के बाद रहते थे। वे भी पटवारी

थे, मुझे मालूम नहीं कहाँ–कहाँ। उस गाँव में दोनों भाइयों की कुछ ज़मीन भी थी जिसकी देखभाल मेरे ताऊ जी का एक बेटा किया करता था। वह अपने परिवार समेत उसी गाँव में रहता था।

मैं होश सँभालने के बाद गर्मियों की छुट्टियों में अकेला कुछ दिनों के लिए डेरा बख़्शियान जाया करता था। और वहाँ अपने ताऊ जी के घर रहा करता था। उन दिनों की कई यादें अभी तक मुझे ख़ुश और नाख़ुश करती रहती हैं। वहाँ जाने के लिए रेलगाड़ी से गुज्जर खान के स्टेशन पर उतरने के बाद चार–पाँच कोस पैदल चलना पड़ता था। सारा रास्ता पहाड़ी, हरा–भरा और सुन्दर था। कई नदी–नाले रास्ते में आते थे। कभी–कभी गधे या टट्टू की सवारी भी करनी पड़ती थी। वह गाँव, डेरा बख़्शियान भी पहाड़ी और पथरीला था। बारिशों के मौसम में उस गाँव की पथरीली गलियाँ धुल जाया करती थीं, कुलबुल–कुलबुल करते पानी से। उसमें रहने वाले हिन्दू परिवार एक–दूसरे के रिश्तेदार, दूर या पास के हुआ करते थे। मुसलमान भी उस गाँव में रहते थे, उनके पास ज़मीनें नहीं थीं। वे काश्तकार या कामगार थे। हिन्दू परिवारों की अपेक्षा वे विपन्न थे। हमारे परिवार का एक हिस्सा बहुत सम्पन्न था। उस हिस्से के कई व्यक्ति फ़ौजी अफ़सर रह चुके थे। अँग्रेज़ी सरकार ने उन्हें पश्चिमी पंजाब के कई इलाक़ों में उनकी सेवाओं के बदले मुरब्बे (ज़मीनें) अता किये थे। उनमें से दो भाइयों ने डेरा बख़्शियान में दो महलनुमा मकान बनवा दिये थे। उन मकानों के बारे में कई मनगढ़न्त क़िस्से–कहानियाँ प्रचलित थीं।

डिंगा में पैदा होने के बाद मैं अपने परिवार के साथ कुछ वर्षों के लिए मंगोवाल, जो डिंगा से बहुत छोटा गाँव था और जहाँ मेरे पिता का तबादला हो गया था, चला गया था। उस गाँव में हम कई साल रहे, मैं चौथी कक्षा तक वहीं पढ़ा। वहाँ से फिर पिता का तबादला डिंगा में हो गया। वहीं से मैंने दसवीं पास की और वहीं से मैं १९४२ में लाहौर कॉलेज में गया।

डिंगा में हम किराये के मकान में रहते थे। जिन दो मकानों की यादें मेरी स्मृति में ख़ुदी हुई हैं, अभी तक, वे किसी नदी या सरोवर के किनारे या क़रीब नहीं थे, बल्कि दो गलियों में थे। पहला मकान जिस गली में था उसका नाम 'साहनियों की गली', दूसरे मकान वाली गली का नाम 'शेख़ों की गली' था।

'साहनियों की गली' वाले मकान में हम ज़्यादा देर तक रहे। वह मकान दो-मंज़िला था। नीचे के दो कमरों में से एक को कोठड़ी ही कहना ठीक होगा; उसमें हमारे ट्रंक वग़ैरह और दीगर फालतू सामान भरा रहता था। वहाँ दिन में भी दिखायी कम ही देता था। दूसरे कमरे में एक खिड़की थी जो गली में खुलती थी। उस कमरे के बाहर देवड़ी थी जिसके एक कोने में पानी के लिए हाथ-पम्प था। वहाँ हम सब नहाते-धोते थे। देवड़ी के सामने एक छोटा-सा सेहन था जिसमें एक गाय या भैंस बँधी रहती थी, और कभी-कभी एक घोड़ी भी जिस पर सवार हो पिता आस-पास के गाँव का दौरा किया करते थे। सेहन के एक सिरे पर एक और कोठड़ी-सी थी जिसमें जानवरों का भूसा-चारा भरा रहता था। ऊपर के हिस्से में जाने के लिए तंग सीढ़ियाँ थीं और चारे वाली कोठड़ी की छत पर पहुँचने के लिए लकड़ी की 'परसांग' (सीढ़ी) थी।

ऊपर के हिस्से में एक कमरा और उसके बाहर बरामदा था। बरामदे से रसोई का काम लिया जाता था, कमरे से लेटने, काम करने और सर्दियों में सोने का। उस कमरे की एक खिड़की से एक मकान के सेहन की रौनक देखी जा सकती थी। ऊपर की छत पर पहुँचने के लिए सीढ़ियाँ थीं। उस छत के एक कोने में टट्टी बनी हुई थी। बाक़ी की छत गर्मियों में रात को सोने के लिए थी। उस छत से गली की दूसरी छतें दिखायी देती थीं और बगल के एक मकान का सेहन। उस मकान में एक मुस्लिम परिवार रहता था।

मुझे रात को नींद हमेशा देर और दिक़्क़त से आया करती थी। सपने तब भी बहुत आते थे।

परिवार में माता-पिता के अलावा एक बहन और एक छोटा भाई था; बहन मुझसे कुछ बरस बड़ी थी, भाई मुझसे दस बरस छोटा था। एक भाई और हुआ करता था जिसकी मौत मेरे जनम से पहले हो गयी थी। उससे और एक छोटी बहन, जिसकी मौत मंगोवाल में हुई थी, मेरी धुँधली याद में बहुत धाँधली मचाया करती थी और बहुत प्यारी थी।

माँ, जिसे हम सब बच्चे 'भाभी' कहकर बुलाते थे, सिर्फ़ गुरमुखी पढ़ सकती थी, कभी-कभी गुरमुखी की गीता पढ़ा करती थी। बहन का नाम देवकी था। माँ उसे बहुत डाँटा-डपटा करती थी। देवकी को रामचरितमानस

पढ़ने का शौक़ था और वह सारी उम्र उसे पढ़ती-गुढ़ती रही। उसकी शादी ख़राब रही। ख़राबी के कारण बहुत उलझे हुए थे। लड़के को मंगोवाल की एक सम्पन्न आर्यसमाजी विधवा ने धर्मपुत्र बनाया हुआ था। वह लाहौर में रहती थी अपने पुत्र के साथ। जब मेरा परिवार मंगोवाल से डिंगा चला गया, वह महिला अपने धर्मपुत्र के साथ लाहौर से डिंगा भी आयीं और तभी बहुत बहस-मुबाहिसे के बीच बहन देवकी की शादी उस नौजवान से तय हो गयी। शादी के बाद देवकी की एक बच्ची भी हुई। फिर शादी ने ख़राब होना शुरू कर दिया और मेरे बहनोई ने लापता होना। वह बॉम्बे चला गया और उसने वहाँ गुम होना शुरू कर दिया। उसका नाम ओमप्रकाश था और मेरी भाँजी मुन्नी (सुदेश), जो अब नहीं है (बहन देवकी उससे पहले ही चली गयी थी) के मुताबिक़ उसके पिता ओमप्रकाश और मशहूर फ़िल्म अभिनेता ओमप्रकाश एक ही थे। एक बार मैंने दिल्ली से अभिनेता ओमप्रकाश को फ़ोन भी किया था, शायद १९७५ के आस-पास और कहा था कि मैं उनसे मिलना चाहता हूँ। वे बोले, मैं इस वक़्त धुत्त हूँ लेकिन मैं दिल्ली आ रहा हूँ फ़लाँ तारीख़ को, मैं साउथ एक्सटेंशन में अपने मकान में ठहरूँगा, आप मुझे वहाँ मिल सकते हैं। सो मैं उसको उसके बताये हुए पते पर मिलने गया। उससे पहले मैंने दिल्ली में शाम अपने दोस्तों सुजीत और मीनाक्षी मुखर्जी के साथ गुज़ारी थी। दूसरे दिन मेरी आवाज़ अभिनेता ओमप्रकाश से मिलने जाने से पहले गुम हो गयी। आवाज़ की गुमशुदगी का कारण मानसिक-मनोवैज्ञानिक ही रहा होगा। ख़ैर मैं उनसे मिला, वह शालीनता से पेश आये लेकिन उन्होंने नहीं माना कि वह अपनी धर्म-माता, तेजकौर और मेरी बहन देवकी को जानते भी थे, लेकिन मेरा शक दूर होने के बजाय और पक्का हो गया। उन्होंने दूसरी शादी कर ली थी और अपनी दूसरी बेटी से मुझे मिलाया भी। आख़िर में मैंने उनसे मनवा लिया कि वह एक बार मेरी भाँजी मुन्नी से मिलकर उसे भी यह बात कह देंगे। सो मुन्नी उनके घर गयी और उनके इन्कार के बावजूद उन्हें कह आयी कि वे मानें न मानें, उनसे मिलने के बाद उसे यक़ीन हो गया है कि वही उसके पिता हैं। जब वह लापता हुए थे, विभाजन से पहले ही तो मुन्नी उस समय कुछ महिनों की ही थी, विभाजन के वक़्त मुन्नी हमारे पास डिंगा में थी।

विभाजन की आहटें तो मुझे स्कूल के ज़माने में ही आनी शुरू हो गयी थीं।

हमारे स्कूल के लगने के आरम्भ में सारा स्कूल कम्पाउण्ड में प्रार्थना के लिये इकट्ठा हुआ करता था। दो तरह की प्रार्थनाएँ सामूहिक रूप से की जाती थीं। स्कूल एक स्थानीय सिक्ख के नाम से था, सरदार हाकिम सिंह हाई स्कूल, लेकिन उसमें हिन्दू और सिक्खों के अलावा मुसलमान भी बहुत पढ़ा करते थे। इसलिए सबदों के बाद एक और प्रार्थना भी हुआ करती थी जिसके पहले बोल थे, 'मुझको है तेरी जुस्तजू, मुझको तेरी तलाश है/जानेजहाँ कहाँ है तू, मुझको तेरी तलाश है।' मैं दोनों प्रार्थनाओं में ख़ूब ऊँची आवाज़ में शामिल हुआ करता था।

प्रार्थना के बाद उस दिन की अख़बारी सुर्खियाँ सुनायी जाती थीं। मुझे याद तो नहीं लेकिन मेरा अनुमान है कि जब मैं नौवीं में था, शायद १९४२ में, मुझे पहली बार यह खटका लगा कि पाकिस्तान का ख़तरा बेबुनियाद नहीं। १९४६ या १९४७ में लाहौर में ही मैंने अपने कॉलेज की एक सभा में जिन्ना को पहली बार सुना था।

> डिंगा और डेरा बख़्शियान में आप कौन-सी किताबें पढ़ा करते थे? वे आपको कहाँ से मिलती थीं, क्या उन जगहों में पुस्तकालय या किताबों की दुकान हुआ करती थीं?
>
> क्या उन दिनों आपके साथ भी वैसा ही था जैसा कई घरों में हुआ करता था कि बच्चे और बड़े मिलकर रामलीला या पारसी रंगमंच देखने जाते थे?
>
> आपने कहा कि आप अँग्रेज़ी पढ़ने-पढ़ाने की ओर आकर्षित हुए, ऐसा आपकी नज़र में क्यों हुआ होगा?

डिंगा और डेरा बख़्शियान में पढ़ने का शौक़ या 'चस्का' मुझे अपने या अपने घर के प्रभाव से नहीं, स्कूल के दो मास्टरों के प्रभाव से ही मिला—हेड मास्टर नरोत्तम सिंह और बशीर अहमद शाह के प्रभाव से। हमारे स्कूल की आर्थिक स्थिति मजबूत नहीं थी; मास्टरों को पगार कम और बेवक़्त दी जाती थी। दूसरे स्कूल—रॉय बहादुर सुन्दर दास हाई स्कूल—की इमारत हमारे स्कूल की भुरभुरी और पुरानी इमारत से ज़्यादा भव्य और 'आधुनिक' थी, वहाँ के मास्टरों को तनख़्वाहें ज़्यादा और बाक़ायदा वक़्त पर मिलती थीं, लेकिन उसकी साख और धाक हमारे स्कूल की साख और

धाक से बहुत कम थी। दाख़िले के दिनों में मेरे हेड मास्टर साहिब मुझे और कुछ दूसरे होशियार लड़कों को अपने दफ़्तर में बुलाकर हमें दाख़िले के लिये आये पिताओं को अँग्रेज़ी की कोई कविता सुनाने का हुक्म दिया करते थे और अन्त में बड़े गर्व से कहा करते थे, कोई कह सकता है कि ये लड़के अँग्रेज़ नहीं हैं।

उस कस्बे और स्कूल में कोई लाइब्रेरी या किताबों की दुकान तो नहीं थी लेकिन रामलीला हर साल हुआ करती थी, सर्कस और टुरिंग टॉकिज़ कम्पनियाँ भी आती-जाती रहती थीं। उस कस्बे में कुछ मशहूर पागल और बीसियों कवि (उर्दू, हिन्दी, पंजाबी के) हुआ करते थे जिनके अड्डे बाज़ार में जमा हुआ करते थे। सनातन धर्म सभा और आर्य समाज सभा के सालाना जलसों की धूम हुआ करती थी, मुहर्रम के दिनों में कस्बे की तवायफ़ों को काली पोशाक में अपने आपको पीटते और उनकी या हुसैन की तानों का मज़ा लेने के लिए जो भीड़ बाज़ार में जमा होती थी, उसमें हिन्दू-मुसलमान-सिक्ख सब हुआ करते थे।

मुझे याद है कि मैंने एक बार अपने स्कूल में 'मर्चेण्ट ऑफ़ वेनिस' के कोर्ट सीन के मंचन में पोर्शिया की भूमिका अदा की थी।

हमारे घर में किताबें तो नहीं होती थीं लेकिन पिता को उर्दू के जासूसी नॉवेल पढ़ने का शौक़ था इसलिए बेरहम डाकू और जालिम हसीना से मैं भी परिचित हो गया था।

डेरा बख़्शियान में मैं अपनी बिरादरी के एक चाचा, विद्याधारी से बहुत प्रभावित हुआ करता था। वे बरसों जापान में रहे थे और किसी इन्कलाबी पार्टी के सदस्य हुआ करते थे, शायद सुभाष चन्द्र बोस के अनुयायी भी थे। अपनी वृद्धावस्था में वे डेरा बख़्शियान में आ रहने लगे थे। उनके चेहरे पर उनके अनुभवों का ताप और प्रताप मुझे आकर्षित किया करता था। वह मेरे लिए एक पूरी किताब हुआ करते थे।

लाहौर और रावलपिण्डी जाकर कॉलेज में पढ़ने के दौरान ही मुझे अँग्रेज़ी और उर्दू की किताबें पढ़ने का अवसर और गहरा शौक़ मिला। जब मैं इण्टरमीडियट में था, किसी ने मुझे 'क्राइम एण्ड पनिश्मेंट' पढ़ने को दिया। मुझे याद है कि मैं कई दिन उस नॉवेल में डूबा रहा। इसी तरह इलियास कनेटी का नॉवेल, 'ऑटो दे फे' लाहौर में ही अपने दोस्त वेद

नरूला से लेकर पढ़ा और उसी से जार्ज बर्नार्ड शॉ के कई नाटक भी लिये।

पढ़ने-पढ़ाने के शौक़ भी मुझे कॉलेज के दिनों में ही पड़े। उसकी बुनियाद डिंगा के स्कूल में पड़ी।

बी.ए. के बाद और गवर्नमेंट कॉलेज, लाहौर में अँग्रेज़ी में एम.ए. में दाख़िला लेने के पहले दो-तीन महिनों के लिए मैंने सरदार हाकिम सिंह हाईस्कूल में बतौर सेकण्ड मास्टर पढ़ाया भी। वह अनुभव और अवसर मुझे हेड मास्टर नरोत्तम सिंह की कृपा से मिले।

> *उदयन, डेरा बख़्शियान के हिज्जे मेरी रोमन हिन्दी में ठीक ही हैं। डेरा बख़्शियान अर्थात् 'बख़्शियों का डेरा'। मेरे पिता को लोग 'बख़्शी जी' कहकर ही बुलाते थे। हम जात से मोहयाल ब्राह्मण हैं। यानि काश्तकार-ज़मींदार ब्राह्मण। मोहयालों की सात जातें हैं : वैद, दत्ता, बाली, छिब्बर, मोहन, लउ, बोम्बवाल। मोहयाल सभा का एक रिसाला उर्दू में लाहौर से प्रकाशित हुआ करता था जिसके हर अंक के मुख्य पृष्ठ पर ये नाक़िस शेर छपा करता था : 'सदा ऊँचा रहे झण्डा शान-ए-मोहयाली का/ वैद, दत्ता, मोहन, छिब्बर, बोम्बवाल, लउ, बाली का।' पंजाब में मोहयाल अपनी ऐंठ के लिए मशहूर या बदनाम थे। मेरी ऐंठ भी शायद वहीं से आती थी।*
>
> *तुम्हारा बाबा (ब्लैक शीप) वैद*

> आप कह रहे हैं कि आप पढ़ने के लिये लाहौर गये थे। लाहौर उन दिनों बहुत ख़ूबसूरत शहर के तौर पर मशहूर था। क्या आप अपने लाहौर-दिनों के बारे में कुछ कहेंगे? आप वहाँ किन लोगों के बीच रहते थे? उन दिनों किस तरह की बातें आप लोगों के बीच हुआ करती थीं? इन बातों में भारत के भविष्य के विषय में क्या प्रश्न उठते थे अगर उठते थे?

इण्टरमीडियट के लिए मैं डी.ए.वी. कॉलेज, लाहौर में दाख़िल हुआ, १९४२ में। उसी समय कांग्रेस और महात्मा गांधी ने 'भारत छोड़ो' आन्दोलन शुरू किया था। डी.ए.वी. कॉलेज उस आन्दोलन का गढ़ हुआ करता था।

मेरी उम्र १५ की थी। मैं उस आन्दोलन में सक्रिय तो नहीं था लेकिन उसमें निहित विचारधारा से सहमत ज़रूर था। मैं जलसे-जलूसों में शामिल तो होता था लेकिन मैंने सत्याग्रह नहीं किया। मेरे सब दोस्त मेरी ही तरह के थे—हम सब अक्सर गर्मागर्म बहसें किया करते थे, ब्रेडला हॉल में कांग्रेस के जलसों में जाते थे। मुझे याद आता है कि उन्हीं दिनों में कई बार लाहौर हाई कोर्ट में चल रहे किसी बड़े मुकदमे में कन्हैयालाल माणिकलाल मुंशी को सुनने के लिए कोर्ट गया। मुंशी की वकालत और भाषा ने मुझे बहुत प्रभावित किया था।

लाहौर में शुरू के कुछ दिन अपनी बहन देवकी के घर रह लेने के बाद मैं मोहयाल आश्रम (छात्रावास) में रहने लगा। वहीं मेरी जान-पहचान ओ.पी. मोहन से हुई जो वहीं रहते थे और उस होस्टल के प्रॉक्टर भी थे। वे भी डी.ए.वी. कॉलेज में अँग्रेज़ी में एम.ए. कर रहे थे। बहुत रंगीले व्यक्ति थे। उनका कमरा दिलचस्प लोगों का एक अड्डा-सा था। मैं उस अड्डे को दूर से ही देखा करता था लेकिन ओ.पी. मोहन मेरे हीरो हुआ करते थे।

लाहौर के वे दिन मेरी चेतना के खिलने के दिन थे। मैंने उन्हीं दिनों पढ़ना और गप्प मारना शुरू किया। मेरे दोस्तों में वेद नरूला और बहादुर सिंह घुम्मन मुझे अभी तक याद हैं। घुम्मन को दौड़ने का शौक़ था। उसने दौड़ने में कई पुरस्कार पाये। वेद को हम देवा कहा करते थे। उसे पढ़ने का शौक़ था। उसका बड़ा भाई मोहन का दोस्त हुआ करता था। इसलिए वेद मुझे मोहन के क़िस्से सुनाया करता था, क़िस्से जो उसने अपने बड़े भाई से सुने थे। उन क़िस्सों से मोहन के बारे में मेरा कौतूहल और बढ़ गया। लाहौर की सड़कों पर सैर करना मुझे बहुत प्रिय था। लाहौर की सुन्दरता का निखार देखने मैं लॉवरेंस गार्डन अक्सर जाया करता था। रवि रोड और अनारकली की सैर भी मैं ख़ूब किया करता था।

डी.ए.वी. कॉलेज के कुछ प्रोफ़ेसर बहुत रोचक थे। उनमें गणित के प्रोफ़ेसर हुकमचन्द मल्होत्रा को मैं याद करना चाहूँगा। वे गणित में माहिर तो थे ही लेकिन गणित के अलावा भी वह बहुत दिलचस्प बातें किया करते थे। वह अक्सर इधर-उधर की हाँक लेने के बाद आँखें बन्द करके कहा करते थे : कोई मरे, कोई जिये/हुकम चन्द घोल पतासे पिये! हर रोज़ एक-दो बार अपनी इन चहेती पंक्तियों का जाप कर लेते थे। उनका एक और चहेता शे'र हुआ करता था जो उन्होंने ख़ुद बनाया था और जिसका

निशाना डी.ए.वी. कॉलेज की लाइफ़-मेम्बरशिप हुआ करती थी। वह अक्सर इस शे'र का पाठ भी किया करते थे : 'अजब शै है डी.ए.वी. कॉलेज की लाइफ़-मेम्बरी/ न फ़िकरे रोज़गार न ख़ौफ़े मुअत्तली।' सब जानते थे कि वह ख़ुद डी.ए.वी. कॉलेज के लाइफ़ मेम्बर रह चुके थे; कई साल पहले उन्होंने उससे त्याग-पत्र दे दिया था। तब से ही वह डी.ए.वी. कॉलेज की उस प्रथा पर उस शे'र का प्रहार कर रहे थे।

डी.ए.वी. कॉलेज, लाहौर में बीस मिनिट की एक क्लास वेद पाठ की हुआ करती थी जो उन सब लड़कों के लिये ज़रूरी थी जो हिन्दी नहीं जानते थे। उस क्लास का नाम भ्रामिक था क्योंकि उसमें क, ख, ग से शुरू कर हिन्दी ही पढ़ाई जाती थी। मेरे लिए वह क्लास वरदान साबित हुई क्योंकि उसके बग़ैर मैं हिन्दी का लेखक शायद ही बन पाता। अब भी मैं कुछ हिन्दी वालों की नज़र में हिन्दी में एक अवैध वैद ही हूँ, ख़ैर! कुछ ही वर्ष बाद हिन्दी में ही लिखने का फ़ैसला मैंने न किया होता अगर डी.ए.वी. कॉलेज में वेद पाठ की वह बीस मिनिटिया क्लास न होती।

दो साल बाद मेरा बी.ए. के लिए सनातन धर्म कॉलेज रावलपिण्डी में दाख़िल हुआ तो ओ.पी. मोहन एम.ए. के बाद उसी कॉलेज में बतौर लेक्चरर नियुक्त हो गये और मेरे अच्छे दोस्त बन गये। मैं एस.डी. कॉलेज के होस्टल में रहता था और होस्टल का प्रॉक्टर भी था। ओ.पी. मोहन अँग्रेज़ी पढ़ाते थे और उर्दू में लिखते थे। वह मेरे कमरे में अक्सर आते थे। अँग्रेज़ी के ही एक और प्रोफ़ेसर बोम्बवाल भी थे। वह भी बहुत बढ़िया आदमी थे और अँग्रेज़ी विभाग के अध्यक्ष डॉ. हरिहर नाथ हुक्कु लखनऊ के थे और उनका व्यक्तित्व भी प्रभावशाली था; उनमें लखनवी बाँकपन की सज-धज थी। मेरी राजनैतिक चिन्ता उस कॉलेज में लाहौर की अपेक्षा ज़्यादा चमक उठी। १९४५ में ही शायद आई.एन.ए. के तीन युवा नेता सहगल, ठिल्लो, शाहनवाज़ रिहा होकर रावलपिण्डी आये थे और बड़ी धूम-धाम से उनका स्वागत किया गया था। युवा कार्यकताओं में मैं भी था। उसी दिन मैंने पहली बार रावलपिण्डी में साइकिल चलायी थी।

सनातन धर्म कॉलेज, रावलपिण्डी की स्थापना १९४४ में ही हुई थी। उसकी इमारत भी नयी थी, सारा स्टॉफ़ भी नया था। उसके प्रिंसिपल ईश्वर चन्द्र त्रिखा थे, जो विभाजन के बाद सागर विश्वविद्यालय के रजिस्ट्रार बने। शायद तुम या अशोक उनके नाम से परिचित हो। उनका

मकान हमारे होस्टल के पीछे कुछ ही दूरी पर था। उनका बेटा मेरे कमरे में अक्सर बैठा रहता था। उसे विद्यानाथ सेठ और तलत महमूद के गाने गाने का शौक़ हुआ करता था। विभाजन के बाद वह आई.पी.एस. का अफ़सर बन गया था। तब वह एक बार चण्डीगढ़ में हमारे घर भी आया था। खालिस्तान की माँग करने वाले सिक्खों के बारे में उसके विचार सुनकर मैं काँप उठा था।

दूसरी और आख़िरी बार मैं लाहौर में १९४६ में रहा। तब मैं गवर्नमेंट कॉलेज में अँग्रेज़ी में एम.ए. के लिए दाख़िल हुआ। वहाँ दाख़िले के लिये मेरे स्कूल के हेड मास्टर नरोत्तम सिंह ने मुझे एक प्रमाण-पत्र दिया था, जिसमें मेरी अँग्रेज़ी की और मेरी क़ाबिलियत की बहुत ही सुलिखित और सुविचारित प्रशंसा थी। मेरा ख़्याल है कि उस प्रमाण-पत्र के बग़ैर गवर्नमेंट कॉलेज में मेरा दाख़िला मुश्किल होता।

लाहौर में तनाव के बावजूद १९४६-४७ का वह लाहौरी साल मेरा सुनहरा साल कहलाने का हक़दार है। के.एल. कपूर के नाम एक परिचय-पत्र ओ.पी. मोहन ने मुझे दिया था, जो कपूर से मेरी दोस्ती-शागिर्दी का आधार बना। कपूर डी.ए.वी. कॉलेज में ही अँग्रेज़ी पढ़ा रहे थे। वह उर्दू के बहुत बड़े लेखकों में शुमार किये जाते थे और लाहौर के सब अदीबों को जानते थे। वैसे भी वह बहुत मज़ेदार बातें किया करते थे। उनके मज़ाहिया और तनज़िया मज़मूनों के सब मज़मूये मैंने पढ़ रखे थे। कपूर मोहयाल आश्रम के मेरे कमरे में अक्सर आया करते थे और मैं उनके घर अक्सर जाया करता था। कपूर साहिब का दिमाग़ सुझाव देने में बहुत चलता था। वह मज़ाक़-मज़ाक़ में बीसियों सुझाव हर किसी को देते रहते थे, मुझे भी बहुत सुझाव उन्होंने दिये। विभाजन के बाद मैं उन्हें मिलने दिल्ली से मोगा गया जहाँ वे एक कॉलेज के प्रिंसिपल बन गये थे। एक रात मैं उनके यहाँ रहा। उन दिनों चम्पा से मेरी शादी की बात-बहस चल रही थी। मैंने उन्हें बताया कि मैं शादी कर रहा हूँ तो वह मेरे इरादे के ख़िलाफ़ दलीलों का ढेर लगाने लगे। बोले, ये ग़लती कभी मत करना, अगर लेखक होना चाहते हो तो। बोले, हस्तमैथुन करते रहो, वेश्यावृत्ति करते रहो, इधर-उधर झक मारते रहो, लेकिन शादी से सारी उम्र परहेज़ करो। मैं सुनता रहा और चुप रहा। कुछ वर्ष बाद जब हम दिल्ली से चण्डीगढ़ चले गये, एक बार वह हमारे घर आये और पहली बार चम्पा

से मिले। तब उन्होंने हमारी शादी और उसके ख़िलाफ़ उनके सुझावों के क़रीब दस-बारह साल बाद ये मान लिया कि चम्पा के साथ शादी करके मैंने ठीक ही किया।

अब मैं व्यतीत में गोते लगाते-लगाते थक गया हूँ।

वैदार्जन बाबा

> क्या आपको विभाजन के समय के कुछ ऐसे दृश्य याद हैं जिनसे आज भी आपके मन में उन दिनों की विभीषिका एकबारगी जाग उठती हो? आप ख़ुद उन दिनों अँग्रेज़ी राज के बारे में क्या सोचते थे?

डेरा बख़्शियान में हिन्दू-मुस्लिम दंगे मार्च-अप्रैल, १९४७ में ही हो गये थे। हम वहाँ नहीं थे लेकिन पिता के बड़े भाई और उनके एक पुत्र परिवार समेत वहाँ थे। उन्हें गाँव के मुसलमानों ने ख़बरदार कर दिया था कि वे वहाँ से चले जायँ क्योंकि अब उनका वहाँ रहना ख़तरनाक है। इसलिए वह कुछ सामान लेकर कहीं और, रावलपिण्डी या किसी और जगह चले गये थे।

हम उनके बारे में चिन्तित तो थे लेकिन इससे ज़्यादा मुझे कुछ याद नहीं उनके बारे में। विभाजन के बाद ही हम उनसे दिल्ली में मिले क्योंकि वह भी दिल्ली में ही थे।

लाहौर में, मुझे याद है, १९४७ की गर्मियों की छुट्टियों के शुरू होने से पहले ही तनाव शुरू हो गया था। जिस इलाक़े में हमारा मोहियाल होस्टल था, जिसमें कई कॉलेजों के लड़के रहा करते थे (उनकी संख्या १०० के क़रीब थी), उसमें ज़्यादा संख्या हिन्दुओं और सिक्खों की ही थी लेकिन ख़तरा शुरू हो गया था कि रात को मुसलमान इलाक़ों से हमला हो सकता था, इसलिए पता नहीं किस महीने में, शायद अप्रैल में हमारे होस्टल में भी रात का पहरा शुरू हो गया था, जिसमें हम सब बारी-बारी पहरा दिया करते थे।

डिंगा में मुझे याद नहीं कि मैं किस महीने की किस तारीख़ को पहुँचा था। लेकिन ये मुझे याद है कि उस कस्बे की हवा और फ़िज़ा बदल गयी थी।

ये ख़तरा शुरू हो गया था कि आस-पास के मुसलमान, गाँव के कई मुसलमान डिंगा पर हल्ला बोल देंगे। डिंगा में कई हिन्दू साहूकार थे, जो आस-पास के मुसलमानों को सूद पर कर्ज़ दिया करते थे। वह सब साहूकार अपनी बेईमानी के लिए मशहूर और बदनाम थे। इसलिए ये शक निराधार नहीं था कि मुसलमान अन्दर से हिन्दुओं और सिक्खों से, जिन्हें हिन्दू ही समझा जाता था, नफ़रत करते हैं। हिन्दू और सिक्ख मुसलमानों के साथ उठते-बैठते तो थे, लेकिन खाते-पीते नहीं थे। डिंगा के बाज़ार में मुसलमानों की दुकानें थीं, लेकिन बहुत ही कम। मेरे उपन्यास, 'गुज़रा हुआ ज़माना' में डिंगा की मिली-जुली आबादी और ज़िन्दगी की जो तस्वीर उभरकर आती है, उससे पता चलता है कि उसमें किस तरह की पेचीदगी थी, किस तरह की ख़तरनाक सम्भावनाएँ थीं, किस तरह के विस्फोटक आपसी सन्देह थे, किस तरह की आपसी दुविधाएँ थीं। डिंगा और उसके आस-पास के गाँव को मैं समूचे पंजाब बल्कि भारत का आईना मानता हूँ।

मुझे यक़ीन था कि वहाँ जो कुछ होगा कल्पनातीत होगा। सदियों के बड़े-घुटे आपसी कीने और कमीनगियाँ, घृणाएँ और विकृत आकर्षण फटें-फूटेंगे और वही वहाँ हुआ। उसी तरह के विस्फोट उन इलाक़ों में भी हुए होंगे जिनमें मुसलमान कम संख्या में थे।

मैंने लाशों के ढेर तो नहीं देखे लेकिन जिस अस्थायी कैम्प में हम एक-दो दिन डिंगा में रहे, उसके कुछ दृश्य 'गुज़ारा हुआ ज़माना' में हैं। एक छोटा-सा बच्चा याद आता है जो लावारिस पड़ा कराह रहा था, अकेला; मैं भी उसके पास रुका नहीं, रुक नहीं सका। डिंगा से हमें मिलिट्री के ट्रकों में बिठाकर मण्डी बहाउद्दीन ले जाया गया था; वह शहर डिंगा से शायद पचास-साठ मील की दूरी पर था। रास्ते में कई गाँव पड़ते थे जहाँ के मुसलमानों ने हमें कुछ खाने-पीने को दिया, जो कुछ मिला, लोगों ने चुपचाप खा भी लिया, जिनमें मैं, मेरे पिता, मेरे छोटे भाई और मुन्नी थे, लेकिन मुझे याद है बहन देवकी और माँ ने कुछ खाया न पिया।

मण्डी बहाउद्दीन में हमें किसी स्कूल में ठहराया गया। वहाँ हम शायद महीना भर रहे। वहाँ हर शाम कुछ जवान हिन्दू आदमी एक बैठक किया करते थे, मैं भी कभी-कभी उनके बीच जा बैठता था, कुछ देर के लिए। लेकिन उनकी बातें मुझसे सुनी नहीं जाती थीं। वह अपनी बहादुरी और

बर्बरता के क़िस्से सुनाया करते थे, किस तरह से उनने मुसलमान हमला करने वालों का मुक़ाबला किया, कितने दुश्मनों को उनने मारा, कितने हिन्दू और सिक्खों को उनने बचाया, कितनी बन्दूकें उनके पास थीं और कितने छुरे और चाकू और कितनी ईंटें और पत्थर और लाल मिर्चें। मैं चुपचाप सुनता रहता और फिर भीगी बिल्ली की तरह उठकर इधर-उधर हो जाता।

कुछ दिनों बाद मुझे पता चला कि मेरे एक सिक्ख दोस्त, सुरजीत सिंह की माँ अपनी एक ज़ख़्मी बहू के साथ उसी स्कूल की एक कोठरी में है। उसकी बेटी मेरे एक दूसरे सिक्ख दोस्त हरदयाल सिंह की बीवी थी। हरदयाल सिंह और सुरजीत सिंह डिंगा की एक ही गली में रहते थे। उनके घर पास-पास थे। सुरजीत सिंह को उसकी माँ ने ज़िद करके किसी शरणार्थी गाड़ी में अमृतसर भेज दिया था जहाँ उनके कोई रिश्तेदार रहते थे। सुरजीत की माँ विधवा थी। मैं हरदयाल और सुरजीत के घर गया था। सुरजीत की बहन बालो, जिसका पूरा नाम मैं नहीं जानता था, बहुत सुन्दर थी। हरदयाल और जीता मेरे सहपाठी भी थे। हरदयाल के परिवार के सारे लोग मारे गये थे। उसकी बीवी बालो बच तो गयी थी लेकिन बुरी तरह से ज़ख्मी थी। उसके माथे का घाव बहुत हौलनाक था। मैं जीते की माँ और बालो के पास काफ़ी-काफ़ी देर तक बैठा रहता था और बालो के अनर्गल प्रलाप सुनता रहता था। जीते की माँ उसे रोकती-टोकती और समझाती-बुझाती रहती थी कि उसे अब हौसला रखना चाहिए क्योंकि अब उनका रखवाला वाहेगुरु ही है। बालो बार-बार मुझे यही बताती रहती थी कि उसकी टाँगें टूट गयी है, क्योंकि उसने ऊपर से छलाँग लगा दी थी, मरने के लिए, जब उसने 'उन्हें' मारे जाते देखा। 'उन्हें' से उसका मतलब अपने पति हरदयाल से होता।

फिर मुझे पता ही नहीं चला कि वे दोनों कब किसी शरणार्थी ट्रेन में बैठ कहाँ चले गये या उनका क्या हुआ। हम भी एक शरणार्थी गाड़ी में बिठा दिये गये कुछ दिनों बाद। फिर हम जालन्धर के शरणार्थी कैम्प में कुछ दिन या महीने रहे।

विभाजन की विभीषिका कराहते हुए उस छोटे से लावारिस बच्चे और ज़ख़्मी बालो के अनर्गल प्रलापों में ही सीमित होकर मेरी स्मृति को अभी तक कचोटती रहती है।

उन दिनों और दिल्ली में पुनर्वास के बाद कई दोस्तों से कई बार विभाजन पर बहस और बात हुई। 'उसका बचपन' तो मैंने १९५६ में ही पूरा कर लिया था लेकिन 'गुज़रा हुआ ज़माना' मैं २५ वर्ष बाद ही लिख सका। ये तथ्य भी उस अनुभव की संश्लिष्टता और काठिन्य का द्योतक है।

> आप जैसा पढ़ाकू अपनी शुरुआती जवानी के दिनों में और भी बहुत कुछ पढ़ता रहा होगा। आपके दोस्तों की सूची लम्बी है। हम उनमें से अनेक पर बात कर सकते हैं। शुरुआत एक उपन्यासकार से ही करते हैं। मैं आपसे सबसे पहले भोपाल में मिला था। तब आप निर्मल वर्मा के साथ वहाँ आये थे। आप दोनों एक-दूसरे के साथ लगभग लगातार हँस रहे थे। आप दोनों की वह हँसी मुझे अब भी याद आती है। आपको निर्मल वर्मा के साथ बिताये अपने शुरुआती दिन याद हैं? आपकी उनसे मुलाकात किन लोगों के बीच हुई थी?

स्कूल के दिनों में पढ़ता कम था, कुढ़ता और गुढ़ता ज़्यादा था। घर में आर्थिक तंगी के कारण कलह अधिक होती थी, किताबें बिलकुल नहीं होती थीं। मैंने आठवीं या नौवीं के साथ फ़ारसी में मुंशी, यानि फ़ारसी के तीन इम्तिहानों, मुंशी, मुंशी आलम, मुंशी फ़ाजिल का इम्तिहान भी पास कर लिया था, बशीर अहमद शाह साहिब से ही पढ़ कर। उसके लिए मुझे फ़ारसी की कई किताबें भी पढ़ने को मिल गयी थीं दीवाने हाफ़िज़ वग़ैरह, उनमें अरबी का भी एक छोटा-सा संकलन हुआ करता था, जिसका नाम मुझे अभी तक याद है—सुल्लम-उल-अदब अर्थात् साहित्य की सीढ़ी। कस्बे में हमारी जान-पहचान के कुछ लोगों को ख़तरा होने लगा था कि मैं मुसलमान बन जाऊँगा। लेकिन मुंशी पढ़ने का यह फ़ायदा मुझे बताया गया था कि मैं इण्टरमीडियट सिर्फ़ अँग्रेज़ी का इम्तिहान देकर ही पास कर लूँगा और मेरे माता-पिता को कॉलेज का बोझ नहीं उठाना पड़ेगा। बाद में अगर मैंने मुंशी आलम कर लिया तो मैं बी.ए. की डिग्री सिर्फ़ अँग्रेज़ी का इम्तिहान पास करके हासिल कर सकूँगा।

जिन हिन्दी और उर्दू लेखकों को मैं कॉलेज में पसन्द करता था, उनमें से प्रेमचन्द और सुदर्शन और राजिन्दर सिंह बेदी और इस्मत चुक़तई और ग़ालिब और मीर और ज़ौक और इक़बाल के नाम मैं लूँगा। सुदर्शन और

प्रेमचन्द को मैं उर्दू में ही पढ़ता था। अँग्रेज़ी के उपन्यासकारों में मुझे डिकेंस और हार्डी और लॉरेंस बहुत पसन्द थे। पढ़ने का शौक़ या चस्का मुझे कॉलेज के दिनों में ही पड़ा। एम.ए. में बुखारी और कपूर के मज़ाहिया और तंज़िया मज़ामीन मैं बहुत चाव से पढ़ता था। लेकिन 'पढ़ाकू' मैं बाद में ही बना, जब मैंने कुछ कमाना और किताबें ख़रीदना और लाइब्रेरी जाना शुरू कर दिया और बाक़ायदा या बेक़ायदा लेखक भी बन गया।

मुझे भी भोपाल की वह यात्रा याद है। निर्मल और मैं किसी सरकारी गेस्ट हाउस के एक ही कमरे में ठहराये गये थे। वह यात्रा शायद १९८४ में हुई थी। तब तक निर्मल के साथ मेरी दोस्ती पुरानी, परायी और किसी क़दर कसैली भी हो चुकी थी लेकिन फिर भी बीच-बीच में यह तथ्य हम दोनों भूल जाया करते थे, जान-बूझ कर भी और वैसे भी और तब पुरानी पारस्परिक अनुकूलता लौट आया करती थी और हम किसी भी बात-बेबात पर बेतहाशा हँसने और लोट-पोट होने लगते थे। उस यात्रा में भी ऐसा कई बार हुआ था।

निर्मल और रामकुमार से मुलाकात दिल्ली के करोलबाग़, जिसे मैं टाँगेवालों की तरह जानबूझकर करोलीबाग कहा और लिखा करता था—अमेरिका से निर्मल को ख़त लिखते वक़्त लिफ़ाफ़े पर उसका पता लिखते समय अनायास 'करोलबाग़' के बजाय 'करोलीबाग़' लिख दिया करता था और निर्मल की हँसी की कल्पना कर मुस्करा दिया करता था। १९५० में जब मैं जालन्धर डी.ए.वी. कॉलेज से मुअत्तल होकर दिल्ली आया, हंसराज कॉलेज में अँग्रेज़ी की लेक्चररशिप शुरू करने के लिये, तो एक साल मैं ईस्ट पटेल नगर में किराये के एक कमरे में रहा। बाद में मैंने न्यू राजिन्दर नगर में किराये का मकान ले लिया। वहाँ पटेल नगर में मेरे पड़ोस में भीष्म साहनी रहते थे। उनसे जान-पहचान अपने उस्ताद और दोस्त ओ.पी. मोहन के द्वारा हुई जो जाट कॉलेज, रोहतक में अँग्रेज़ी के प्रोफ़ेसर थे और भीष्म को और मुझे अच्छी तरह से जानते थे। तब तक मैं जालन्धर में एक साल की नौकरी और रिहाइश के दौरान वहाँ कई उर्दू-हिन्दी-पंजाबी के कवियों और लेखकों के सम्पर्क में आ चुका था, एक-दो कहानियाँ उर्दू में लिख चुका था और 'शंकरर्स वीकली' में मेरे तीन मज़ाहिया लेख अँग्रेज़ी में प्रकाशित हो चुके थे, 'केबी' के उपनाम से। भीष्म ने मुझे बताया कि उर्दू के एक लेखक देविन्दर इस्सर ने करोलबाग़ में एक संस्था

बनायी है 'कल्चरल फोरम' के नाम से, जिसमें हिन्दी, उर्दू, पंजाबी और अँग्रेज़ी के कुछ नये लेखक हर हफ़्ते इतवार को एक प्राइवेट कोचिंग कॉलेज में मिलते और कहानियाँ-कविताएँ पढ़ते और उनपर धुआँधार बहस करते हैं, तुम भी वहाँ आया करो। देविन्दर इस्सर का नाम मैंने सुन और पढ़ रखा था। वहीं महेन्द्र भल्ला, भीष्म साहनी, रामकुमार, निर्मल, देविन्दर इस्सर के अलावा कुछ और नये लेखकों से मुलाकात हुई और उनमें से कई मेरे दोस्त बने। फिर निर्मल के द्वारा मैं स्वामीनाथन से भी मिलने लगा और वह भी मेरा दोस्त बनता गया। निर्मल और मैं कनॉट प्लेस और इण्डिया कॉफ़ी हाउस भी जाने और बैठने लगे। रामकुमार नया-नया पेरिस से लौटा था और वहाँ की बातें सुनाया करता था। चम्पा से जब १९५२ में शादी हुई तो उसने मुझे बताया कि उसका परिवार करोलबाग़ के उसी इलाक़े में निर्मल के पड़ोस में ही रहता था और वह भी निर्मल, रामकुमार और उनकी माँ को अच्छी तरह से जानती थी। हंसराज कॉलेज का मेरा एक साथी और दोस्त, धरम नराय, जो अर्थशास्त्र का लेक्चरर उसी दिन बना था जिस दिन मैं अँग्रेज़ी का और जल्द ही मेरा हँसोड़ दोस्त भी बन गया था, सेण्ट स्टीफन्स कॉलेज के दिनों से निर्मल और रामकुमार को ख़ूब जानता था, इसलिए भी निर्मल और रामकुमार से दोस्ती हो जाने में देर और दिक़्क़त नहीं हुई। वैसे भी हम सब तब वामपन्थी हुआ करते थे—निर्मल, रामकुमार, स्वामी, धरमु (धरम नराय) तो तब पार्टी के मेम्बर भी थे। निर्मल और रामकुमार के घर के पास ही सड़क पर एक गन्दे नाले के किनारे पान-सिगरेट की एक खोखा-दुकान हुआ करती थी, जिससे निर्मल और मैं और कभी-कभी स्वामी पान-बीड़ी लिया करते थे; वह हमारा छोटा-सा अड्डा हुआ करता था। वहाँ भी हमें एब्सर्ड हँसी के दौरे ख़ूब लोट-पोट किया करते थे।

उस 'कल्चरल फोरम' का, जो कई बरस चला, जहाँ से हिन्दी के कई नये लेखक उभरे, हम सब के साहित्यिक परवान में काफ़ी योगदान रहा, और ख़ास तौर पर हमारी हँसी में, जिस पर कभी-कभी रामकुमार बिगड़ भी जाता था, जैसाकि एक दिन उसके मथुरा रोड वाले घर में जब निर्मल और मैं हुसेन की मौजूदगी में बेतहाशा हँसते ही जा रहे थे और हुसेन भी हमारी हँसी में शामिल हो गये थे लेकिन रामकुमार गुस्से से लाल-पीला होता रहा था।

उसी 'कल्चरल फोरम' में हमारी पहली मुलाकात श्रीकान्त वर्मा, मनोहर श्याम जोशी, नरेश मेहता, नेमि जी और प्रयाग नारायण त्रिपाठी से हुई थी। वे दिन भी ख़ूब और ख़ूबसूरत हुआ करते थे।

भीष्म साहनी के पड़ोस में रहते हुए आप के दिमाग़ में उनकी क्या छवि बनी थी? उनके लेखन के बारे में उन दिनों आपके क्या ख़यालात थे? मैं यह इसलिए भी पूछ रहा हूँ क्योंकि आपके और उनके लेखन के बीच मीलों का फ़ासला है, जैसा कि आपके और निर्मल जी के लेखन के बीच भी। उन दिनों आपका लेखकीय स्वभाव आकार ले रहा होगा और इन सब लेखकों की कृतियों पर आप निश्चय ही सोचते रहे होंगे। तब तक आपने 'उसका बचपन' भी नहीं लिखा था।

भीष्म साहनी से बतौर लेखक परिचित होने के पहले ही मैं जालन्धर डी.ए.वी. कॉलेज में गुज़ारे एक वर्ष के दौरान उनके नेता-पक्ष से परिचित और प्रभावित हो गया था। वह पंजाब यूनिवर्सिटी टीचर्स यूनियन के जनरल सेक्रेटरी हुआ करते थे। मैं यह जानता था कि वह बलराज साहनी के छोटे भाई हैं। बलराज साहनी की पहली फ़िल्म 'धरती के लाल' मैंने लाहौर में एम.ए. के दिनों में देख ली थी और ये भी जान गया था कि उनके एक भाई भीष्म साहनी डी.ए.वी. कॉलेज रावलपिण्डी में अँग्रेज़ी के प्रोफ़ेसर हैं। शायद रावलपिण्डी के अपने बी.ए. के दिनों में भीष्म को दूर से जानता भी था, हालाँकि मैं सनातन धर्म कॉलेज में पढ़ रहा था। भीष्म साहनी मुझसे १२ साल बड़े थे, बेशक एक-दूसरे को जान लेने के बाद हमारी उम्रों का फ़र्क़ बहुत जल्द ही कहीं उड़-सा गया था।

विभाजन के बाद भीष्म ने जी.एम.एन. कॉलेज, अम्बाला में अँग्रेज़ी की प्रोफ़ेसरी शुरू कर दी थी। उस कॉलेज के प्रिंसिपल बलराज साहनी की पहली बीवी दमयन्ती उर्फ़ दम्मों के बड़े भाई थे, जिनका नाम इस वक़्त मुझे याद नहीं आ रहा। वही रावलपिण्डी के डी.ए.वी. कॉलेज के एक मशहूर और बने-ठने प्रिंसिपल हुआ करते थे; रावलपिण्डी में उनकी बड़ी धूम थी। मैंने भी उनका नाम सुना हुआ और उन्हें देखा भी हुआ था। वह देखने में बहुत भव्य हुआ करते थे और पोशाक में भी, पण्डित नेहरू और अज्ञेय की तरह और तर्ज़ पर ही। उनका बलराज साहनी और भीष्म साहनी

पर बड़ा असर था, आर्यसमाजी और कांग्रेसी असर जिसकी शिकायत बाद में भीष्म मुझसे भी किया करते थे। ख़ैर, १९४९-५० में भीष्म को जी.एम.एन. कॉलेज की प्रोफ़ेसरी से निकाल दिया गया और सारे पूर्वी पंजाब के कॉलेजों में उस क़दम के ख़िलाफ़ और भीष्म के हक़ में एक प्रतिरोध तहरीक़ चल उठी, जिसमें मोहन राकेश और मैं जो दिल्ली से नये-नये जालन्धर गये थे—मैं अँग्रेज़ी विभाग में और राकेश हिन्दी में—भी शामिल हो गये, भाषण देने लगे, अपने कॉलेज की हड़ताल में सबसे आगे थे। उन्हीं दिनों मैं पहली बार भीष्म से मिला भी, जालन्धर में ही। उस वक़्त तो हमारे ख़िलाफ़ कोई कार्रवाई नहीं की गयी लेकिन एक साल बाद जब हमारे पक्के होने का वक़्त आया तो नये प्रिंसिपल ने हमें जवाब दे दिया। यूनियन की स्थानीय शाखा ने कुछ शोर मचाया लेकिन राकेश और मेरी जालन्धर से छुट्टी हो गयी। उसके कुछ ही दिन बाद मैंने 'शंकरर्स वीकली' के लिये केबी के नाम से अपना दूसरा व्यंग्य लिखा, जिसका शीर्षक था, 'चार्ज शीट'। भीष्म से बेतकल्लुफ़ दोस्ती हो जाने के बाद मैं उससे मज़ाक़ किया करता था, तुम्हारे लिये मैंने कई कुर्बानियाँ कीं, जालन्धर की पहली नौकरी से निकाला गया और मुझे हंसराज कॉलेज आना और हिन्दी का लेखक बन जाना पड़ा!

मेरे जवाब की भूमिका लम्बी हो गयी लेकिन शायद भीष्म के लेखकीय पक्ष के बारे में अपनी राय देने से पहले मैंने उसे ज़रूरी समझा।

उनके पड़ोस में रहते हुए और कल्चरल फोरम में उनसे मिलते और उसके बाद गप्प मारते हुए, और उन्हें पढ़ते हुए मैंने उन्हें हमेशा एक हद तक पसन्द किया है, ख़ास तौर पर उनके नर्म और नाजुक ह्यूमर (हास्य) को और उनके शरारती अन्दाज़ को, लेकिन मैंने अक्सर उनके लेखन को किसी कदर 'आर्यसमाजी' भी समझा और कहा है। भीष्म मुझे राकेश और अश्क और यादव से तो बेहतर लेखक लगते हैं लेकिन उनकी आधुनिकता को उनकी प्रगतिशीलता और उनके आर्यसमाजी संस्कार दबाये रहता है। उनके भोलेपन का मैं मज़ाक़ उड़ाया करता था—उनकी एक कहानी युद्ध के ख़िलाफ़ और शान्ति के प्रचार को लेकर है जिसमें आख्याता अपनी माँ को सम्बोधित कर कहता है, मेरे अनुसार, 'माँजी, लोग लड़ते-मरते क्यों हैं, क्यों नहीं एक दूसरे को प्यार करते, दुलारते और खिलाते-पिलाते।' लेकिन उनकी कई कहानियाँ मुझे पसन्द भी हैं

जैसे 'क्रिकेट मैच', 'साग-मीट', 'चीफ़ की दावत', 'लेनिन का साथी', कई और जिनके नाम मेरी कम होती हुई याद की पकड़ में नहीं आते।

मैंने उन्हें घटिया लेखक कभी नहीं समझा या कहा, न ही उबाऊ, न ही बनावटी और बेईमान लेकिन सीमित-संयमित, सुधारवादी और अनाधुनिक हमेशा कहा और समझा है।

आप बता रहे थे कि आपने बी.ए. के पहले भी नौकरी की है।

लाहौर से इण्टरमीडियट के बाद और रावलपिण्डी में बी.ए. के लिये दाख़िल होने से पहले मैंने अपने रिश्तेदार भाई की कोशिश-सिफ़ारिश-सलाह से रावलपिण्डी में एक सरकारी ऑर्डिनेंस डिपो में दो या तीन महीने अस्थायी क्लर्की भी की। रहने के लिए एक और दूर की बूढ़ी मौसी के दो छोटे-छोटे कमरों में जगह भी मिल गयी। उस मौसी के पास उसका एक बेटा रहता था। मुझे कुछ पता नहीं कि वह क्या करता था। मैंने उसे 'गिलासों' गर्म दूध और 'ढेरों' रोटियाँ वग़ैरह खाते और मालिश के बाद 'घण्टों' वर्जिश करते ही देखा। मैं उससे डरता तो था लेकिन वह भीतर से भोला हुआ करता था। ज़ाहिर है वह हट्टा-कट्टा और क़द-काठी में मुझ से दोगुना था। मेरी उम्र उस समय सिर्फ़ १७ की थी और मेरा क़द बहुत छोटा और बेरौनक था। दफ़्तर में मेरा बॉस एक अँग्रेज़ हुआ करता था। मैं उससे भी डरता था। लेकिन मेरा एक साथी क्लर्क चोरी-चोरी और चुपचाप मेरी मदद करता रहता था।

उस आर्डिनेंस डिपो का अलार्म दूर से ही सुनायी दे जाता था; सुबह को वह एक जानवराना आवाज़ में दहाड़ते हुए हम सबको अपने अन्दर खींच लिया करता था और शाम पाँच बजे उसी आवाज़ से हमें बाहर धकेल-उगल दिया करता था। मैंने उस अलार्म के इर्द-गिर्द एक कहानी बुनने की नाकाम कोशिश उन्हीं दिनों की थी। मैं अपनी मजूरी में से कुछ उस बुढ़िया मौसी को देता था, कुछ डिंगा अपने घर भेज देता था, और कुछ अपने जेबख़र्च के लिये भी बचा लिया करता था। उस समय मुझे कोई बुरी आदत नहीं थी।

रावलपिण्डी के कॉलेज में बी.ए. के बाद और डिंगा के स्कूल में दो-तीन महीने मास्टरी और लाहौर गवर्नमेंट कॉलेज में एम.ए. के लिये दाख़िल

होने से पहले मैंने बाक़ायदा नौकरी की तलाश की थी और सिविल सप्लाई विभाग में आवेदन-पत्र भेजा था। उसके लिए इण्टरव्यू में बुलाया भी गया था। मुझे सियालकोट में एक डेप्युटी कमिश्नर के हुजूर में पेश होना था। लाहौर के दिनों का मेरा एक दोस्त वेद नरूला सियालकोट के पास ही एक शहर में रह रहा था। वहाँ उसके पिता वकील थे। मैं इण्टरव्यू से पहले एक-दो दिन उसके घर रहा। उन्हीं एक-दो दिनों में मैंने साइकिल चलानी सीखी। वह डेप्युटी कमिश्नर बहुत अच्छा और संवेदनशील व्यक्ति निकला। उसने मुझे समझाया कि वह मुझसे और मेरी ज़हानत से प्रभावित हुआ है लेकिन उसकी राय में मुझे आगे पढ़ना चाहिए, अगर हो सके तो, क्योंकि सिविल सप्लाई विभाग की इन्सपेक्टरी की दौड़-धूप और बेईमानियाँ मेरे बस की नहीं होंगी। उसकी बात सुन मैंने उस नौकरी का इरादा छोड़ दिया और दो-तीन महीने डिंगा में अपने स्कूल की मास्टरी के बाद गवर्नमेंट कॉलेज लाहौर में अँग्रेज़ी एम.ए. में दाख़िल हो गया।

जालन्धर की नौकरी के मेरे इण्टरव्यू का क़िस्सा भी बहुत दिलचस्प है। सुनाता हूँ। जब मैंने वहाँ आवेदन-पत्र भेजा, उस कॉलेज के प्रिंसिपल लाला ज्ञानचन्द हुआ करते थे। उन्होंने मुझे जवाब दिया, अपने हाथ से लिखे हुए ख़त में कि मैं उन्हें दिल्ली में ही फ़लाँ दिन, फ़लाँ पते पर, फ़लाँ वक़्त पर मिलूँ और मेरे किसी दोस्त ने अगर मेरे साथ कैम्प कॉलेज से अँग्रेज़ी में ही एम.ए. पास किया हो और वह नौकरी की तलाश में हो तो मैं उसे भी अपने साथ इण्टरव्यू पर लेता आऊँ।

मैंने तब कैम्प कॉलेज के पिछवाड़े खुले मैदान में लगे तम्बू-होस्टल में ही रहने की इज़ाज़त कॉलेज के प्रिंसिपल से ले रखी थी। मैं होस्टल में ही खाना खाया करता था। वहाँ मेरा 'हिसाब' चलता था और मेस का ठेकेदार मेरा एतबार किया करता था। रावलपिण्डी के मेरे दो दोस्त, केदारनाथ उर्फ़ शेक्सपियर और पृथ्वीचन्द उर्फ़ 'लोहा' सब्ज़ी मण्डी से पैदल हर शाम मेरे तम्बू-होस्टल में आया करते थे, मेरे 'हिसाब' से खाना खाने। सब्ज़ी मण्डी मेरे होस्टल से कई मीलों की दूरी पर थी। उन दोनों ने भी मेरे साथ ही कैम्प कॉलेज से अँग्रेज़ी में एम.ए. किया था। वह रावलपिण्डी में बी.ए. में मेरे सहपाठी हुआ करते थे। एम.ए. में वह दोनों वहीं रह गये थे और मैं लाहौर चला गया था। विभाजन के बाद वह दोनों भी लुटे-पिटे उधर से इधर हिन्दुस्तान आ गये थे, हम कैम्प कॉलेज में फिर मिल गये थे।

उस शाम जब वह दोनों आये, मैंने उन्हें प्रिंसिपल ज्ञानचन्द का पत्र दिखाया। पृथ्वीचन्द आई.ए.एस. की तैयारी करना चाहता था और बाद में वह उसमें कामयाब भी हो गया लेकिन केदारनाथ की बाँछें खिल गयीं। उसने उस शाम ख़ूब खाया, बहुत उछला, वह क़द में मुझसे भी छोटा था, पृथ्वीचन्द के साथ चलता हुआ वह उससे आधा लगता था क्योंकि पृथ्वी मुझसे भी बहुत लम्बा था। वह रावलपिण्डी के दिनों में बतौर शेक्सपियर मशहूर हो गया था क्योंकि वह हमेशा अँग्रेज़ी में बोलता था और किताबें बहुत पढ़ता था। वैसे भी वह सनकी था और बहुत सी अण्ट-सण्ट जानकारियाँ उसे थीं।

केदारनाथ इण्टरव्यू वाले दिन मेरे साथ प्रिंसिपल साहेब के बताये हुए पते पर पहुँच गया। हम एक बैठक-सी में बिठा दिये गये। थोड़ी देर बाद प्रिंसिपल साहेब आये तो उन्होंने सूती पायजामे के ऊपर एक ऊनी पायजामा भी पहना हुआ था जिसके नीचे से सूती सफ़ेद पायजामा का पाँयचा झाँक रहा था। हम दोनों ने उसे देख लिया लेकिन केदारनाथ से रहा न गया, वह बोला, 'प्रिंसिपल साहिब, ये आप बहुत अच्छा करते हैं कि सूती पायजामे के ऊपर ऊनी पायजामा भी पहन लेते हैं, इससे आपकी टाँगे ख़ूब गर्म रहती होंगी।' प्रिंसिपल साहेब मुस्करा दिये और बोले, 'मैं जब कॉलेज में पढ़ता था तब भी यही किया करता था।' केदार बोला, 'ठीक ही करते थे आप।'

केदारनाथ की ऐसी ही और कुछ बातों के बावजूद हम दोनों उस इण्टरव्यू में सफल हो गये और हमें उसी समय दो हस्त-लिखित नियुक्ति पत्र भी मिल गये। जब हम उस घर से निकले, हमारी ख़ुशी का कोई ठिकाना नहीं था।

> जालन्धर और बाद में हंसराज कॉलेज में पढ़ाने के आपके क्या अनुभव थे। क्या उन दिनों जालन्धर और दिल्ली के छात्र अँग्रेज़ी पढ़ने में बहुत अधिक रुचि ले रहे थे? क्या उनमें से अधिकतर साहित्य में ही शोध आदि करना चाहते थे या आपकी तरह पढ़ाना या फिर अँग्रेज़ी पढ़ना वे इसलिए चाहते थे कि उन्हें आई.ए.एस. जैसी कोई परीक्षा पास करने की आकांक्षा थी? क्या आपको उन दिनों के अपने कुछ छात्र या साथी याद हैं? आपने जहाँ पढ़ाया,

उन कॉलेजों का क्या परिवेश था? क्या उन दिनों छात्रों और शिक्षकों में भारतीय साहित्य को लेकर उत्सुकता थी, जैसी मसलन स्वतन्त्रता के पहले हुआ करती थी?

जालन्धर के डी.ए.वी. कॉलेज में पढ़ाना केदारनाथ और मैंने एक ही दिन शुरू किया था। हम कुछ दिन डी.ए.वी. कॉलेज के मेहमानघर के एक ही कमरे में रहे भी। लेकिन केदारनाथ को लड़कों को अनुशासित करने में इतनी दिक़्क़त आयी कि वह नौकरी छोड़ देने पर तैयार हो गये तब प्रिंसिपल ज्ञानचन्द ने एक विकल्प उसे सुझाया। डी.ए.वी. संस्था जालन्धर में ही एक महिला कॉलेज भी चलती थी। प्रिंसिपल ज्ञानचन्द ने उन्हें घर बुलाकर सुझाया कि वह उस महिला कॉलेज में पढ़ाना शुरू कर दे। वह तुरन्त मान गया और वहाँ चला गया।

अनुशासन की समस्या मेरे सामने भी उठी थी शुरू-शुरू में, लेकिन जालन्धर में विभाजन के फ़ौरन बाद मैं अपने परिवार समेत एक शरणार्थी कैम्प में जब रहा था, डी.ए.वी. कॉलेज के एक एथलीट विद्यार्थी स्वयंसेवक से मेरी दोस्ती हो गयी थी। जब मैं १९४९ के शुरू में जालन्धर के उसी कॉलेज में लेक्चरर बनकर गया तो वह जाट लड़का, परसा सिंह, वहीं था। उसकी उस कॉलेज में बड़ी धाक हुआ करती थी। उसने अपने चेलों-चाटों को फ़रमान दे रखा था कि मेरी क्लासों में चूँ-चारा तक न करें। जिस क्लास में वह ख़ुद नहीं होता था, बाहर बरामदे में खड़ा हो पहरा दिया करता था। इसलिए भी मुझे दिक़्क़त नहीं हुई थी।

तीन महीनों के बाद प्रिंसिपल ज्ञानचन्द वहाँ से चले गये और उनकी जगह प्रिंसिपल सूरजभान आ गये। उनके नाम से मैं वाकिफ़ था क्योंकि लाहौर में मोहयाल होस्टल के पीछे उनका मकान हुआ करता था और वह लाहौर में किसी डी.ए.वी. हाईस्कूल के हेड मास्टर हुआ करते थे। विभाजन के बाद ही शायद वह किसी डी.ए.वी. कॉलेज के प्रिंसिपल बने। उन्होंने ही एक साल बाद मुझे और मोहन राकेश को कन्फर्म न करने का फ़ैसला किया।

जालन्धर में सिर्फ़ एक साल ही रहा। उस साल की मुख्य घटना अम्बाला के जी.एम.एन. कॉलेज से पंजाब यूनिवर्सिटी टीचर्स यूनियन से जनरल सेक्रेटरी भीष्म साहनी की मुअत्तली ही रही जिसका खामियाज़ा और

लोगों के अलावा राकेश और मुझे भी भुगतना पड़ा।

मोहन राकेश से तब मेरी जान-पहचान तो थी, दोस्ती नहीं थी, वह दिल्ली लौटने पर ही हुई। वहाँ के विद्यार्थियों और साथियों में परसा सिंह के अलावा मैं बहुत कम का क़रीबी हो पाया। उस कॉलेज का परिवेश मेरे लिये पराया ही रहा। जालन्धर शहर में अलबत्ता उर्दू के मेरे कई दोस्त बन गये थे, जिनमें फ़िक्र तौंसवी और मख़्मूर जालन्धरी ख़ास हुआ करते थे। दोनों माकूल शायर थे, उम्र में मुझसे कुछ बड़े थे, हम अक्सर मिला और इकट्ठे घूमा करते थे। फ़िक्र बाद में दिल्ली आ गया था। वह नस्र भी लिखता था, तंज़िया और तकींदी। बरसों तक उसने एक बहुत ही अच्छा हफ़्तावारी कालम एक रोज़ाना उर्दू अख़बार से लिये लिखा— 'प्याज़ के छिलके'।

जालन्धर के बाद और हंसराज कॉलेज, दिल्ली से पहले मैंने अम्बाला एस.डी. (सनातन धर्म) कॉलेज में भी दो महीने पढ़ाया जहाँ मेरे एक शागिर्द श्री एन.एन.वोहरा ने वर्षों बाद इण्डिया इण्टरनेशनल सेंटर में मेरे पाँव छूकर मुझे चकित कर दिया। पूछने पर उनने मुझे बताया कि मैंने उन्हें १९५० में एस.डी. कॉलेज में पढ़ाया था और उनसे एक बार कोई लम्बी बात की थी जो उन्हें अभी तक याद है। वह तब सेंटर के डायरेक्टर थे और अब शायद जम्मू-कश्मीर के राज्यपाल हैं।

गवर्नमेंट कॉलेज में मेरे एम.ए. के सहपाठियों में से बहुत से आई.ए.एस. और आई.एफ.एस. में चले गये थे। मुझ पर भी लोगों का दबाव बहुत था लेकिन मैंने ज़्यादा मुश्किल रास्ता चुना।

हंसराज कॉलेज में मैंने आठ साल लगातार पढ़ाया; १९५८ में तीन साल के लिये हार्वर्ड चला गया, पी-एच.डी. करने; १९६१ में हंसराज कॉलेज में वापस लौट आया; १९६२ से १९६६ तक मैं फिर हार्वर्ड में शोध कर रहा था कि मुझे स्टेट यूनिवर्सिटी ऑफ़ न्यूयार्क एट पॉस्टडम से एक बुलावा आया कि मैं एक-दो साल के लिये वहाँ पढ़ाऊँ। मैं अमरीका में तब अकेला ही गया था। मैंने चम्पा को फ़ोन किया और चण्डीगढ़ में कुलपति सूरजभान को लिखा कि वह मुझे बिला तनख़्वाह छुट्टी दें। उन्होंने यह कहकर इन्कार कर दिया कि वह मुझे खोना नहीं चाहते। मैंने केबल से त्यागपत्र दे दिया और चम्पा ने भी अपने सेंट जॉन्स स्कूल से त्यागपत्र

दे दिया और तीनों बेटियों समेत मेरे पास चली आयीं।

> चम्पा जी से आपकी भेंट कहाँ हुई थी? आपका इश्क़ किस तरह परवान चढ़ा? क्या इससे पहले आपका 'सेंटीमेंटल एजुकेशन' हो चुका था और अगर हाँ तो उसकी भी दबी-छुपी-सी चर्चा में कोई हर्ज़ तो नहीं?

मेरा सच्चा 'सेंटीमेंटल एज्युकेशन' चम्पा से ही शुरू हुआ। मेरे जालन्धर और अम्बाला के बाद दिल्ली हंसराज कॉलेज में आ जाने के बाद, १९५० में। उससे शादी की बात तो तथाकथित पारम्परिक तरीक़े से किसी तीसरे ने ही चलायी थी लेकिन जल्द ही उस बात की बागडोर हम दोनों ने अपने-अपने हाथों में ले ली। मैं हंसराज कॉलेज में पढ़ाता था, वह किसी मॉण्टेसरी स्कूल में। साथ-साथ वह पढ़ भी रही थी।

पहली बार जब मैंने उसे दिल्ली यूनिवर्सिटी में इंग्लैण्ड से आयी हुई एक कम्पनी का प्रस्तुत किया हुआ 'हेमलेट' देखने के लिये बुलाया था तो वह बस से अकेली ही वहाँ पहुँची थी; मैं उसे वहीं मॉरिस हॉल में मिला था। मेरे कुछ दोस्त भी हॉल में मौजूद थे; वह भी हमारे साथ ही बैठे थे। रास्ते में कश्मीरी गेट के बस स्टॉप पर भी मेरा एक दोस्त पाण्डे, जिसे वह पहचानती थी, उसके साथ हो लिया था। नाटक के बाद हम यूनिवर्सिटी के कॉफ़ी हाउस में भी कुछ देर अकेले बैठे थे। वापसी के किराये के लिए मेरी जेब में पैसे नहीं बचे थे। बस का टिकिट उसी ने ख़रीदा था। मैंने उसे उसके घर छोड़ा था। मैं भीतर नहीं गया था। अगली बार मिलने पर चम्पा ने मुझे बताया कि उसकी माताजी उससे बहुत नाराज़ हुई थीं। उनने उसे एक थप्पड़ भी मारा था। वह ख़ुद उस दिन से बीमार पड़ गयी थी, इसलिए मैंने उसके घर से बाहर मिलने-जुलने की अपनी ज़िद स्थगित कर दी थी और रोज़ रात को उसके घर जाना और 'घण्टों' वहाँ बैठे रहना शुरू कर दिया था। मैं सबसे पहले उसकी माताजी के पास बैठता था, उनका हालचाल पूछता था, उनकी मुठी-चापी करता था और फिर चम्पा और मैं दूसरे कमरे में बैठ जाते थे। हर क़िस्म की बातें होती थीं और कई क़िस्म की हरकतें। माँ की चम्पा को हिदायत थी कि वह मुझे दस बजे रात के बाद बैठने न दे। मैं उसे समझाता था कि रास्ता जंगली है और पैदल जाना ख़तरनाक है, मैं यहीं सो जाता हूँ। वह जब जाकर अपनी

माताजी से यह सब कहती थी तो माताजी उसे झिड़क देती थीं और कहती थीं, तेरे जैसी बेवकूफ़ लड़की मैंने नहीं देखी। ये ड्रामा क़रीब हर रोज़ होता था। इससे तंग आकर मैंने अल्टीमेटम दे दिया कि मुझे बाहर मिलो, मेरे साथ मेरे बताये हुए दोस्तों के घर जाओ, मेरे साथ सैर-सपाटे पर निकलो, नहीं तो ये सिलसिला समाप्त समझो। ये कहकर गर्मी की छुट्टियों में मैं शिमला भाग गया था, चम्पा से नाराज़ होकर। फिर मेरे लौटने पर पता नहीं कैसे सुलह हुई। उस वक़्त के एक बड़े पक्के प्यारे और अलेखक लेकिन पढ़े-लिखे दोस्त को मैं इक़बाल का एक शेर बार-बार सुनाया करता था : 'इक़बाल तेरे इश्क़ ने सब ख़म दिये निकाल/मुद्दत से आरज़ू थी कि सीधा करे कोई।'

१९५२ में शादी के बाद चम्पा ने मुझे बताया कि शादी से कुछ ही दिन पहले उनके किसी रिश्तेदार ने चम्पा के माता-पिता से कहा कि उसने ख़ुद मुझे कई बार कई लड़कियों के साथ देखा है, कि उसने मुझे सोवियत और चीनी एम्बेसी में पी-कर धुत्त होते हुए भी देखा है, कि मेरा चरित्र बहुत ख़राब है, कि मैं कम्युनिस्ट हूँ। ये सब सुनकर उसके पिताजी भी उसकी माताजी की ही तरह मेरे ख़िलाफ़ हो गये। उनने चम्पा से कहा कि हमारी सब तैयारियाँ हो चुकी हैं, अगर तुम हाँ कर दो तो मैं अब भी यह शादी रोक दूँगा और सब तैयारियाँ रोक दूँगा। चम्पा ने ये सुन कर एक फ़िल्मी-सा डायलॉग मारा : मेरी शादी तो इस लड़के से हो चुकी है; अगर आप नहीं मानोगे तो मैं सारी उम्र कुँवारी बैठी रहूँगी। ये सुन उसके पिताजी लाजवाब हो गये और सोच में पड़ गये। शादी के बाद जब मैंने ये सब सुना तो मुझे उसके पिताजी और माताजी को समझाने और सराहने में काफ़ी देर लगी। लेकिन हमारी शादी को अब ६५ वर्ष होने वाले हैं, इसी वर्ष दिसम्बर में हमारी शादी अमर है!

आपकी दिल्ली की शुरुआती यादें क्या हैं ? क्या तब तक दिल्ली में शक्ति-तन्त्र की वैसी व्याप्ति हो चुकी थी जैसी मसलन अब है ?

विभाजन के बाद की दिल्ली में विभाजन के दौरान बहाये गये ख़ून और किये गये ख़राबे का रंग घुला-मिला था। वह दिल्ली के मेरे पहले दर्शन थे। मैं जालन्धर में शरणार्थी कैम्प में कुछ दिन किसी तरह गुज़ार लेने के बाद जालन्धर शहर में भी कुछ दो-तीन महीने रहा था। मैं काम करने के

बाद ही दिल्ली गया था। पिता को दिल्ली के पास ही एक कस्बे, बल्लभगढ़ में पटवारी की मुलाज़मत मिल गयी थी और मुझे कैम्प कॉलेज के लिये सरकारी कर्ज़ मिल गया था जो बाद में मुआफ़ कर दिया गया था। हम कुछ बहाल हो गये थे। मैं कुछ दिन अपने उसी रिश्तेदार के सरकारी क्वार्टर में रहा था, जिसने मुझे इण्टरमीडियट के बाद १९४४ में रावलपिण्डी की अस्थायी क्लर्की दिलवायी थी। उस क्वार्टर के पड़ोस में ही लाहौर गवर्नमेंट कॉलेज का मेरा एक सहपाठी और दोस्त, गोपालकृष्ण भानोट भी रहता था, शायद अपने बड़े भाई या बाप के साथ। वह हिन्दू कॉलेज में पंजाब यूनिवर्सिटी का एम.ए. पूरा कर रहा था, शाम के किसी स्पेशियल प्रोग्राम में। मुझे कैम्प प्रोग्राम, जो हरकोर्ट बटलर हाई स्कूल की भव्य इमारत में शाम को लगता और जिसका तम्बू होस्टल की उस इमारत के पिछवाड़े एक खुले मैदान में था—में ही जगह मिली थी और उसी के लिए सरकारी कर्ज़ भी। गोपाल को मिलकर बहुत ख़ुशी हुई थी। कैम्प कॉलेज की क्लास में भी लाहौर गवर्नमेंट कॉलेज के दो-तीन विद्यार्थी मेरी क्लास में थे।

उस वक़्त की दिल्ली भी बदल रही थी, पंजाबी शरणार्थियों के कारण। बहुत जल्दी-जल्दी में उनके लिए नयी बस्तियाँ बनवायी जा रही थीं—राजिन्दर नगर, पटेल नगर, शक्ति नगर, किंग्सवे कैम्प, पंजाबी बाग वग़ैरह। उन दिनों पंजाबी शरणार्थियों की सराहना में ये अक्सर कहा और सुना जाता था कि वह बहुत मेहनती हैं, ख़ासतौर पर सिक्ख शरणार्थी। पंजाबी की एक कहानी बहुत मशहूर हो गयी थी; उसका शीर्षक शायद ये था : 'कोई सिक्ख भिखमंगा किसी ने किड़े नहीं वेख्या'।

दिल्ली में उन दिनों बंगाली मार्केट के पास त्रिवेणी कला संगम बन गया था और श्रीराम सेंटर शायद बन रहा था। कनॉट सर्कल या सर्कस में शंकर मार्केट बना दी गयी थी। वहाँ की एक आर्ट गैलरी एक और अड्डा था, जहाँ कलाकार और लेखक और बौद्धिक मिला करते थे। कॉटेज एम्पोरियम की पुरानी बिल्डिंग भी जनपथ पर थी और उसके बाहर का कैफ़ेटेरिया और उसके ऊपर की आर्ट गैलरी, जिसका नाम अब मुझे याद नहीं आ रहा और जिसे रिचर्ड बार्थलोम्यु चलाते थे, भी हम सबका एक बारौनक अड्डा हुआ करता था। इन सबका बाबा आदम उन दिनों जनपथ पर स्थित इण्डिया कॉफ़ी हाउस था, जिसे मैंने अपने उपन्यास 'बिमल उर्फ़ जायँ तो

जायँ कहाँ' का एक पूरा अध्याय दिया था—'सवाल'। जनपथ पर कई छोटी-छोटी स्टॉल तभी खुल गयी थीं और अभी तक हैं, बल्कि ख़ूब फलफूल रही हैं और उस सड़क की भीड़ और शान बढ़ा रही हैं।

'बिमल' में विभाजन के बाद की बदलती हुई दिल्ली के कई रंग और दृश्य हैं; बिमल ख़ुद उन सब उखड़े हुए युवाओं का प्रतिनिधि है जो स्वतन्त्रता के बाद अपनी ज़मीन खोज और बना रहे थे, दिल्ली में ही नहीं सारे देश में, अपने पथ की खोज कर रहे या उसे बना रहे थे, दिल्ली में ही नहीं सारे देश में। उस उपन्यास में उनकी समस्याएँ हैं, उनके सवाल हैं और उनके उबाल और उनकी कुण्ठाएँ भी। उसमें मुंशी भवन का ज़िक्र आता है जो अजमेरी गेट के पास था और वामपन्थी सरगर्मियों का केन्द्र भी।

बाद में तम्बू कॉफ़ी हाउस भी खुल गया था, कनॉट सर्किल या सर्कस में ही, जहाँ डॉ. राम मनोहर लोहिया बैठने लगे थे और एक ओपन एयर कॉफ़ी हाउस भी चल पड़ा था। जहाँ कृष्णा सोबती अपना दरबार लगाया करती थीं और एक और बार भी था जहाँ स्वामी (नाथन) और उसके दोस्त बैठा करते थे। कनॉट प्लेस में ही वेंगर्स और स्टेंडर्ड और नरूला के बार भी थे जो उस वक़्त बहुत सम्पन्न, बौद्धिक-प्रिय हुआ करते थे। बहुत बाद में कनॉट सर्कस या सर्कल में ही रीगल की बगल में एक टी हाउस भी खुला जो शायद अभी तक है तो, लेकिन उसमें वह बात नहीं जो शुरू-शुरू में थी। रिवोली के बाहर भी कुछ सालों के लिये एक छोटी-सी जगह बनी थी।

उसी ज़माने में कुछ सालों के लिये नयी दिल्ली में ही शारदा उकील और बरदा उकील की चलायी हुई एक संस्था, ऑल इण्डिया फ़ाइन आर्टस् एण्ड क्राफ़्ट सोसायटी (एआईएफएएसीएस) भी बहुत सक्रिय थी।

पुरानी दिल्ली में जामिया मस्जिद के आस-पास कई होटल और रेस्तराँ थे, जहाँ हुसेन और उर्दू के शायर मज़ाज बहुत जाया करते थे। शादी के बाद मैं भी चम्पा को वहाँ के लोरा होटल और रेस्तराँ में ले गया था, हालाँकि वह शुरू से अब तक शुद्ध शाकाहारी है।

पुरानी दिल्ली के चाँदनी चौक और दरीबे में शाकाहारी खाने और ज़ेवरों की कई मशहूर दुकानें भी थीं और हैं। मेरे दोस्त धरमनारायण का एक

बड़ा-सा पुराना खानदानी महलनुमा मकान वहीं दरीबे में था और वह अपने बाड़े-से संयुक्त परिवार के साथ वहाँ रहता था और कहा करता था, इस घर में लाखों की संख्या में लोग हैं, जिनमें हज़ारों बच्चे भी हैं जिनके नाम और शक्लें मुझे मालूम नहीं। दरीबे में उसके साथ घूमते हुए क़दम-क़दम पर पकोड़ियाँ और गोल-गप्पे खाने पड़ते थे क्योंकि धरमू कहता था कि ये सब मास्टर कलाकार हैं अपनी-अपनी चीज़ों के, ये सब कुछ ही सालों में प्रगति और आधुनिकता और परिवर्तन के शिकार हो जायेंगे और अगर तुम हिन्दी का लेखक-वेखक होने के स्वप्न देखते हो तो तुम्हारे लिये ज़रूरी हो जाता है, इन मास्टर कलाकारों की चीज़ें खाना—इनकी गन्दगी मत देखो वैदराज, इनकी कला देखो और इनकी चीज़ों का स्वाद देखो हकीम साहिब! वह मुझे ये भी याद दिलाता रहता था कि पी-एच.डी. कर लेने के बाद मुझे बहुत मुश्किल हो जायेगी क्योंकि मैं एक चलता-फिरता विरोधाभास बन जाऊँगा : डाक्टर वैद!

तब दिल्ली की ज़िन्दगी पर शक्ति-तन्त्र इतना हावी नहीं हुआ था लेकिन आसार उसी भविष्य की तरफ़ अँगुलियाँ उठा रहे थे जिसमें वह तन्त्र दिल्ली की ज़िन्दगी का गला दबोचना शुरू कर देगा।

१९६२ में मैं हंसराज कॉलेज से पंजाब यूनिवर्सिटी, चण्डीगढ़ चला गया था। १९६२ से १९६६ तक मैं वहाँ रहा। उस अर्से में मेरा एक जापानी लेखक दोस्त, ओदा मकातो वहाँ आया था, दूसरी बार। उसके साथ मैं दिल्ली भी गया था। उसने कहा था कि अगर हो सके तो मैं उसे डॉ. लोहिया से मिलवा दूँ। सो हम उस तम्बू कॉफ़ी हाउस में चले गये। वहाँ हमें डॉ. लोहिया अपनी टोली के साथ बैठे दिख गये। मैंने अपना परिचय देकर ओदा को उनसे मिलवाया तो वह बोले, कल मेरी कोठी में तुम दोनों आ जाना, वहाँ आराम से बात कर सकूँगा। सो हम दूसरे दिन उनकी कोठी पर पहुँच गये। ओदा के सवालों के जवाब लोहिया देर तक देते रहे। फिर मुझसे बोले, आप बहुत अच्छा लिख रहे हैं, लिखते रहिये। मैं हैरान तो हुआ लेकिन मैंने पूछा नहीं कि उनने मेरा क्या-क्या पढ़ा है, बाद में मुझे ख़्याल आया कि शायद बद्री विशाल पित्ती ने मेरे बारे में उनसे कभी कुछ कहा हो। मैंने बद्री विशाल जी से भी कुछ नहीं पूछा। वह मुलाकात बहुत अच्छी थी। उसके बाद मुझे उनसे मिलने का कोई संयोग नहीं हुआ।

उन दिनों आप श्रीकान्त वर्मा, अशोक सेक्सरिया और उस ओर से ही आयीं कृष्णा सोबती से मिले होंगे। इन लोगों के साथ आपके क्या, कैसे संवाद और बहसें हुआ करती थीं? क्या उन दिनों ऐसी कुछ किताबें आयी थीं जिन पर आप लोगों की राय में अन्तर हुआ करता था इसलिए भी बहसें हुआ करती हों? या भारत की राजनीति पर उन दिनों आप लोगों के बीच क्या बहसें थीं? ये लेखक, जिनके नाम सवाल की शुरुआत में हैं, भी तब नये-नये दिल्ली आये होंगे।

दिल्ली में मेरे साहित्यिक सम्बन्धों का असली आरम्भ जुलाई १९५० में जालन्धर में एक वर्ष और अम्बाला में दो महीने पढ़ा लेने के बाद हंसराज कॉलेज, दिल्ली में पढ़ाना शुरू करने के बाद ही शुरू हुआ। मैं वहाँ १९५८ तक रहा, उसके बाद वहाँ से हार्वर्ड चला गया तीन वर्षों के लिए, अँग्रेज़ी में पी-एच.डी. करने, वहाँ से लौटकर मैंने एक वर्ष और हंसराज कॉलेज में पढ़ाया; और उसके बाद मैं पंजाब यूनिवर्सिटी, चण्डीगढ़ के अँग्रेज़ी विभाग में बतौर रीडर चला गया, वहाँ से फिर १९६६ में अमरीका जहाँ मैंने क़रीब लगातार १९-२० वर्ष पढ़ाया।

१९५०, १९५८, १९६१ और १९६२ के बीच दिल्ली में बसे हुए हिन्दी लेखकों से, ख़ासतौर पर भारत के हिन्दी और अन्य भाषाओं के कुछ लेखकों से मेरे सम्पर्क और सम्बन्ध बनने और पनपने लगे। फिर मैंने १९८५ में पढ़ाना बन्द कर दिया और दिल्ली और भारत और लेखन में अधिक समय और सामर्थ्य लगाना शुरू कर दिया। अब अपने आख़िरी दौर में हम मैं-बीवी फिर यहाँ अमरीका में ही अटक गये हैं, क्योंकि एक तो सफ़र अब और ज़फर होता जा रहा है और दूसरे हमारी तीनों बेटियाँ और चारों नाती-नतरें यहीं बसे-रसे हुए हैं, और उनका स्नेह-मोह हमें यहाँ से हिलने का जोख़िम उठाने नहीं देता।

जिन तीन लेखकों के तुमने अपने इस सवाल में नाम लिये हैं—श्रीकान्त वर्मा, अशोक सेक्सरिया, कृष्णा सोबती—उनसे 'उन दिनों' दिल्ली में कभी-कभी इधर-उधर मिल तो ज़रूर जाता था, उनके साथ बात-बहस भी होती थी, लेकिन उनसे मिलना-जुलना और बतियाना-बहसियाना-याराना बहुत कम था। वह बाद में कृष्णा सोबती और श्रीकान्त के साथ

तो हुआ लेकिन अशोक सेक्सरिया के साथ उनके कोलकाता लौट जाने के बाद नहीं हुआ।

उन दिनों की एक महत्त्वपूर्ण पुस्तक मुझे याद आती रहती है, और असंख्य लेखकों और पाठकों को भी ज़रूर आती होगी, 'मैला आँचल', जिसने अपने ही बलबूते पर हिन्दी जगत में धूम मचा दी थी। उसपर हम सब दोस्तों में ख़ूब चर्चा होती थी, उसकी कला पर, उसकी भाषा पर, उसकी तथाकथित 'आँचलिकता' पर, उसकी विषय-वस्तु पर, उसकी प्रगतिशीलता पर। उन दिनों उसकी टक्कर का उपन्यास और नहीं आया था, अभी तक भी बहुत कम ही हैं।

राजनीति पर बहसें बहुत होती थीं—औपचारिक और अनौपचारिक गोष्ठियों में भी, पत्र-पत्रिकाओं में भी, सड़कों पर भी, कॉफ़ी हाउस और बार में भी।

मेरा अपना 'उसका बचपन' भी आ चुका था और धीरे-धीरे पढ़ा और सराहा भी जा रहा था लेकिन अभी तक नेमि जी ने उस पर अपना वह लेख नहीं लिखा था जो बाद में उनकी पुस्तक, 'अधूरे साक्षात्कार' में छपा और ख़ूब चर्चित भी हुआ। कृष्णा सोबती ने मुझसे 'उसका बचपन' की सराहना की थी, निर्मल वर्मा ने उसके शीर्षक पर उँगली उठायी थी।

उन दिनों 'कहानी' और 'कल्पना' में प्रकाशित कहानियों और लेखों की चर्चा बहुत हुआ करती। उन्हीं दिनों शायद श्रीकान्त वर्मा ने 'कहानी' में अपना कॉलम, 'जिरह', शुरू किया था जो मुझे पसन्द था और जिसकी चर्चा बहुत होती थी। उनकी एक कविता की दो पंक्तियाँ भी बहुत चली थीं : 'मैं अपने कमरे में खड़ा हूँ नग्न/क्षमा करें महिलायें' और उनकी एक कहानी भी मुझे बहुत पसन्द आयी थी : 'दूसरे के पैर'।

> आपने 'उसका बचपन' लिखना कब और कैसे शुरू किया? यानि तब तक आपके मन में क्या चलने लगा था? आपकी प्रेरणा के स्रोत कौन से लेखक थे? क्या आपने इसके हिस्से अपने किसी दोस्त को या कहीं पढ़कर सुनाये थे?

'उसका बचपन' का पहला प्रारूप १९५५-५६ में लिखा गया; उसे लेकर मैं १९५६ में गर्मियों की छुट्टियों में एक महीने के लिए अकेला रानीखेत

चला गया। वहाँ मैं एक होटल, मॉउण्ट व्यू में होटल से अलग एक कॉटेज में रहा। मैं पहले प्रारूप को साथ ले तो आया था लेकिन दूसरा प्रारूप लिखते हुए मैंने उसे एक बार भी देखा नहीं क्योंकि मैं उससे असन्तुष्ट था। वह उस उपन्यास के अन्तिम प्रकाशित रूप से दो-अढ़ाई गुना लम्बा था। उसमें पारम्परिक उपन्यास का-सा फैलाव था, उसी के 'फ़र्निचर' से वह अटा हुआ था—मेरा संकेत यहाँ वर्जीनिया वुल्फ़ के विख्यात निबन्ध 'मिस्टर बेनेट एण्ड श्रीमती ब्रॉउन' की तरफ़ है। उसका नरेटर सर्वज्ञ और सर्वस्थित था; उसका दृष्टिकोण किसी एक पात्र तक सीमित नहीं था; इसलिए भी उसमें हर प्रकार का बिखराव था, जो मुझे पसन्द नहीं था।

दूसरा प्रारूप रानीखेत के एक महीने में ही पूरा हो गया। 'कहानी' पत्रिका के सम्पादक श्रीपत राय भी तब रानीखेत में थे। उनका बंगला मेरे होटल से ज़्यादा दूर नहीं था। 'कहानी' में तब तक मेरी कुछ कहानियाँ प्रकाशित हो चुकी थीं। श्रीपत जी से पहली मुलाकात रानीखेत में ही हुई लेकिन ख़तोकिताबत हो चुकी थी। मैंने दिल्ली लौटने से पहले उनको पाण्डुलिपि पढ़ने को दी। उन्होंने उसे रातोंरात ही पढ़ लिया—उन्हें मालूम था कि मैं दिल्ली लौटने वाला हूँ—और मुझे बताया कि वे उसे सरस्वती प्रेस से प्रकाशित करेंगे अगर उसका अन्तिम प्रारूप भी दूसरे प्रारूप जैसा ही हुआ तो। और इसके बाद उनकी हँसी शुरू हो गयी। ज़ाहिर है मैं बहुत ख़ुश हुआ।

दिल्ली से मैंने कुछ ही महीनों में उन्हें उपन्यास पूरा करके भेज दिया। उन्होंने उन्हीं दिनों 'उपन्यास' नाम की एक पत्रिका भी निकाली थी जिसमें सिर्फ़ एक पूरा छोटा उपन्यास प्रकाशित करने की उनकी योजना थी। पहले अंक में बलवन्त सिंह का एक उपन्यास था, दूसरे में 'उसका बचपन'। पुस्तक रूप में मेरा उपन्यास १९५७ में निकल आया, रामकुमार के बनाये हुए कव्हर चित्र और श्रीपत जी के लेटरिंग में उपन्यास के नाम के साथ।

निर्मल के विचार से मुझे उपन्यास को नाम कोई और देना चाहिए था। मैंने भी उसके कई नाम सोचे हुए थे लेकिन अन्त में मुझे वही पसन्द आया जो मैंने उसे दिया। किसी एक लेखक ने मुझे प्रेरित नहीं किया था। उन दिनों हिन्दी और उर्दू के कथा साहित्य के अलावा अँग्रेज़ी में उपलब्ध काफ़्का, कामू, सापर, दोस्तोएवस्की, गन्चारोव, चेखफ़, तुर्गनेव, गोर्की और मूल अँग्रेज़ी के हेनरी जेम्ज़, जेम्स ज्वॉयस, प्रूस्त, लॉरेन्स, वर्जीनिया वुल्फ़,

ई.एम. फॉस्टर, डिकेंस, हार्डी वग़ैरह को भी ख़ूब पढ़ रहा था। मेरी रुचि और शैली को बनाने में इन सबका और हिन्दी उर्दू के प्रेमचन्द, जैनेन्द्र, अज्ञेय, राजिन्दर सिंह बेदी, इस्मत चुगताई, हैदर, हज़ारी प्रसाद, फणीश्वर नाथ रेणु का योगदान भी ज़रूर है।

मैंने प्रकाशन से पहले 'उसका बचपन' को श्रीपत जी के अलावा किसी को दिखाया-सुनाया नहीं था।

इससे पहले कि ये ई-मेल चौथी बार बीच में ही उड़ पड़े, मैं इसे रवाना कर रहा हूँ।

> श्रीपत राय के विषय में यह सुना है कि वे चित्रकार भी थे। आपकी नज़र में वे किस तरह के चित्रकार और व्यक्ति थे? उनसे आपकी मुलाकातें कैसे शुरू हुईं, शायद रानीखेत में ही, पर आपकी उनकी दोस्ती कैसी थी? क्या वह लम्बी चली? आपके मुँह से मैंने उनका नाम कई मर्तबा सुना है। आप उनके बारे में बतायें। वे आज के हिन्दी समाज में बहुत हद तक विस्मृत व्यक्ति ही हैं। उनकी पत्रिका कैसी हुआ करती थी? मैंने सुना है कि शायद उनकी पत्रिका में फणीश्वर नाथ रेणु के उपन्यास के लगभग विरुद्ध अभियान जैसा चला था।

श्रीपत राय से मुलाकातें रानीखेत में ही शुरू हुईं, औपचारिक और लेखक-सम्पादक ख़तोकिताबत उनसे पहले ही शुरू हो गयी थी। उनके छोटे भाई, अमृत राय को १९४९-५० में जालन्धर में ही देख-मिल लिया था, जब वह किसी अवसर पर वहाँ आये थे; उनसे दोस्ती और बेतल्लुफ़ी भी, हँसी-मज़ाक़ भी कुछ पहले ही शुरू हो गयी थी; लेकिन उनसे मिलना-जुलना-गुलना कम ही रहा, ख़तोकिताबत भी। श्रीपत क्योंकि दिल्ली आ गये थे और वर्षों तक, क़रीब-क़रीब अन्त तक, वहीं रहे, इसलिए भी उनसे मेलमिलाप ज़्यादा रहा, ख़तोकिताबत भी। जिन पाँच-सात लोगों को मैं अमरीका से भी बराबर लिखता रहा उनमें श्रीपत राय भी थे।

वह एक गुणी चित्रकार और सम्पादक थे। चित्रकारी उनने लेखन के बाद ही शुरू की। मुझे मालूम नहीं कि ये 'लत' उन्हें कब, क्यों और कैसे लगी;

अगर मैं विजयमोहन सिंह की तरह जासूस होता तो शायद मुझे ये सब मालूम हो जाता।

अब मुझे यह भी याद नहीं कि वह दिल्ली किस बरस आये, कि उनने हौज़ ख़ास वाला बड़ा मकान कब ख़रीदा या बनवाया। शायद तब मैं अमरीका में पढ़ या पढ़ा रहा था। लेकिन वहाँ पढ़ाना शुरू करने के बाद मैं जब-जब वहाँ से दिल्ली आया, और कई बार आया, हर दूसरे-तीसरे साल आया, तो श्रीपत से ज़रूर मिला, निर्मल और रामकुमार और भीष्म साहनी के साथ भी और अकेले भी, चम्पा के साथ भी और अकेले भी, खाने-पीने के लिये भी और वैसे भी। 'उसका बचपन' १९५७ में प्रकाशित हो गया था। उसके बाद हमारी ख़तोकिताबत का रंग भी बदल गया था, हमारी बेतल्लुफ़ी की शुरुआत हो गयी थी, हमारा हँसी-मज़ाक़ और आपसी चोट-चकोट शुरू हो गये थे। हमारी उम्रों का फ़र्क़ कम होना शुरू हो गया था। मैं कभी-कभी उन्हें 'आप' के बजाय 'तुम' कहने और लिखने लगा था, उन्हें अमरीका या चण्डीगढ़ से लम्बी चिट्ठियाँ लिखने लगा था, सिर्फ़ साहित्य के बारे में ही नहीं, अपनी कुछ उलझनों और समस्याओं के बारे में भी। उनके बेटे, मुन्ना (हाँ, उनके एक बेटे का घर का नाम भी मुन्ना था) ने एक पाकिस्तानी लड़की से प्रेम-विवाह कर लिया था और वह कुछ देर के लिए पियक्कड़ हो गया था। श्रीपत उसके बारे में चिन्तित रहते थे और मुझसे अक्सर बात किया और मुझे अक्सर लिखा करते थे। मेरी बेटी रचना एक साल के लिये मिराण्डा हाउस (कॉलेज) में पढ़ने के लिए अमरीका से दिल्ली, मिराण्डा के होस्टल में रही थी, ज़िद करके। वहाँ श्रीपत राय की बेटी सारा राय उसकी दोस्त बन गयी और वह, सारा और श्रीपत राय के साथ दिल्ली की कला-प्रदर्शनियों को देखने जाने लगी।

कला-समीक्षक रिचर्ड बार्थलोम्यु ने ही शायद 'स्टेट्समेन' में अपने एक रिव्यू में श्रीपत राय को 'सनडे पेण्टर' का 'बुरा' नाम दे दिया था, जिसकी वजह से श्रीपत जी को बतौर चित्रकार एक ख़ास और शौक़िया और अमीर श्रेणी में धकेल दिया गया, जिससे वह निकल नहीं पाये और अन्ततः उनने चित्रकारी बन्द ही कर दी। तब उनने मुझसे कहा कि मैं जो चाहूँ उठा ले जाऊँ और मैंने उनके दो कैनवास चुन लिये और अपने वसन्त कुंज वाले फ़्लैट में लटका भी लिये। तुमने उन्हें देखा भी होगा।

जब मैंने पढ़ाना बन्द कर दिया, १९८५ में, और दिल्ली में ज़्यादा वक़्त बिताना शुरू कर दिया तो श्रीपत जी ने अपना हौज ख़ास वाला बड़ा मकान बेच डाला और ख़ुद किराये के एक फ़्लैट में रहने लगे। उनकी बीवी ज़ेहरा इलाहाबाद चली गयी, वहाँ वह और सारा रहती रहीं, श्रीपत भी आख़िर वहाँ अपने मकान में जाकर रहे और बीमार हो गये। वहीं ज़ेहरा और उसकी बहन मुगल महमूद का इन्तकाल शायद एक ही दिन हो गया, जिसके बारे में श्रीपत जी को बताया नहीं गया क्योंकि वह ख़ुद बहुत बीमार थे, उनके निधन के बाद दिल्ली में हुई शोक सभा में मैं भी था और मैं कुछ बोला भी जिसका सारांश था कि श्रीपत राय की असाधारण प्रतिभा को पूरी तरह पनपना नसीब नहीं हुआ।

अन्त से पहले 'कहानी' की अपनी बहुत ही मार्मिक सम्पादकीय टिप्पणियों का एक संकलन, जिसका शीर्षक था 'कहानी की बात', श्रीपत जी ने प्रकाशित किया। उनके अन्त के बाद कुछ देर के लिये शानी 'कहानी' के सम्पादक बने और उसके एक अंक में मेरी कहानी 'पिता की परछाईयाँ' प्रकाशित हुई।

'कहानी' के हर अंक के आवरण पर किसी विश्व-विख्यात चित्रकार का कोई चित्र हुआ करता था। श्रीपत राय की 'अमृतधारा', उनके बनाये हुए मदिरा के प्याले में कुछ ही बूँदें हुआ करती थीं, जिसका नाम हम दोस्तों में मशहूर था।

> आपने बताया था कि आपकी साठ के दशक की दिल्ली में जगदीश स्वामीनाथन से मुलाकात हुई थी। आपके उनसे लम्बे समय तक पारिवारिक और कला सम्बन्धी ताल्लुकात रहे। आप उनके बारे में विस्तार से कुछ कहें। आपकी हमेशा ही हर दोस्त से बहसें होती रही हैं, स्वामी से भी ऐसा रहा होगा। आप उनकी चित्रकला और कविताओं के बारे आज क्या सोचते हैं?

अगर मैंने तुम्हें यह बताया कि ६० के दशक में जे. स्वामीनाथन से मैं पहली बार मिला था तो मुझसे घोर ग़लती हुई; वैसे ये भी सम्भव है कि तुम्हें याद ग़लत रहा हो; क्योंकि १९६२ में तो मैं दिल्ली से चण्डीगढ़ चला गया था, हार्वर्ड से जुलाई, १९६१ में लौटकर और हंसराज कॉलेज में फिर

से एक साल पढ़ा कर; १९६६ तक मैं वहीं रहा। जब-जब वहाँ से दिल्ली आता, तब-तब अन्य दोस्तों के अलावा, स्वामी और भवानी से भी ज़रूर मिलता। १९६६ में अमरीका चले जाने के बाद भी दूसरे-तीसरे साल मैं जब-जब वहाँ से भारत आता तो न सिर्फ़ स्वामी से मिलता बल्कि स्वामी उन पाँच दोस्तों में से होता—दूसरे चार निर्मल, रामकुमार, कृष्णा सोबती, भीष्म साहनी होते—जिनसे मैं मिलता ही नहीं, घण्टों मिलता।

स्वामी से पहली मुलाकात तो १९५० में ही हो गयी थी। तब स्वामी दाढ़ी नहीं रखता था। दाढ़ी के बग़ैर वह बीस साल बाद के कालिदास का-सा लगता था। तब वह पार्टी का मेम्बर हुआ करता था। वहीं उसकी आँख भवानी पर टिक गयी थी। उससे शादी के बाद एक दिन वह अकेले में मुझसे बोला—केबी, अब शादी तो हो गयी, अब मुझे कुछ और भी तो करना होगा; भवानी तो इसी में मस्त रहती है, मुझे तो अब कुछ और भी करना-धरना है। तब स्वामी अपने उस ख़ास रंग में आ गया जब वह तभी आता था जब उसके अन्दर कोई ख़ास हलचल हो रही होती। ऐसी शामों का स्वामी बहुत गहरा, गम्भीर और अभेद्य होता था। मेरे तब के और बाद के सब दोस्तों से स्वामी अलग था। इसी बात को दूसरी तरह कहूँ तो मेरा तब का और बाद का और कोई दोस्त उसकी रहस्यमयता, उसकी गहनता, उसकी रंगीनी, उसकी रोचकता और उसकी विराटता का मुक़ाबला नहीं कर सका।

रामकुमार की ही तरह स्वामी ने शुरू के दौर में मूर्त चित्र बनाये। तब के ज़माने का एक चित्र मुझे याद है। एक बेंच पर बड़ी उम्र का एक आदमी बैठा हुआ है। बेंच भी सुनसान है, वह जगह जहाँ वह रखी हुई है, भी सुनसान है, उस पर बैठा हुआ आदमी भी। वह तस्वीर एक कहानी भी सुनाती है, एक कैफ़ियत भी पैदा करती है। इसी तरह चिड़िया और पेड़ का सवाल-जवाब एक समाँ बाँधता है, एक ख़ामोश स्वर साधता है, एक चित्र बनाता है, एक नृत्य रचता है।

स्वामी के अमूर्तन पर आदिवासी कलाकारों का प्रभाव उसके रंगों में भी फूलता और फूटता है, उसकी रेखाओं में भी। स्वामी की चित्रकला में रामकुमार की-सी कोमलता और सुन्दरता और सफ़ाई नहीं; यह सब गुण उसे अभीष्ट भी नहीं। उसमें दूसरी ही खोज है, दूसरी ही खरज है। स्वामी के चित्रों में अँधेरों का उजाला है, उजालों का अँधेरा है।

स्वामी के संगीन चेहरे को देखकर मुझे दहशत हुआ करती थी। महसूस होता था, सामने एक ऐसा क़ातिल खड़ा हो जो कोई ख़ून करने के फ़ौरन पहले या बाद अपना खंजर साफ़ कर रहा हो। मैंने कहीं यह लिखा भी था।

स्वामी को गंगूबाई हंगल का गायन और आवाज़ बहुत पसन्द थी। अगर वह ख़ुद गाता तो उसकी आवाज़ और गायन गंगूबाई हंगल के-से होते। अपने ही एक लेख से कुछ पंक्ति यहाँ टीप रहा हूँ :

> स्वामी एक डूबा हुआ कलाकार है। नहीं। डूबता हुआ। ऐसा जिसे किसी तिनके का सहारा न हो, जो ख़ुद किसी तिनके-सा हो, जो इसीलिए हमेशा डूबता हुआ और तैरता हुआ दिखायी देता हो। अपने ही बालपरहीन परिन्दों की तरह जो ख़ुद कभी-कभी तिनकों से नज़र आते हैं। हवा में तैरते हुए तिनके। पहाड़ों को उड़ा ले जाते हुए तिनके। डूबते हुओं के सहारे तिनके।
>
> स्वामी की तस्वीरों की अपूर्णता भी सम्पूर्ण नज़र आती है।
>
> भोपाल में स्वामी की सुस्ती शिखर पर थी, काम करने की क्षमता और शक्ति भी। उसपर काम के दौर भी आते थे, दौरे भी पड़ते थे। वहीं भोपाल में उस पर आख़िरी दौरा पड़ा था। उस दौरे ने उसे जो तस्वीरें दीं, तीर थे, जो सीधे उन निशानों में पैवस्त हो गये, जिनका स्वामी को पता तक नहीं था।
>
> स्वामी की कविताओं में मुझे उसकी तस्वीरों की-सी बात नज़र नहीं आती थी। कविताओं में सम्भला हुआ रहता था, चित्रों में वह पहुँचा हुआ पागल नज़र आता था।

इस वक़्त यहाँ २३ जनवरी की सुबह के ठीक ५:०१ बजे हैं;
मैंने तुम्हारा अगला सवाल-पत्र क़रीब ४:१५ बजे पढ़ा था।
फिर मैं पूरी तरह जागा, दबे पाँव स्टडी-कम्प्यूटर-कमरे से
बाथरूम गया, फ़ारिग हुआ, चेहरे पर ठण्डे पानी के छींटे मारे,
अपने कमरे में गया, कपड़े बदले, दबे पाँव बैठक में से होता
हुआ किचन तक पहुँचा, भट्ठी जलायी, इलाइची टी-बेग वाली
चाय बनायी, कॉर्न-ब्रेड के दो-तीन टुकड़े एक छोटी तस्तरी
में रख दबे पाँव फिर स्टडी-कम्प्यूटर में आ तुम्हें यह लिखने
बैठ गया। सोचा आज सीधा 'समास बातचीत' में कूद पड़ने

के बजाय कुछ इधर-उधर की हाँक दूँ।

आजकल नींद रातभर टूट-टूट जाती है—अजीब-अजीब सपनों से, छोटी-बड़ी मानसिक समस्याओं से, यादों-यन्त्रणाओं से, वयोवृद्धता से, यूँही कभी सोचा नहीं था कि इस उम्र को पहुँचूँगा, ९०वें वर्ष के छट्ठे महीने में छटपटा रहा होऊँगा—इस बदआवाज़ शब्द का दोष व्याकरण को देना होगा, मुझे नहीं! एक बुरा शेर याद आ रहा है : मुसीबत और लम्बी ज़िन्दगी/ बुज़ुर्गों की दुआ ने मार डाला!

ख़ैर! अब समास बातचीत की तरफ़ जाता हूँ, अलग से, इसे भेज कर...

आपके शुरुआती भटकाव के दौरान, जब आप चण्डीगढ़ से दिल्ली से अमरीका से दिल्ली से अमरीका आ-जा रहे थे, आपको अपनी बेटियों की किस तरह याद है? वे उन दिनों छोटी रही होंगी। चम्पा जी का जीवन भी तब अपेक्षाकृत मुश्किल रहा होगा। अमरीका जाकर पढ़कर आने का विचार आसानी से समझ में आता है पर वहाँ जाकर बसने की बात आने पर आप क्या सोच रहे थे? क्योंकि यह आज की नहीं पुरानी बात है। आज तो कई लोग पढ़ाई करते ही इस तरह हैं कि वे अमरीका में बस सकें।

भटकाव शुरू में ही नहीं था, अब जब अन्त की इन्तहाँ को छू रहा हूँ तब भी है। इस भटकाव का अन्त तो मेरे अन्त के साथ ही होगा, जो अब दूर नहीं; उसी के उजाले में जी रहा हूँ।

बचपन से ही मैं भीतर से विस्थापित हूँ; जहाँ भी होता था, पूरे मन से वहाँ नहीं होता था। वह उखड़ंचू मन:स्थिति—'रहना नहीं देश बेगाना है'—शुरू से ही है और आख़िर तक रहेगी, हर देश और काल में। विभाजन के विस्फोटक विस्थापन ने उस पर मुहर लगा कर मुझे हमेशा के लिए स्थायी तौर पर क्षत-विक्षत कर दिया और स्थायी जलावतन बना दिया। मैं बसा-रसा कभी भी नहीं, कहीं भी नहीं।

कभी सोचता हूँ कि अगर पंजाब यूनिवर्सिटी के वाइस-चान्सलर ने मुझे

बिना पगार की दो साल के लिये छुट्टी दे दी होती तो मैं दो साल के बाद वापस वहाँ चला गया होता। आख़िर अमरीका में भी मैं सिर्फ़ एक ही साल के लिये ही वहाँ से ब्रेण्डाइज़ यूनिवर्सिटी बतौर विज़िटिंग प्रोफ़ेसर गया था; लगभग १८ साल तो मैंने पाट्सडैम के बर्फ़िस्तान में ही गुज़ारे।

मुझे याद आता है कि जब चम्पा और मैं अपनी बेटियों के साथ हार्वर्ड के नज़दीक वॉटरटॉउन में रह रहे थे और मैं ब्रेण्डाइज़, पाट्सडैम से कहीं बेहतर और नामी-गरामी यूनिवर्सिटी में पढ़ा रहा था और वहीं रह जाने की कोशिश कर रहा था तो एक शाम ज्योत्स्ना बेटी ने हमसे एक निहायत शिकायती लहज़े में कहा था : हम तीनों स्कूल बदल-बदल कर तंग आ गये हैं; हम पाट्सडैम वापस जाना चाहते हैं और वहीं रहना और पढ़ना चाहते हैं। हम चौंक उठे थे। और हमने फ़ैसला कर लिया था कि अमरीका में जब तक रहेंगे, पाट्सडैम से हिलेंगे नहीं। तीनों बेटियाँ स्कूल के बाद बारी-बारी अपनी मर्ज़ी से एक बहुत ही बढ़िया कॉलेज, वैस्सर में गयीं, जो पाट्सडैम से काफ़ी दूर भी था और जहाँ उन्हें होस्टल में रहना था।

बेटियों से सम्बन्धित सवाल का जवाब तुम्हें मिल गया। चम्पा जब तक मेरे साथ हार्वर्ड में थी, बहुत ख़ुश थी। दो बेटियाँ रचना और ज्योत्स्ना भी वहाँ हमारे साथ थीं; उर्वशी को वह दिल्ली अपने माता-पिता के पास छोड़ आयी थी, वह कुछ ही महीनों की थी। ख़ुद चम्पा बॉस्टन यूनिवर्सिटी में एम.एड. कर रही थी, शाम की क्लासें लेकर। मैं शाम को रचना और ज्योत्स्ना को सँभालता था; दोनों बेटियाँ भी हार्वर्ड प्री-स्कूल में जाती थीं; हम सब हार्वर्ड में ख़ुश रहे। पी-एच.डी. और एम.एड. के बाद हम सीधे वापस भारत लौटे क्योंकि मैं हंसराज कॉलेज से तीन साल की बे-पगार छुट्टी लेकर हार्वर्ड गया था। १९६६ में पंजाब यूनिवर्सिटी के वाइस-चान्सलर ने—जो उस वक़्त वही सज्जन थे, जो १७ साल पहले डी.ए.वी. कॉलेज जालन्धर के प्रिंसिपल थे और मुझे वहाँ की लेक्चररशिप से निकाल चुके थे—मुझे छुट्टी नहीं दी। मैंने केबल से त्यागपत्र दे दिया। हंसराज कॉलेज के प्रिंसिपल जी.एल. दत्ता को भी उन्होंने ही १९५० में चिट्ठी लिखी थी और पूछा था : मुझसे तो पूछ लिया होता! डी.ए.वी. कॉलेज और आर्य समाज से पुराने सम्बन्धों के बावजूद आपने एक शरारती और कम्युनिस्ट लड़के को अपने कॉलेज में रखकर ग़लती की;

अब उसे एक साल बाद कन्फ़र्म मत कीजियेगा। प्रिंसिपल दत्ता ने मुझे बुलाया और वह चिट्ठी पढ़कर और मज़ा ले-लेकर मुझे सुनायी और फिर मेरा वह शंकर्स वीकली वाला लेख, 'चार्जशीट' भी पढ़कर सुनाया। उस लेख में मैंने जालन्धर के कॉलेज और प्रिंसिपल पर एक व्यंग्यात्मक प्रहार-सा किया था, अपने नाम उसकी एक चार्जशीट के रूप में। इस सबके बाद प्रिंसिपल दत्ता ने जब यह कहा, मैं सब सँभाल लूँगा; तुम चिन्ता मत करो; जाओ और अपना काम करो मज़े से, तो मेरी जान में जान आयी। मैं यह क़िस्सा कई बार कई लोगों को सुना चुका हूँ।

मेरा जानलेवा निबन्ध 'कलाकार बतौर प्रवासी' तुमने पढ़ा ही होगा; वह मैंने अमरीका में ही लिखा था, पाट्सडैम में पढ़ाते हुए ही।

अमरीका के लम्बे प्रवास के बारे में मैं यही कह सकता हूँ कि वह मेरा चुनाव नहीं था, मेरी नियति ही थी; और उस नियति को मेरे बचपन के हालात ने और मेरी जवानी में हुए देश-विभाजन ने ही बनाया या बिगाड़ा है, अमरीका में रहने या बसने या अपनी बेटियों को वहाँ बसाने या पैसा बनाने और ऐश उड़ाने और प्रोफ़ेसरी का केरियर बनाने की इच्छाओं ने नहीं।

> जब आप पहली मर्तबा अमरीका पहुँचे, आपको कैसा महसूस हुआ? क्या आपको वहाँ कुछ अजनबीपन लगा? क्या वहाँ (यानि आपके लिए यहाँ) आपकी कोई दोस्ती पहले से थी, क्या कोई ऐसे दोस्त थे, जिन्होंने आपका साथ दिया? आपने हेनरी जेम्ज़ पर काम करने का मन क्यों बनाया? मुझे याद आ रहा है कि आप अमरीका में आनन्द कुमार स्वामी की पत्नी से मिले थे। उनसे मिलना आपके लिए किस कारण महत्त्वपूर्ण था?

पहली मर्तबा मैं न्यूयार्क १९५८ की गर्मियों में पहुँचा था, शायद मई या जून के महीने में, समुद्री जहाज़ से, लन्दन से क्वीन इलिजाबेथ पर, जो उस जहाज़ की आख़िरी यात्रा थी या आख़िरी यात्राओं में से पहली। बॉम्बे से लन्दन तक मैं, भारत के अन्य फुलब्राइट वज़ीफ़ाख़्वारों के साथ, स्त्रथ्नेवर नाम के जहाज़ पर पहुँचे थे; लन्दन में हम पाँच दिन रुके थे।

बॉम्बे तक चम्पा मेरे साथ रेलगाड़ी में दोनों बेटियों और पेट में पल रही

उर्वशी समेत मुझे विदा करने आयी थी। बाक़ी फुलब्राइटरों को भी उसी होटल में ठहराया गया था। वहाँ हमारी संक्षिप्त-सी दीक्षा (ओरिएण्टेशन) भी हुई थी, अमरीकी जीवन और संस्कृति के बारे में। बॉम्बे में एक-दो दिन गुज़ार लेने के बाद हम रवाना हो गये थे। चम्पा बेटियों के साथ एक रात शामलालजी के घर रही थी। दूसरे दिन बिमलाजी उसे स्टेशन पर विदा कर आयी थी।

जहाज़ में पाँच लोगों की एक अलग टोली-सी बन गयी थी जिसमें मेरे अलावा चार और थे। सुमित्रा बेनोए शिकागो यूनिवर्सिटी में जा रही थी; मुझे याद नहीं कि वह वहाँ क्या कर रही थी; आनन्दलक्ष्मी ब्रायन मावर कॉलेज जा रही थी बाल मनोविज्ञान में पी-एच.डी. करने; मोहन राम दिल्ली यूनिवर्सिटी के किसी कॉलेज में वनस्पतिशास्त्र पढ़ाता था और कॉनेज़्ल जा रहा था, पी-एच.डी. करने; विश्वनाथन जानी मानी भरतनाट्यम् नर्तकी बाला सरस्वती का छोटा भाई था और बाँसुरी बजाता था, याद नहीं कि वह क्या करने कहाँ जा रहा था, अँग्रेज़ी का एक शख़्स भी उस ग्रुप में था, जो हार्वर्ड जा रहा था, पी-एच.डी. करने—नागराजन, जिससे मेरी बॉम्बे में अच्छी जान-पहचान हो गयी थी और हार्वर्ड में और बाद में भारत लौट कर अच्छी दोस्ती भी रही लेकिन वह हमारे रास्ते की टोली में नहीं था। मेरी टोली के बाक़ी के चार हमेशा उसकी पीठ पीछे उसकी पुराणपन्थी बातों और हरकतों का मज़ाक़ उड़ाया करते थे और मैं हमेशा उसके पक्ष में बोला करता था।

जब हम न्यूयार्क पहुँचे, मेरा लिटरेरी एजेण्ट गुन्थर स्टूलमान मेरे स्वागत के लिए बन्दरगाह पर मौजूद था। जब उसने झुककर मुझसे हाथ मिलाया, वह बोला, यू केन टेल एवरीबॅडी दैट यू हैव द टॉलेस्ट लिटरेरी एजेण्ट इन न्यूयार्क इफ़ नॉट इन द एनटायर वर्ल्ड।

सचमुच वह बहुत ही लम्बा था, साढ़े छह फुट से भी ज़्यादा!

घर ले जाकर कुछ ताज़ादम हो जाने के बाद उसने पूछा : के.बी., तुम न्यूयार्क में अपनी पहली शाम कैसे गुज़ारना चाहते हो? मैंने कहा, बॉवेरी में घूमकर और कहीं किसी जगह अच्छा जेज़ सुनकर। गुन्थर हँस दिया और बोला, तुम्हें बॉवेरी के बारे में कैसे और क्या मालूम है? मैंने कहा, विलेज के बारे में पढ़कर। वह बोला, विलेज में तो हम रहते ही हैं, चलो

घूमते हैं और जेज़ भी सुनते हैं।

हम निकले। घर से निकलते ही बॉवेरी के असली बाशिन्दे नज़र आने लगे, झूमते और झूलते हुए, दरवाज़ों से टेक लगाये, आँखें मूँद पड़े हुए, ख़ाली बोतल हाथ में लिये हुए, हाथ पसारे हुए, मुस्कराते हुए, कुछ बड़बड़ाते हुए, एक-दूसरे से बतियाते हुए, क़द्रदानों को तलाशते हुए... कुछ देर बाद गुन्थर बोला, अब जेज़ सुनें? जब मैंने, 'हाँ' में सर हिला दिया तो वह मुझे टैक्सी में बिठाकर फ़ाइव स्पॉट्स नाम के बार में ले गया, वहीं विलेज में कुछ दूर। बाद में उसी से पता चला कि उस बार में चोटी के कलाकार जेज़ बजाते और गाते हैं। जो मैंने उस शाम वहाँ सुना, वह मुझे अद्‌भुत लगा। मैं मस्ती में झूमता रहा और गुन्थर के दोस्तों के साथ पीता रहा; मैं भूल गया कि मैं अमरीका के सबसे बड़े शहर में अपनी पहली शाम गुज़ार रहा हूँ, कि मैं वहाँ अजनबी हूँ, कि मैं गुन्थर को भी पहले कभी नहीं मिला, कि अभी तक मेरी उससे कुछ ख़तोकिताबत ही हुई है, मैं भूल गया कि मैं कुछ ही घण्टे पहले जहाज़ से पहली बार न्यूयार्क में उतरा था...

न्यूयार्क में चार-पाँच दिन ही मैंने गुन्थर के साथ गुज़ारे। वह मुझे न्यूयार्क की सैर कराता रहा, उसकी साहित्यिक और प्रकाशकीय कहानियाँ सुनाता रहा, मैं उससे तरह-तरह के सवाल पूछता रहा—लेखकों, प्रकाशकों, लघु पत्रिकाओं, किताबों, किताबों की दुकानों के बारे में—और वह मुझे बहुत ही दिलचस्प और हँसाऊ जवाब देता रहा। उन पाँच ही दिनों में वह मेरा दोस्त बन गया।

उसके बाद हमारा भारतीय ग्रुप बिखर गया। नागराजन और मुझे तो एक महीने के लिये बेनिंगटन कॉलेज भेज दिया गया, ओरिएण्टेशन के लिये, औरों को और कॉलेजों और विश्वविद्यालयों में। बेनिंगटन कॉलेज वरमॉण्ट स्टेट में एक सुन्दर-से कस्बे में है, जिसका नाम भी बेनिंगटन है। वह कॉलेज भी सुन्दर और अपनी असाधारण उदारता और विख्यात प्रयोगवादिता के लिये मशहूर है। वहाँ यूरोप के बड़े-बड़े लेखक अक्सर बुलाये जाते हैं। १९५७ में यूजीन आइनेस्को वहाँ कुछ महीनों के लिये रहे थे। केनेथ बुर्क वहाँ कई बरस रहे। स्टेनले एडगर हायमन और बनाज़र्ड मालामूड और वॉलेस फ़ॉली भी वहाँ थे। हार्वर्ड नेमेरोव को भी मैं वहीं मिला। बाद में मैंने १९६८-६९ में एक साल उनकी जगह बतौर विज़िटिंग प्रोफ़ेसर

ब्रेण्डाइज़ यूनिवर्सिटी में पढ़ाया भी।

जहाज़ के तीन हफ़्तों से ज़्यादा के सफ़र ने, लन्दन और न्यूयार्क में कुछ-कुछ दिनों के क़याम के बाद बेनिंगटन कॉलेज में पूरे एक महीने की ओरिएण्टेशन ने मुझे और मेरे जैसे अजनबियों को अमरीका और हार्वर्ड के लिये तैयार कर दिया था। हार्वर्ड में कुछ हिन्दुस्तानी सूरतें भी दिखायी दे जाती थीं।

हार्वर्ड के प्रोफ़ेसर आई.ए. रिचर्ड्स को नीरद चौधरी ने मेरे बारे में एक चिट्ठी भी अलग से लिख दी थी। वह रिचर्ड्स के दोस्त बन गये थे, जब रिचर्ड्स ने दिल्ली यूनिवर्सिटी में एक लेक्चर दिया था और चौधरी ने उन्हें अपने घर खाने पर बुलाया था। वह लेक्चर मैंने भी सुना था। पूरा लेक्चर कीट्स की 'ओड टू नाइटेंगल' की दो-तीन पंक्तियों पर था।

हार्वर्ड में बिताये तीन सालों के दौरान मैं रिचर्ड्स से कई बार मिला। उनने हेनरी जेम्ज़ पर मेरा थीसिस भी पढ़ी और 'द टर्न ऑफ़ द स्क्रू' पर मेरे अध्याय को और एडमण्ड विलसन से मेरे मतभेद को उनने ख़ास तौर पर सराहा। जब मैं ब्रेण्डाइज़ में पढ़ा रहा था तो रिचर्ड्स ने मुझे और चम्पा को अपने घर भी बुलाया।

कहने का मतलब यह कि मैं हार्वर्ड में भी अजनबी नहीं था।

नीरद चौधरी ने मेरे लिये यू.एस.ई.एफ.आई. (यूनाइटेड स्टेट्स एजुकेशनल फ़ाउण्डेशन इण्डिया) को, जो भारत में फुलब्राइट वज़ीफ़ों की इंचार्ज संस्था थी, जो समझदार-ज़ोरदार सिफ़ारिशी ख़त लिखा था, वह बहुत लम्बा और अच्छा था। वैसे ख़त मेरे लिये उन लोगों ने भी नहीं लिखा था जो मुझे वर्षों से जानते थे और जो मेरे साथ पढ़ा भी रहे थे। नीरद बाबू मुझे विदा करने दिल्ली के स्टेशन पर भी पहुँच गये थे।

आनन्द कुमारस्वामी की तीसरी पत्नी और इकलौते बेटे की माँ डोना लुइज़ा कुमारस्वामी से मुलाकात भी एक संयोग था, जिसकी कहानी तुम्हें सुनाता हूँ।

मैं एक दिन हार्वर्ड की मुख्य लाइब्रेरी, वाइडनर, के बुक-स्टैक्स के उस निचले तले में भटक रहा था जिसमें संस्कृत, अरबी, फ़ारसी, हिब्रू, ग्रीक, लेटिन की वे किताबें थीं जिन्हें बहुत कम लोग इस्तेमाल करते हैं। मेरे

अपने बैठने का करेल तीसरी या चौथी मंज़िल पर था। मैंने उस निचली मंज़िल के पुस्तक-स्टेक्स की कतारों में एक वृद्ध महिला को एक बड़ी-सी किताब में खोये हुए देखा। मेरा माथा ठनका कि वह श्रीमती कुमारस्वामी ही होंगी लेकिन मैं कुछ बोला नहीं। मैंने सुन रखा था कि उनकी विधवा पत्नी हार्वर्ड के पास ही केम्ब्रिज में कहीं उसी मकान में रह रही हैं जिसमें कुमारस्वामी उनके साथ रहा करते थे। मैं कनखियों से उस महिला को दूर से देखता रहा। फिर मैंने उसे अपनी तरफ़ आते हुए देखा तो मैं भी आगे बढ़ा। उसने पूछा—मैं आपसे पूछ सकती हूँ कि आप किस देश के हैं? मैंने कहा, भारत से। 'आप अगर फ़ारसी जानते हों तो इस किताब की इस सतर का अर्थ मुझे अँग्रेज़ी में समझा सकते हैं?' 'कोशिश करूँगा।' उस महिला ने हाथों में उठायी उस किताब को खोला और सतर पर अपनी अँगुली फिरा दी। मैंने उससे फ़ौरन पहले और बाद की सतरें भी पढ़कर उस सतर का अनुवाद अँग्रेज़ी में कर दिया और फिर उस अर्थ को उसकी कॉपी में लिख भी दिया। जब वह ख़ुश नज़र आयीं तो मैंने उनसे पूछने का साहस किया कि वह श्रीमती कुमारस्वामी तो नहीं? उन्होंने मुस्कराते हुए कहा, 'जी, लेकिन आपको पता कैसे चला?' मैंने कहा, जैसे आपको पता चला कि मैं भारत से हूँ और शायद मुझे फ़ारसी आती हो। इस पर हम एक साथ हँसे, धीमी आवाज़ में। हम सरगोशियाँ ही कर रहे थे वहाँ, फ़ैसला यह हुआ कि हम बाहर चलकर हेयस बिकफोर्ड—हार्वर्ड के लोगों का एक चहेता केफ़ेटेरिया और अड्डा—में कॉफ़ी पीयें।

इस संयोग से हमारा सम्पर्क हुआ और जल्द ही वह घनिष्ठ भी हो गया। तब तक चम्पा और उसके साथ रचना और ज्योत्स्ना केम्ब्रिज आ चुके थे और मुझे हॉल्डेन ग्रीन का वह स्थान मिल चुका था जिसमें हार्वर्ड के वह जोड़े रहते थे जिनमें से कोई एक हार्वर्ड से किसी भी विषय पर पी-एच.डी. कर रहा हो।

पता नहीं क्यों लेकिन श्रीमती आनन्द कुमारस्वामी से मिलने और उनका हमारे घर आना-जाना और जब हम दिल्ली से चण्डीगढ़ चले गये तो उनका वहाँ आना और एम.एस. रन्धावा के पास ठहरना और वहाँ हमारा मिलना हम दोनों के लिये बहुत उत्साह की बात रही—उनके अन्त तक।

वह अन्त तक कुमारस्वामी के काग़ज़ात और पाण्डुलिपियाँ ठीक करती

रहीं, उनका सम्पादन करती रहीं। उनसे शादी करने से पहले वह उनकी सेक्रेटरी और सहायक थीं।

उनके घर जाना, जाते रहना और कुमारस्वामी की स्टडी में बैठना, उनकी किताबों को छूना मुझे बहुत ही अच्छा लगता था। ऐसा महसूस होता था जैसे उन्हें और उनकी महानता और महत्ता को छू लिया हो। वह उनकी छोटी-छोटी और बड़ी-बड़ी बातें भी बताया करती थीं। उनने मेरे और चम्पा और दोनों बेटियों के कई फ़ोटो भी लिये। वह फ़ोटोग्राफ़र बहुत ऊँचे दर्ज़े की थीं और उनका क़ैमरा बहुत पुराना था।

> नीरद चौधरी भारत के बौद्धिकों के बीच विवादास्पद ही रहे। आपका उनसे सम्बन्ध प्रगाढ़ रहा है और आप, जहाँ तक मुझे याद पड़ता है, उन्हें भारत का महत्त्वपूर्ण विचारक मानते रहे। उनके और आपके रिश्ते के इतिहास पर कुछ देर ठहरा जाय। पर पहले आप पिछले सवाल का बाक़ी क़िस्सा पूरा करें।

तुमने देखा ही होगा कि नीरद चौधरी मेरे अपने बौद्धिक और अकादेमिक जीवन में भी यदा-कदा एक वज़नदार भूमिका निभाते रहे। अगर मुझे ग़लत याद नहीं तो वह मेरे कहने पर हंसराज कॉलेज में भी एक भाषण देने गये थे। उनसे मेरी ख़तोकिताबत भी रही। वे पाट्सडैम में आकर हमारे घर रहे थे और उन्होंने हिन्दुइज़्म पर एक विवादास्पद भाषण दिया था; उन्हीं दिनों उनने हिन्दुइज़्म पर एक विवादास्पद किताब लिखी थी। मैंने उन्हें रोज़र लिप्से, जो उन दिनों पाट्सडैम के कला विभाग के अध्यक्ष थे, से भी मिलवाया था और नीरद बाबू ने मृत्यु के बारे में उनके एक सवाल के जवाब में कुछ मार्मिक कहा था। पाट्सडैम के बौद्धिक उनकी प्रखरता से अति प्रभावित हुए थे, जैसे कि वह उनसे पहले या बाद रामकुमार के स्लाइड लेक्चर से प्रभावित हुए थे, जो उनने कॉलेज के कला विभाग में आधुनिक भारतीय कला के सन्दर्भ में अपनी कला के विकास—मूर्तन से अमूर्तन तक—के बारे में दिया था।

नीरद चौधरी को मैं भी विवादास्पद मानता हूँ लेकिन इस स्वीकार से मेरी दृष्टि में उनकी वैचारिकता या उनके विचार का महत्त्व अधिक ही होता है, कम नहीं। उनकी पहली किताब, 'द ऑटोबायोग्राफ़ी ऑफ़ एन अननोन

इण्डियन' जो उन्होंने लिख तो १९४७ से पहले ही ली थी लेकिन प्रकाशित आज़ादी के बाद १९५० में हुई, ने जो तहलका देश और दुनिया में मचाया था, उसमें विवाद भी था, सराहना भी। कई लेखकों की राय में उसका पहला हिस्सा जिसमें लेखक ने अपने गाँव का और अपने बचपन और लड़कपन का नक़्शा खींचा है, किसी भी बड़े बाङ्ला के या किसी और भारतीय भाषा के उपन्यास से कम नहीं।

अपनी ऑटोबायोग्राफ़ी के आरम्भ में ब्रिटिश साम्राज्य की स्मृति को किया गया सलाम (डेडिकेशन) अगर नीरद बाबू ने न दिया होता तो किताब के ख़िलाफ़ इतना शोर शायद ही मचाया जाता। बहुत बाद में उनने यह सफ़ाई भी दी थी कि उनके उस वक्तव्य को समझा नहीं गया। इस समर्पण में व्यंग्य का अंश भी था, जिसे पकड़ने की फुरसत किसी के पास नहीं थी। नीरद चौधरी के बारे में प्रचलित तरह-तरह की अफ़वाहों में भी मुबालिग़ा हुआ करता था। इसमें किसी शक की गुंजाइश नहीं कि उनकी शख़्सियत में चार्ली चेप्लिन की-सी फ़िल्मी हरकतों का आधिक्य था जिन पर हर किसी को दूर से ही हँसी आती थी। हिन्दुस्तान में ऐसी हरकतों की खिल्ली उड़ाने में किसी को कोई संकोच नहीं होता, शर्म नहीं आती। इसका ज़िक्र वह ख़ुद अपने लेखन में किया करते थे, यानी वह अपनी खिल्ली उड़ाया करते थे। उन्हें जानने और चाहने वाले लोग, जिन में मैं अपने आपको शामिल करता हूँ, जानते हैं कि वह सच्ची मज़ाहिया नज़र के स्वामी थे। उनमें बालसुलभ भोलापन और असंख्य विसंगतियाँ भी थीं। लेकिन उनका दिमाग़ बला का तेज़ और उनका दिल बिलकुल साफ़ था। उनके किरदार में झूठ और छलावा लेशमात्र भी नहीं था।

१९८१ में जब हम भारत आ रहे थे, हम लन्दन में कुछ दिन रुके ही इसलिए थे कि हम नीरद बाबू और उनकी पत्नी अमीय को मिलने ऑक्सफोर्ड जा सकें। हम अपनी एक दोस्त की बहन के घर ठहरे हुए थे। निश्चित दिन पर हम डॉ. मोहिनी और उसकी बेटी के साथ ब्राइटन से ऑक्सफोर्ड कार में गये। नीरद बाबू ने मुझे वह कमरा दिखाया जो उन्होंने हमारे लिये ठीक किया हुआ था। हमने उनके घर रुकने का ख़्याल बदल दिया था, यह सोचकर कि उन्हें ८० से ऊपर हो जाने के कारण कष्ट हो सकता है। उन दोनों ने हमें जैसा स्वादिष्ट और सुरुचिपूर्ण बाङ्ला खाना खिलाया, जैसी बढ़िया बियर पिलायी, वैसा खाना और पीना शायद ही

पहले कहीं मिला हो। खाने के दौरान नीरद बाबू अपनी जवानी का एक क़िस्सा सुनाते रहे, जिसका सारांश था कि वह एक बार किसी छोटे-से रेलवे प्लेटफार्म पर एक देहाती लड़की को दूर से देख कर ही उसकी सुन्दरता पर मोहित हो गये और जब उनकी गाड़ी वहाँ से चल दी तो वह फफक कर रो दिये। इस बिन्दु पर पहुँचते-पहुँचते उनकी आँखें भीग गयी थीं लेकिन कहानी की तान उन्होंने यह कहकर तोड़ी—आज इस मथुरा की मूर्ति को देख, और यहाँ नीरद बाबू ने डॉ. मोहिनी की सुन्दर बेटी की तरफ़ इशारा किया, मुझे वह देहाती लड़की याद आ गयी। मेज़ पर बैठे सब लोग स्तब्ध रह गये।

लंच के बाद हम ऑक्सफोर्ड की सैर को निकले तो नीरद बाबू ने अपना लिबास बदल लिया। बाहर इतवार की भीड़ थी। नीरद बाबू चार्ली चेप्लिन का अवतार बने चल रहे थे लेकिन वहाँ किसी को हँसी नहीं आ रही थी। वह मथुरा की मूर्ति को शान से चलने का ढंग सिखा रहे थे। फिर वह दौड़ते हुए किताबों की एक दुकान में घुस गये और कुछ ही देर बाद मेरे लिये अपनी एक किताब ख़रीद लाये, 'क्लाइव ऑफ़ इण्डिया'; वहीं खड़े-खड़े उसपर कुछ शब्द लिखे और किताब मुझे दे दी।

उनके घर से चलते वक़्त उनकी आँखों में आँसू थे। मैंने झुककर उन्हें प्रणाम किया और हम चल दिये। अन्तिम बार चम्पा और मैं जब उन्हें लन्दन से ऑक्सफोर्ड में मिलने गये तो उनने मकान बदल लिया था, उनकी पत्नी अमीय का देहान्त हो चुका था, उनका बेटा ध्रुव उन्हें मिलने आया हुआ था; वह कोशिश कर रहा था कि वह उसके साथ दिल्ली लौट जायँ और उसके पास वहीं रहें लेकिन वह लौटने के लिए तैयार नहीं थे क्योंकि यह कहते हुए वह एक शरारती बच्चे की तरह हँस रहे थे, उन्हें वहाँ अच्छा बीफ़ नहीं मिलेगा। ध्रुव को इस बात पर गुस्सा आ रहा था। नीरद बाबू ने मुझे हेनरी जेम्ज़ के उपन्यास 'द पोर्टेट ऑफ़ अ लेडी' का वह संस्करण दिखाया, जिसमें उन्होंने छपायी की एक ग़लती पकड़ी थी!

ऊपर के एक छोटे से कमरे को दिखाते हुए उनने हमें बताया यह कमरा अमीय का था और अब मेरा मन्दिर है। फिर हमें ऑक्सफोर्ड से मिली डी.लिट. की हॉनरिस कोज़ा डिग्री दिखायी और मल्लिका का दिया हुआ सी.बी.ई. का सब कुछ दिखाया। उनकी ऐसी ही बातों पर लोगों को उन पर ग़लत हँसी आती है। मुझे जो हँसी आती है उसमें ग़लती कोई नहीं

होती, वह मुझे उनके बालसुलभ भोलेपन पर ही आती है। उनसे विदायी प्रणाम करते समय मेरी आँखें भी भीगी हुई थीं, उनकी भी।

नीरद बाबू का अध्याय ख़त्म करने से पहले उनकी पुस्तकों में अपनी कुछ चहेती पुस्तकों की सूची बनाना चाहता हूँ :

सबसे ऊपर उनकी पहली किताब : 'द ऑटोबायोग्राफ़ी ऑफ़ एन अननोन इण्डियन'। यही मैंने सबसे पहले पढ़ी थी और इसी पर मैं सबसे ज़्यादा फिदा हुआ था, इसकी सारी विवादास्पदता के बावजूद और कारण। उन पाठकों में मैं भी था, जिन्हें इसमें एक बड़े उपन्यास का-सा वज़न महसूस हुआ था। उसके बाद उनकी दूसरी किताब 'द कांटिनेंट ऑफ़ सर्से' जो पहली के १४ वर्ष बाद १९६५ में प्रकाशित हुई। उसके बाद 'हिन्दुइज़्म : अ रिलिजियन टू लिव बाय' १९७९ में, उसके बाद 'द स्कॉलर-एक्स्ट्रा ऑर्डिनरी', मेक्स-मूलर की जीवनी। उनके निबन्धों का एक संग्रह, 'द इण्डियन इंटलेक्चुअल्स' भी मुझे पसन्द है। और 'अ पैसेज टू इण्डिया' पर उनका लेख जो 'एनकाउण्टर' में प्रकाशित होकर चर्चित हुआ था और 'किम' पर उनका लेख भी।

> आप जब अमरीका में हेनरी जेम्ज़ की कहानियों पर शोध कर रहे थे, मुझे आपने बताया था कि आपका संवाद उन दिनों वहाँ कई लेखकों और अध्येताओं से रहा था जैसे हैरी लेविन। आपको वहाँ के अध्येताओं में कौन-कौन याद हैं, कौन से लेखकों की आपको याद है? क्या उन दिनों में आपकी भेंट किन्हीं चित्रकारों से भी हुई थी? क्या आप वहाँ ऐसे भी कुछ लेखकों या चित्रकारों से भी मिल सके थे जिनसे आप कई दिनों से मिलना चाहते रहे थे? वहाँ के विश्वविद्यालयों में उन दिनों कैसा वातावरण था?

हार्वर्ड के तीन वर्षों में अतिव्यस्त भी रहा, अतिमस्त भी। वह मेरे तीन बेहतरीन वर्ष कहे जा सकते हैं। चम्पा और बेटियों के आ जाने से पहले भी मुझे रहने के लिए एक अच्छी जगह मिल गयी थी, जहाँ एक मकान मालकिन की छत्रछाया में हम तीन-चार अध्येता रहते थे। वहाँ मैं तीन महीने रहा। फिर मुझे उससे भी एक और अच्छी जगह हार्वर्ड के परिसर के और नज़दीक मिल गयी। वह एक कोऑपरेटिव काम्यून-सा था।

उसकी संचालक भी एक वृद्ध लेकिन ख़ूब चुस्त, अनुभवी, वामपन्थी महिला ही थीं, जो अभी तक अनेक संस्थानों में सक्रिय थीं और दिनभर अपने कमरे में कुछ न कुछ टाइप करती रहती थीं। उनका नाम लोरेंस लुस्कोम्ब था और हम सब उनको लोरेंस कहकर बुलाते थे। वहाँ एक जोड़ा भी था, रॉबर्ट और केरल गस्नर। उनकी एक बेटी और एक बेटा था, लिण्डा और टिमी। रॉबर्ट हार्वर्ड के डिविनिटी स्कूल से पी-एच.डी. कर रहा था, केरल बच्चों को सँभाल रही थी। बाक़ियों में एक और हिन्दुस्तानी भी था, जो आगरा से था और वह फिज़िक्स में पी-एच.डी. कर रहा था, एक लड़की थी, जो एम.आई.टी. से कम्प्यूटर प्रोग्रामिंग में कुछ कर रही थी। वह एक पुराना मकान था; उसमें दो मंज़िलें थीं, कई कमरे थे, कई बाथरूम थे। औरतें बारी-बारी रात का खाना बनाती थीं, आदमी सफ़ाई वग़ैरह करते थे और बर्तन माँजते थे। नाश्ता और लंच सब अपना-अपना बना लेते थे। ख़रीदारी का काम सब में बँटा हुआ था। सब्ज़ी-तरकारी के लिए सबको बारी-बारी जाना पड़ता था। किचन में एक नोटिस बोर्ड लगा हुआ था। उस पर हम सबकी नज़र अक्सर दौड़ जाती थी क्योंकि वहाँ जानकारियों के अलावा मज़ाक़ और कार्टून भी दिखायी दे जाते थे। रात का खाना सब एक साथ खाते थे। मेहमानों की इज़्ज़त तो थी लेकिन सूचना पहले से देनी पड़ती थी।

चम्पा भी दो बेटियों के साथ समुद्री जहाज़ पर ही आयी थी। वह भी लन्दन रुकी थी। उसका भी पहला विदेशी सफ़र था। मैं उन दिनों इतना व्यस्त था कि चम्पा को लेने न्यूयार्क भी नहीं जा सकता था। इसलिए रॉबर्ट और केरल गस्नर ने ही न्यूयार्क में चम्पा का स्वागत किया और वही उसको अपनी कार में लेकर केम्ब्रिज आये। चम्पा और बेटियों के आ जाने के बाद एक-दो दिनों में ही हमें हॉल्डेन ग्रीन के मकानों में से एक अलग मकान मिल गया।

चम्पा के आ जाने के बाद मेरी व्यस्तता में रौनक भी आ गयी। श्रीमती कुमारस्वामी भी आने लगीं, हम उनके घर भी जाने लगे। वेद मेहता भी उन दिनों हार्वर्ड में ही थे। वह भी आने लगे। वेद वटुक भी अपनी पत्नी के साथ हॉल्डेन ग्रीन में ही रह रहे थे; वह भी मिलते-जुलते रहते थे। दिल्ली के एक डॉ. मुर्घायी हार्वर्ड में फिज़िक्स में कुछ कर रहे थे। वह भी हॉल्डेन ग्रीन में ही रहते थे। उनकी दो बेटियाँ भी थीं, हमारी बेटियों की

हमवयस्क। उनसे भी मेलजोल हो गया। हमारे सामने वाले मकान में कार्ल टीटर रहते थे, जो बाद में हार्वर्ड के भाषा-विज्ञान विभाग के अध्यक्ष बने। उन्हीं का भारी-भरकम टेप-रिकॉर्डर लेकर मैं एम.आई.टी. के एक गेस्ट हाउस में हक्सले से बातचीत करने गया था, वह मुझे उसके बोझ से झुका हुआ देखकर अचम्भित हो गये थे। हॉल्डेन ग्रीन में हैरी लेविन भी हमारे घर एक-दो बार आये थे। नागराजन तो अक्सर आता था।

एक दिन मेरा एक अमरीकी दोस्त और आर्चिबाल्ड मैक्लीश की राइटिंग वर्कशॉप का मेरा साथी हमें रॉबर्ट लॉवेल के घर बॉस्टन ले गया था। लॉवेल तब बॉस्टन यूनिवर्सिटी में पढ़ा रहे थे। उनकी बीवी भी एक प्रतिष्ठित लेखक थी—इलिजाबेथ हार्डविक। लॉवेल के बारे में रॉबर्ट फिट्ज़गेराल्ड ने मुझे बहुत कुछ बता रखा था—उनकी कविताएँ मैंने पढ़ी हुई थीं। उस वक़्त भी उनके नाम और काम और मानसिक विकार की बड़ी धूम हुआ करती थी। वह शाम बहुत अच्छी गुज़री थी।

बॉस्टन में डॉ. अमिय चक्रवर्ती भी रहा करते थे। वह बॉस्टन यूनिवर्सिटी में ही प्रोफ़ेसर हुआ करते थे। उनकी बीवी डेनिश थी। उनसे भी हमारी मुलाकात कई बार हुई। उनसे परिचय श्रीमती कुमारस्वामी ने ही करवाया था।

हार्वर्ड के दिनों में मैं किसी चित्रकार के सम्पर्क में नहीं आया था लेकिन मेरे एक अच्छे फ़ोटोग्राफ़र दोस्त की पत्नी इचिंग ख़ूब किया करती थी। उसने मेरा एक इचिंग बनाकर मुझे उसका एक छापा दिया था। वह हमारे वसन्त कुंज वाले घर में मेरे क्रन्दन कक्ष (स्टडी) में टँगा रहता था।

कवियों और अन्य लेखकों से मिलने-जुलने और गप्प मारने के अवसर मुझे हार्वर्ड के दिनों में कम और पाट्सडैम के वर्षों में ज़्यादा मिले क्योंकि एक तो पाट्सडैम में मैं ज़्यादा अर्सा रहा और दूसरे मेरी वजह से मेरे बुलावे पर कई अच्छे लेखक और कलाकार वहाँ आते भी रहे। भारत से ही कई लोग वहाँ आये जैसे निर्मल, रामकुमार, सोनल मानसिंह, सुरेश अवस्थी, पी. लाल, नीरद चौधरी। कई अमरीकी कवि और उपन्यासकार, आलोचक भी वहाँ आये, जेम्स डिकी, एलेन गिंसबर्ग, एलेन डूगन, अनाइस नीन, पॉल एंगल, जॉन गार्डनर, जे.वी. कनिंघम, रिचर्ड पोइरियर, हैरी लेविन।

अमरीकी विश्वविद्यालयों में ६० के दशक में राजनैतिक, सांस्कृतिक,

साहित्यिक और बौद्धिक हलचल मची रहती थी। जिस वर्ष मैं ब्रेण्डाइज़ में था, वहाँ और हार्वर्ड में हर रोज़ कुछ न कुछ होता रहता था।

> आपने अपने पिछले जवाब में हक्सले का ज़िक्र किया। मुझे याद है कि बरसों पहले आपने मुझसे उस मुलाकात की उड़ती-उड़ती बात की थी। क्या आप उसे कुछ विस्तार से याद करना चाहेंगे?

हक्सले का हम भारतीय युवाओं के बीच एक ज़माने में बहुत बोल-बाला था, फ़्रांस के अस्तित्ववादियों से भी ज़्यादा। इसलिए १९६१ में जब मुझे केम्ब्रिज में पता चला कि वह हार्वर्ड के पड़ोसी एम.आई.टी. में कुछ महीनों के लिये आये हुए हैं, मैंने उन्हें एक पिक्चर पोस्ट-कार्ड पर उनसे एक लम्बी बातचीत का प्रस्ताव भेज दिया। वह तुरन्त मान गये तो मैंने उनसे फ़ोन पर समय और स्थान निश्चित कर लिया और फिर अपने पड़ोसी और दोस्त कार्ल टीटर का एक बहुत भारी भरकम टेप-रिकार्डर, जिस पर उसने अमेरिकन इण्डियन भाषाओं पर शोध-कार्य किया था, लेकर मैं निश्चित समय पर हक्सले के गेस्ट हाउस में पहुँचा तो मुझे उस टेप-रिकार्डर से झुका देखकर वह करुण हो मुस्करा दिया। मैंने सफ़ाई पेश करते हुए कहा, ये मेरा नहीं, मेरे दोस्त का है, मानो उस बोझ का बोझ अपने उस दोस्त पर डालकर मैं हल्का हो गया हूँ। उस मशीन को चलाने में हक्सले अपनी लगभग नबीना आँखों से मेरी मदद करते रहे। आख़िर वह चल ही पड़ी और हमारी बातचीत शुरू हो गयी। मैंने अपने सवाल, अगर मुझे ठीक याद है, उनके उपन्यासों से शुरू किये—'पॉइंट काउंटर पॉइंट', 'आइलेस इन गाज़ा', 'अ ब्रेव न्यू वर्ल्ड', वग़ैरह से और उनसे पूछा कि 'नॉवेल ऑफ़ आइडियास' (विचारों का उपन्यास) के बारे में वह क्या सोचते हैं। उनकी विनम्रता और उदारता से मैं अब तक प्रभावित हो चुका था। वह बहुत सँभलकर बराबर मुस्कराते हुए बोल रहे थे और अपनी बहुत लम्बी टाँगों को सँभालने की कोशिश कर रहे थे। उन्होंने छूटते ही कह दिया कि वह असली या 'पैदाइशी' उपन्यासकार थे ही नहीं, कि उनके चरित्रों में असली जान नहीं होती, वह हाड़-माँस के नहीं होते, कि उनके उपन्यासों में निबन्ध-तत्त्व का आधिक्य होता है; मैं उनसे असहमत होने की कोशिश करता रहा। मुझे याद है कि मैंने उनसे आनन्द कुमारस्वामी की बात शुरू करते हुए यह भी पूछा था कि वह उनसे कभी

मिले भी। उन्होंने बताया कि उनसे मिलने का कोई संयोग तो नहीं हुआ लेकिन वह उनकी उपस्थिति से आगाह हुए बग़ैर नहीं रह सकते थे क्योंकि वह उन विद्वानों में से एक थे जिन्होंने हमेशा 'ट्रेडिशन विथ अ' के स्थान पर 'द' का ही पक्ष लिया और उसके आलोक में वह मध्यकाल के बाद पतन ही पतन देखते रहे। उनकी इस आलोचना से मैं भी, अपनी तमाम अज्ञानताओं के बावजूद किसी हद तक सहमत था, लेकिन मैं कुमारस्वामी के अधिकार के साथ उन दोनों में से किसी का पक्ष नहीं ले सकता था, इसलिए मैं चुपचाप उनकी यह बात सुनता रहा।

मैंने उनसे उनकी पुस्तक 'डोर्ज़ ऑफ़ परसेप्शन' के बारे में बात करते हुए यह भी पूछा कि उनके अपने प्रयोग तरह-तरह के रसायनों और मेस्केलिन वग़ैरह से—कैसे रहे? उन्होंने हँसते हुए जवाब दिया कि आख़िर शिव जिस सोमरस और धतूरे और भाँग को पीकर अपनी तीसरी आँख खोल लिया करते थे, वह भी रसायन ही थे। अब मैंने उनसे यह पूछा कि योगियों की समाधियों में रसायन की क्या भूमिका रहती है तो उन्होंने कहा कि यौगिक समाधि और किसी ड्रग या एल.एस.डी. की दी हुई मस्ती में कोई तात्विक अन्तर शायद नहीं, सिवाय इसके कि समाधि का असर ज़्यादा देर तक रहता होगा।

उन्हीं दिनों हार्वर्ड में टिमोथी लियरी भी थे और वे भी एल.एस.डी. के साथ तरह-तरह के प्रयोग कर रहे थे और बाबा रामदास बन जाने की तैयारियाँ कर रहे थे।

उसके बाद ही भारत लौट कर मैंने सुना कि हक्सले के केलिफोर्निया के घर में आग लगी और उनके बहुत से काग़ज़ात जलकर राख हो गये लेकिन हक्सले उसके कुछ ही देर बाद जब भारत आये तो दिल्ली में उन्हें देखने मैं भी गया। खुशवन्त सिंह ने उनके बारे में बोलते हुए उस आग का ज़िक्र भी किया और कहा कि हक्सले एक दूल्हा हैं। मेरे पास ही अर्थशास्त्री प्रोफ़ेसर राज कृष्णा, दया के दोस्त, खड़े हुए थे, मुझसे बोले, आप तो हक्सले से मिलने यहाँ भी गये होंगे, मैंने आपकी उनसे बातचीत वीक्ली में पढ़ी थी; मैंने जवाब दिया, मैं नहीं गया, संकोचवश।

आप दिल्ली से हार्वर्ड गये थे। दिल्ली विश्वविद्यालय की संस्कृति एक तरह की थी, आज से कहीं बेहतर। पर हार्वर्ड की स्थिति

इससे अलग रही होगी। हार्वर्ड विश्वविद्यालय में खुलापन कहीं अधिक रहा होगा। आपको वहाँ जाकर अचानक झटका-सा लगा होगा। आपने अपने शुरुआती दिन का हल्का-सा विवरण दिया है, क्या आप वहाँ अपने पहले के कुछ दिनों के विषय में कुछ कहेंगे।

किसी ऐसे झटके की कोई याद कोशिश करने पर भी अब मुझे नहीं आती जिससे मुझे कोई चिन्ता हुई हो या चोट पहुँची हो। शुरू के दो-चार दिन तो रिहाइश वग़ैरह के इन्तज़ाम में ही लगे; हार्वर्ड में विदेशियों के लिए ख़ास प्रबन्ध था। एक अमरीकी परिवार ने पहले से ही मेरे बारे में हार्वर्ड से उपलब्ध जानकारी के आधार पर मुझे सहायता और 'सरपरस्ती' के लिए चुना हुआ था। वह परिवार उस समय केम्ब्रिज से कुछ मील दूर एक उपनगर में रहता था। पति, टेड पोलुम्बॉम फ्री-लान्स फ़ोटोग्राफ़र था, पत्नी, नायना (वह भारतीय नहीं थी) प्रिण्ट-मेकर थी; उनकी दो बेटियाँ हमारी बेटियों की उम्र की ही थीं। टेड और नायना की साहित्य और कला में गहरी रुचि थी। उनके साथ अच्छी दोस्ती बना लेने में मुझे कोई देर नहीं लगी। वह मेरे मेज़बान परिवार बने। जब एक वर्ष बाद चम्पा भी दो बेटियों को लेकर मेरे पास आ गयी और हम हॉल्डन ग्रीन में रहने लगे तो पोलुम्बॉम परिवार से हमारे मेल-जोल और बढ़ गये। १९६१ में हमारी वापसी के बाद टेड दिल्ली भी आया। उसकी योजना थी कि वह दिल्ली के जन-जीवन की झलकियाँ अपने क़ैमरे से लेगा, मैं उन झलकियों के बारे में कुछ लिखूँगा और हम एक किताब बनायेंगे। मैं कई दिन उसके साथ सुबह-सवेरे पुरानी दिल्ली के गली-मुहल्लों में घूमा किया; उसने बहुत-सी तस्वीरें लीं भी, लेकिन हमारी योजना किन्हीं कारणों से योजना ही रही।

हार्वर्ड में हम सबकी खिंची हुई टेड की तस्वीरों की कलात्मकता की बात ही और है। मैं सालों तक उस परिवार के सम्पर्क में रहा। दो-चार बार उन्हें अमरीका में भी मिला। टेड अब नहीं रहा, नायना बॉस्टन में रहती है। उनका एक बेटा भी हुआ, बाद में; उनकी एक बेटी लोवा यूनिवर्सिटी में जर्नलिज़्म की प्रोफ़ेसर रही। उसकी शादी एक चीनी से हुई। दूसरी बेटी ने शादी नहीं की। उनके बेटे, लेन, ने एक भारतीय लड़की से शादी की।

टेड पोलुम्बॉम का सारा काम वाशिंगटन के एक नये न्यूज़ियम (हाँ, यह शब्द सही है) में रखा हुआ है।

टेड पोलुम्बॉम येल में पढ़ा; शुरू से ही वह प्रगतिशील ख़यालों का था। १९५२-५३ में सेनेटर जोसेफ़ मैकार्थी की बदनाम कमिटी ने वाशिंगटन में कम्युनिस्टों के ख़िलाफ़ बहुत शोर मचा रखा था और बहुत से लेखकों, फ़िल्मी और मंच के अभिनेताओं, प्रोफ़ेसरों और बौद्धिकों पर देशविरोध के आरोप लगाकर उन्हें अमरीका-विरोधी गतिविधियों के लिए ब्लैकलिस्ट कर या करवा दिया था। हमें भारत में यह चिन्ताजनक ख़बरें मिलती रहती थीं और हम उत्तेजित होते रहते थे। हार्वर्ड के शुरुआती दिनों में मुझे उस दौर के बारे में तरह-तरह के क़िस्से-कहानियाँ सुनकर—हार्वर्ड के कुछ विश्व-प्रसिद्ध विद्वानों और आलोचकों के—अधिक झटके लगे थे। मिसाल के तौर पर जब मैंने सुना कि हार्वर्ड के एक प्रोफ़ेसर और मशहूर आलोचक, एफ़.ओ. मेथिसेन ने बॉस्टन के एक होटल के एक कमरे से कूद कर आत्महत्या कर ली थी क्योंकि वह मैकार्थी के आरोपों से परेशान और अवसादग्रस्त रहने लगे थे तो मुझे बहुत दुःख हुआ था। मेरा नया दोस्त टेड भी उसी मैकार्थी का शिकार होकर परेशान हो चुका था।

मैंने मैथिसेन की हेनरी जेम्ज़ और टी.एस. एलियट पर और अमरीकी साहित्य पर उनकी क्लासिक किताब 'द अमेरिकन रेनेसां' भारत में ही पढ़ी-सुनी हुई थी। हैरी लेविन उनके प्रिय शिष्य थे और उनने 'द अमेरिकन रेनेसां' लेविन को डेडिकेट की थी।

अपने पिछले किसी सवाल में तुमने मुझसे यह भी पूछा था कि भारत में ही आपने कैसे यह निर्णय ले लिया कि आप हार्वर्ड में हेनरी जेम्ज़ पर शोध करेंगे। अब उसका जवाब दे रहा हूँ : हेनरी जेम्ज़ के उपन्यास, 'द एम्बेसेडर्स' की तारीफ़ में पहले पहल ई.एम. फास्टर की पुस्तक, 'एस्पेक्ट ऑफ़ द नावेल', पढ़ी और उसके बाद मेथिसेन की किताब, 'हेनरी जेम्ज़ : द मेजर फेज़' में, जो जेम्ज़ के अन्तिम तीन उपन्यास के बारे में है—'द अम्बस्सदोर्स', 'द विंग्स ऑफ़ द डोव' और 'द गोल्डन बोल' के बारे में थी।

मैंने जेम्ज़ की कहानियों को अपने शोध के लिये इसलिए चुना कि उन पर मुझे कोई अच्छी किताब नहीं मिली थी। मेथिसेन को (उनके विद्यार्थी

प्यार से मेट्टी कहा करते थे) मैंने शुरू के दिनों में कई बार सुना। हार्वर्ड के खुलेपन और ऊँचे स्तर का दिल्ली यूनिवर्सिटी से कोई मुक़ाबला नहीं किया जा सकता; उनमें ज़मीन-आसमान का अन्तर था।

हार्वर्ड में रमने में मुझे कोई देर नहीं लगी थी; ख़ासतौर पर चम्पा और दो बेटियों के आ जाने के बाद मैं वहाँ बहुत ख़ुश रहा। शोध ख़त्म हो जाने के बाद नागराजन और मैंने अपने प्रोफ़ेसरों को एक मुश्तरका पार्टी भी दी थी—हमारे कई प्रोफ़ेसर और दोस्त मुश्तरका थे। मुझे याद है कि मेरे एक प्रोफ़ेसर, रूबेन ब्रॉवर (जो केम्ब्रिज, इंग्लैण्ड में आई.ए. रिचर्ड्स के शिष्य हुआ करते थे) उस पार्टी में बार-बार लोगों को यह बताये जा रहे थे कि मैं उपन्यासकार भी हूँ। मुझे बहुत झेंप होने लगी तो मैंने उन्हें टोका—मैंने तो अभी एक ही उपन्यास लिखा है। ब्रॉवर ने हँसकर कहा, उसे भी मैंने पढ़ा तो नहीं लेकिन मुझे यक़ीन है कि तुम और उपन्यास भी लिखोगे और अँग्रेज़ी में भी छपोगे। मेरी झेंप और बढ़ गयी थी।

यहाँ यह साफ़ कर दूँ कि जिस केम्ब्रिज का ज़िक्र मैंने हार्वर्ड के सिलसिले में कई बार किया, वह इंग्लैण्ड के केम्ब्रिज से भिन्न है—वह एक ख़ूबसूरत और छोटा-सा अमरीकी शहर है, जहाँ एम.आई.टी. और हार्वर्ड पड़ोसी संस्थाएँ हैं। उस शहर को एक दरिया, चार्ल्स, बॉस्टन के बड़े और ऐतिहासिक शहर से विभाजित करता है। बॉस्टन और अमरीकी केम्ब्रिज को जुड़वाँ शहर भी कह सकते हैं। हार्वर्ड में हेनरी जेम्ज़ के बड़े भाई, विलियम जेम्ज़, बरसों प्रोफ़ेसर भी रहे। मेरे हार्वर्ड के दिनों में विलियम जेम्ज़ का एक बेटा, हेनरी जेम्ज़, उसी मकान में रह रहा था, जिसमें विलियम जेम्ज़ भी रहा करता था। आई.ए. रिचर्ड्स और हैरी लेविन उसे जानते थे। वह मुझे अपने पिता और चाचा की किताबें दिखाते थे। वह ख़ुद चित्रकार थे, उनने हेनरी जेम्ज़ के बारे में बहुत कुछ बताया जो मेरे काम का तो नहीं था लेकिन मैं ध्यान से सुनता रहा।

अमरीका में आपको दुनिया भर के शहरों के नाम मिल जायेंगे। मैंने सुना है कि यहाँ दिल्ली नाम का भी एक कस्बा है, जिसे देलही कहा जाता है। इसी तरह रोम, लन्दन, ऑक्सफोर्ड, पेरिस वग़ैरह तो हैं ही।

> आप जब हार्वर्ड विश्वविद्यालय से भारत वापस आ गये, आप किन लोगों से मिला करते थे? तब तक निर्मल जी तो चेकोस्लो-

वेकिया चले गये थे, आपके अन्य मित्र नये कामों में लग गये होंगे और आप चण्डीगढ़ चले आये थे। क्या तीन बरसों में देश की स्थिति और बिगड़ गयी थी? या कुछ सुधार पर थी? क्या इस बार आप किन्हीं नये लोगों के सम्पर्क में आये थे?

मुझे अब याद नहीं कि निर्मल कब किस वर्ष प्राग गया था। यह याद है कि जब मैं १९६१ में हार्वर्ड से दिल्ली वापस आया तो भीष्म साहनी मॉस्को चले गये थे। चम्पा ने वापसी पर शकूर बस्ती के एक सरकारी स्कूल में पढ़ाना शुरू कर दिया था, और मैंने तीन वर्ष छुट्टी पर रहने के बाद फिर हंसराज कॉलेज में, जो चित्रगुप्त रोड से दिल्ली यूनिवर्सिटी के कैम्पस में चला गया था। दिल्ली यूनिवर्सिटी के अँग्रेज़ी विभाग के अध्यक्ष बी. राजन बन गये थे और उनने मुझे दिल्ली यूनिवर्सिटी में हेनरी जेम्ज़ पर कुछ व्याख्यान एम.ए. के विद्यार्थियों को देने के लिये कहा था। उन्हीं की बदौलत मैं पहली बार अशोक और हिरेन गोहाँई को मिला था। अशोक के नाम और काम से मैं परिचित तो था लेकिन उनसे मिलने का अवसर पहले मुझे नहीं मिला था। नेमि जी को तो मैं अच्छी तरह जानता था लेकिन १९६२ में मेरे चण्डीगढ़ चले जाने के बाद ही अशोक और रश्मि का सिलसिला शुरू हुआ था।

नये लोगों में मोहन राकेश, कमलेश्वर, मनोहर श्याम जोशी, श्रीकान्त वर्मा, महेन्द्र भल्ला, सुरेश अवस्थी, प्रयाग नारायण त्रिपाठी, प्रभाकर माचवे से बात-मुलाकात होती रहती थी। कृष्णा सोबती से भी उन्हीं दिनों शायद दोस्ती शुरू हो गयी थी। उषा प्रियम्वदा से भी कभी-कभी सरसरी बात-मुलाकात हो जाती थी। राजेन्द्र यादव और मन्नू भण्डारी से भी मिलना-जुलना शुरू हो गया था।

हार्वर्ड के दिनों में विद्यानिवास मिश्र से मुलाकात बर्कले में हुई थी। वात्स्यायन जी भी वहीं थे। दिल्ली में दूर से कभी-कभी वह बस में दिखायी दे जाते थे। उन्होंने तब अँग्रेज़ी में एक पत्रिका 'वाक' नाम से निकाली थी, जिसके सह-सम्पादक रिचर्ड बार्थलोम्यु हुआ करते थे। उसके शायद पहले अंक में ही 'उसका बचपन' के अँग्रेज़ी अनुवाद का एक अंश प्रकाशित हुआ था। १९५८ में मेरे हार्वर्ड जाने से पहले 'उसका बचपन' का मेरा अँग्रेज़ी अनुवाद 'थॉट वीकली' में धारावाहिक छपा था।

स्वामीनाथन से दोस्ती हो ही चुकी थी। वापसी के बाद उससे भी मुलाकात होती रहती थी। देश की हालत सुधार पर नहीं थी।

चण्डीगढ़ चले जाने के बाद मैं दिल्ली से कट ही गया था। वहाँ मुल्कराज आनन्द टैगोर प्रोफ़ेसर बनकर आ गये थे। उनसे मुलाकात अक्सर होती रहती थी। वह जब कभी घर आते तो पार्टी के बाद बर्तनों की सफ़ाई में ज़िद करके मदद करते। हजारीप्रसाद जी भी उन दिनों वहीं थे। उनसे भी मिलना होता रहता था। नामवर सिंह भी वहाँ आते रहते थे। उन्हें पीने की दीक्षा मैंने ही दी थी, ऐसा वह कहा करते हैं। शहर वह सुन्दर था, लेकिन कलात्मक और साहित्यिक हवाएँ वहाँ कम ही चलती थीं।

मैंने वहाँ आर्थर मिलर के नाटक 'अ व्यू फ्रॉम द ब्रिज' को मंचित किया था, अपने निर्देशन में, अपने कुछ विद्यार्थियों के साथ। ब्रजिन्दर गोस्वामी और मनमोहन सिंह भी वहीं थे। कांग्रेसी नेता प्रताप सिंह कैरों उन दिनों पंजाब के मुख्यमन्त्री थे। उनके घर चण्डीगढ़ के बौद्धिकों की बैठक हुआ करती थी, जो कुछ महीने ख़ूब चली। मनमोहन सिंह से हल्की-सी जान-पहचान और दोस्ती वहीं हुई थी।

> हार्वर्ड से भारत लौटने पर आपको अज्ञेय की उपस्थिति का कैसा, क्या एहसास हुआ? तब तक अज्ञेय हिन्दी साहित्य में अपना स्थान बना चुके थे। आपकी उनके लेखन के बारे में क्या राय थी?

अज्ञेय के बारे में मेरी राय हमेशा दुविधाग्रस्त रही है, उनके लेखन के बारे में भी, उनकी शख़्सियत के बारे में भी। इसीलिए मैं किसी भी दौर में उनसे अपनी दूरी को कम नहीं कर सका। मुझे यह मान लेने में कोई संकोच नहीं कि शायद दोष मुख्यतया मेरा ही या मेरा भी रहा होगा। 'मेरा ही' और 'मेरा भी' में से किसी एक युग्म का चुनाव मैं अभी तक नहीं कर पाया। इस इन्तहाँ पर, जब उन्हें चल बसे भी तीस बरस होने को हैं और मैं ख़ुद ९० का हो रहा हूँ, ये स्वीकार करते हुए मुझे अजीब-सा महसूस होता है कि मैं अब तक उनके लेखन के विषय में कोई निश्चित निर्णय कर सका हूँ न उनकी शख़्सियत के बारे में, मैं उनकी इन दोनों उपलब्धियों के बारे में हमेशा दुविधाग्रस्त ही रहा।

उनकी कविता को मैंने कभी ध्यान से साधा नहीं। उनके उपन्यासों और उनकी कहानियों को ज़रूर ग़ौर से पढ़ा है। उनके अन्य गद्य का मैं गम्भीर पाठक कभी नहीं रहा। उनकी डायरियों—'भवन्ति', 'शाश्वती' आदि को मैं अधिक महत्त्व नहीं दे पाता। उनका व्यक्तित्व मुझे शुरू-शुरू में रहस्यपूर्ण लगता रहा, इसलिए आकर्षक भी, लेकिन दूर से ही; उनके क़रीब होने या रहने का सौभाग्य मुझे कभी नहीं मिला। उनके बारे में दूर से देखे और सुने हुए क़िस्से और दृश्यों से बनी उनकी तस्वीर में मुझे बनावट का अंश कुछ ज़्यादा ही नज़र आता रहा। इसीलिए मैं उन्हें एक ख़ूबसूरत नक़ाबपोश मानता रहा और जब मैंने उनके निधन के बाद उनको याद करते हुए भारत भवन के एक यादगार आयोजन के लिये कुछ लिख कर पढ़ा तो उसका शीर्षक था—'अज्ञेय : एक ख़ूबसूरत नक़ाबपोश'। उस छोटे से निबन्ध में भी मेरी दुविधापूर्ण दृष्टि ही मुझे दिखायी दी। मैं अक्सर सोचता और कभी-कभी किसी-किसी से कह भी देता था कि वह एक ओवर-रेटेड लेखक और हस्ती हैं, हिन्दी जगत में।

१९६१ में हार्वर्ड से लौट कर भी मुझे यही महसूस होता रहा।

'शेखर' का पुनर्मूल्यांकन करने के मंसूबे मैं बाँधता ही रहा। उस अलिखित निबन्ध में मैं यह स्थापित करना चाहता था कि शेखर के खोखलेपन को लेखक ख़ुद पकड़ नहीं पाया क्योंकि वह उसे विशिष्ट और किसी हद तक महान मानता है, और यही उसकी नज़र की कमज़ोरी है। अगर वह उसकी पोल खोल सका होता या उसे सच्ची और असली विशिष्टता दे सका होता तो मुझे और मेरे जैसे पाठकों को उनकी लेखकिया नज़र कमज़ोर न लगती और उसे लेखक और शेखर एक ही मिट्टी और मानसिकता के बने हुए नज़र न आते।

'अपने-अपने अजनबी' मुझे 'शेखर' और 'नदी के द्वीप' से कहीं ज़्यादा सशक्त और महत्त्वपूर्ण कृति लगती है और उनकी कहानियाँ भी। हिन्दी साहित्य में उनका स्थान ऊँचा तो है लेकिन मुझे उसकी ऊँचाई का औचित्य असन्दिग्ध कभी नहीं लगा। जैसा कि मैं पहले कह चुका हूँ यह कहते हुए या सोचते हुए मुझे यह भी महसूस होता है कि मैं शायद ग़लत हूँ, अपनी दुविधा की बदौलत, जिससे मुझे इन्कार नहीं।

आपके अज्ञेय के विवरण को पढ़कर यह लगे बिना नहीं रहता

कि हिन्दी साहित्य में अज्ञेय को ऐसा असन्दिग्ध स्थान मिलना ख़ुद इस साहित्य के मूल्यों को सन्दिग्ध बना देता है। आप ख़ुद भी हिन्दी साहित्य की मूल्य व्यवस्था पर कई बार सवाल उठा चुके हैं। क्या आपको लगता है कि हिन्दी साहित्य का व्यापक परिदृश्य कथा या उपन्यास या कविता का ठीक से मूल्यांकन करने में कामयाब नहीं हो पाया है? क्या आपकी इन विषयों पर अपने किन्हीं दोस्तों से चर्चा हुआ करती थी? वे कौन से दोस्त थे जो आपकी इन चिन्ताओं में साझा करते थे?

आधुनिक हिन्दी साहित्य में अज्ञेय के 'असन्दिग्ध' स्थान के औचित्य को सन्देह की निगाह से देखने भर से समूचा हिन्दी साहित्य अगर सन्दिग्ध हो जाता है तो हिन्दी साहित्य की बेचारगी करुणाजनक ही कही जायेगी। आधुनिक हिन्दी साहित्य की आलोचनात्मक दृष्टि और उपलब्धि के अभाव की शिकायत का शोर अक्सर सुना जाता है। उस शोर में मेरी आवाज़ बहुत ही धीमी और अप्रभावी रही है। जिन दोस्तों से इसके बारे में बात या बहस होती रही, उनकी संख्या भी ज़्यादा नहीं—निर्मल, श्रीकान्त, मनोहरश्याम जोशी, भीष्म साहनी, कृष्णा सोबती, श्रीपत राय से कभी-कभी इस विषय पर बात होती रही लेकिन उस बात को भी गम्भीरता से नहीं लिया जा सकता क्योंकि उसमें भी परिहास का तत्त्व अधिक और तर्क और तथ्य का कम हुआ करता था।

हिन्दी आलोचना की विपन्नता और अमौलिकता की शिकायत का शोर हमेशा बहुत रहा है लेकिन इस शोर में भी आलोचना की आलोचना का संगीत बहुत ही कम लोगों और कृतियों में उभर पाया है। अशोक वाजपेयी की गुहारों में कभी-कभार कोई तान सुनायी दे जाती है लेकिन उसे अक्सर अन्य भारतीय भाषाओं के लेखक ज़्यादा ध्यान से सुनते हैं, हिन्दी के लेखकों की अपेक्षा।

नहीं, मैं नहीं समझता कि आधुनिक हिन्दी साहित्य के परिदृश्य में अज्ञेय के असन्दिग्ध स्थान के औचित्य पर सन्देह करने से सारा हिन्दी साहित्य सन्दिग्ध हो जाता है। हाँ, अगर मैंने अपने सन्देह को प्रमाणित करने के लिए शेखर का वह पुनर्मूल्यांकन ही कर दिया होता तो मेरे सन्देह में कुछ दम शायद आ जाता।

आपका कहना बिल्कुल ठीक है। मेरा सवाल कुछ और था। मैं पूछ रहा था कि क्या आपको नहीं लगता कि हिन्दी साहित्य में जिन आधारों पर लेखकों का मूल्यांकन होता रहा है, वे आधार पुख़्ता नहीं, पिलपिले हैं। इसका खामियाजा हिन्दी के आपके जैसे नयी तरह से लिखने वालों और ख़ुद हिन्दी साहित्य ने लगातार भोगा है। आप उन दिनों अपने लिखे को सबसे पहले किसे पढ़ने देते थे? क्या आपके कोई ऐसे दोस्त भी थे जिनकी अपने लेखन पर राय को आप महत्त्वपूर्ण मानते हैं?

तुम्हारी बात समझने में ग़लती हुई, क्षमा करो।

हिन्दी साहित्य में मूल्यांकन के आधार भी पिलपिले हैं और उन आधारों पर जो मूल्यांकन किये जाते हैं वह न सिर्फ़ पिलपिले हैं बल्कि भ्रामिक भी और समूचे साहित्य के लिये ग़लत भी। मैं सारा दोष लिखित आलोचना को ही दे रहा था; मुझे अलिखित और वाचालिक–वाचालित या मौखिक आलोचना को उसका हिस्सा भी देना चाहिए। अगर मैंने अपना वह शेखर–पुनर्मूल्यांकन लिख दिया होता, अपने ही किसी अटपटे अन्दाज़ में तो उसका आधार वैसा न होता जैसा हिन्दी आलोचना में प्राय: होता है। यह मेरी ख़ुशफ़हमी हो सकती है लेकिन है। मुझे सचमुच अफ़सोस है कि मैंने 'जैनेन्द्र की आवाज़', 'त्यागपत्र पर दो–चार शब्द', 'हिन्दी आलोचना की एक तस्वीर', 'भारतीय उपन्यास के स्वरूप का सवाल', 'उसके बयान', 'कलाकार बतौर प्रवासी' वग़ैरह जैसे कुछ और निबन्ध क्यों नहीं लिखे। उनसे बेशक हमारे हिन्दी विभागों, विद्वानों, आलोचकों, इतिहासकारों की त्रुटियाँ ज़्यादा वज़नदार होतीं लेकिन मुझे यह सन्तोष तो होता ही कि मैं अपनी राहत के लिए गुनगुना सकता, 'मुक़ाबला तो दिल–ए–नातवाँ ने ख़ूब किया।'

नहीं, छपने से पहले मैंने शुरू–शुरू में 'कल्चरल फोरम' में कुछ कहानियाँ पढ़ने और उन पर हुई बेबाक बहस पर अपने मन में बहस करने के अलावा कभी किसी दोस्त को अपनी कृति प्रकाशन से पहले नहीं दिखायी। संकोच के अलावा मुझे एक वहम भी रोक लेता था कि अगर किसी को दिखाऊँगा तो इस कृति का कुछ कर नहीं पाऊँगा। वैसे ऐसे कई दोस्त और शाग़िर्द शुरू से मुझे नसीब होते रहे और आख़िर तक होते रहेंगे जिनकी राय की मैं क़द्र करता हूँ। उनके नामों की सूची मैं यहाँ या और कहीं नहीं बनाऊँगा।

क्या हार्वर्ड के दिनों में आप नृत्य और संगीत की सभाओं में जाया करते थे? आपने पहले जेज़ सुनने का ज़िक्र किया ही था। क्या आप वहाँ किसी प्रदर्शनकारी कलाकार के निकट सम्पर्क में आये थे? क्या किसी फ़िल्मकार से आपकी बातचीत सम्भव हो सकी थी? मैं यह दो कारणों से पूछ रहा हूँ। पहला यह कि मुझे पता है कि आपकी इन कलाओं में रुचि है और यह कि क्या आपके विश्वविद्यालय में ऐसे सम्पर्क की सहज सम्भावना थी?

हार्वर्ड के दिनों में और बाद में दो बार कुछ-कुछ महीनों के लिये हार्वर्ड और न्यूयार्क में अपनी किताब के सिलसिले में रहते हुए मैं भारतीय शास्त्रीय संगीत और नृत्य की हर उपलब्ध बैठक या सभा में जाया करता था। याद आता है कि एक बार अली अकबर ख़ाँ की कॉन्सर्ट हार्वर्ड के मशहूर मेमोरियल हॉल में, जहाँ मैंने उन्हीं दिनों औडन और डॉ. राधाकृष्णन को भी सुना था, रखी गयी थी और हम दोनों रचना और ज्योत्स्ना समेत आधी रात तक उन्हें सुनते रहे थे। कॉन्सर्ट के बाद हम उस्ताद से मिले भी थे। वह कॉन्सर्ट संगीत के एक महान प्रतिष्ठान की तरफ़ से थी। उसमें दाख़िला मुफ़्त था, समय की कोई पश्चिमी बन्दिश नहीं थी। भारतीय लोग तो बड़ी संख्या में थे ही, अमरीकी रसिकों की उपस्थिति भी बहुत थी। उस्ताद ने डूबकर, किसी भी समझौते के बग़ैर, बजाया था। वैसे भी वह उनके कलात्मक शबाब के दिन हुआ करते थे। सरूर की कोई सीमा नहीं थी। उसके बाद जब मैं एक साल के लिये १९६८-६९ में ब्रेण्डाइज़ में था, अली अकबर ख़ाँ हार्वर्ड और ब्रेण्डाइज़ के पास कहीं आये थे और हम सब उन्हें सुनने गये थे। इसी तरह बॉस्टन सिम्फनी हॉल में एक बार उदय शंकर और उनके ग्रुप का नृत्य देखने का सौभाग्य मिला था और मुझे उसके दौरान याद आता रहा था कि जेम्स ज्वॉयस ने अपनी बेटी लूसिया से कहा था कि वह उनका नृत्य देखने ज़रूर जाये, कि वह उसके लिये एक अलौकिक अनुभव होगा। तब उदय शंकर यूरोप के दौरे के दौरान पेरिस में नाचे होंगे। मैंने 'पाथेर पांचाली' भी १९५८ में दूसरी या तीसरी बार हार्वर्ड में ही देखी थी, एमिली डिकिंसन की एक जीवनीकार और भारत-प्रेमी अमरीकी महिला के साथ। पश्चिमी शास्त्रीय संगीत की कुछ सभाओं में गया तो ज़रूर लेकिन कुतूहलवश ही, उसमें मेरी रुचि अविकसित ही रही। जेज़ मैंने अमरीका में बहुत सुना।

हार्वर्ड क्वायर में ही एक सिनेमाघर था जिसमें फ़िल्मी क्लासिक्स दिखाये जाते थे; उसमें मैंने कई बार वेद मेहता के साथ हम्फ्री बोगार्ट और इंगमार बर्गमेन की कई फ़िल्में भी देखीं। लेकिन किसी फ़िल्मकार से मेरी जान-पहचान हार्वर्ड के दिनों में या उसके बाद नहीं हुई।

लेखकों और आलोचकों से मेलजोल होता रहा। कुछ लेखक-एलेन दूगन, जेम्स डिकी, एनाइज़ नीन, जे.वी. कनिंघम, आर्चिबाल्ड मेक्लीश, पॉल एंगल—अच्छे दोस्त भी रहे, कुछ-कुछ देर के लिए, लेकिन मेरा संकोची स्वभाव मुझे रोकता रहा।

हार्वर्ड में भी एक छोटा-सा कला म्यूज़ियम था जिसमें मैं अक्सर जाया करता था। बॉस्टन का म्यूज़ियम और ख़ास तौर पर आनन्द कुमारस्वामी का बनाया हुआ उसका एशियायी हिस्सा विश्व-प्रसिद्ध है, उसमें भी मैं अक्सर भटकता रहता था, अपने अज्ञान को कम करने के लिये। तीन वर्षों में पी-एच.डी. करने की कोशिश में समय का अकाल भी रहता ही था। फिर भी हार्वर्ड के दिन मेरे जीवन में एक महान देन तो थे ही।

> जब आप हार्वर्ड से भारत लौटे, आपके मन में क्या यहाँ पढ़ाने के क्षेत्र में कुछ नया करने का उत्साह था ? क्या आपको यह लगा था कि यहाँ भी महाविद्यालयों में कुछ अलग तरह से पढ़ाना मुमकिन है ? आप को लौटने के बाद क्लास लेने पर क्या अनुभव हुए थे ? क्या आपके पढ़ाने के ढंग में कोई बदलाव आया था ? हम यह जानने की कोशिश कर रहे हैं कि आप जैसे विलक्षण लेखक के पढ़ाने के तरीक़े कैसे विकसित हुए होंगे ? आज यह सवाल कुछ अधिक ही महत्त्व का हो गया है क्योंकि हमारे देश में साहित्य की शिक्षा की हालत ख़राब है।

हार्वर्ड से भारत लौटने के बाद कुछ ही महीनों में भारतीय कॉलेजों और विश्वविद्यालयों की जकड़बन्दियों के यथार्थ से टकराकर हार्वर्ड की खुली हवाओं से बटोरा हुआ बौद्धिक उत्साह चकनाचूर होना शुरू हो गया था। फिर भी शुरू-शुरू में उस बटोरे हुए ऊर्जायुक्त बौद्धिकता के संक्षिप्त काल में मैंने अलग तरह से पढ़ाने की कोशिश ज़रूर की। उस कोशिश में डॉ. बी.राजन ने, जो ख़ुद नये-नये दिल्ली विश्वविद्यालय के अँग्रेज़ी

विभाग के अध्यक्ष बने थे, मेरी मदद भी की, मुझे विश्वविद्यालय की एम.ए. की क्लास को हेनरी जेम्ज़ पर कुछ लेक्चर देने की दावत दे कर। लेकिन यहाँ के बँधे-बँधाये पाठ्यक्रम में कोई परिवर्तन न डॉ. राजन कर सके, न मैं।

एक साल के बाद पंजाब यूनिवर्सिटी, चण्डीगढ़ के अँग्रेज़ी विभाग में बतौर रीडर चले जाने पर क्योंकि मैं सिर्फ़ एम.ए. को पढ़ाने लगा, इसलिए मैंने कोशिश की कि बन्दिशों के बावजूद यथासम्भव कुछ नया करूँ। इसलिए लेक्चर देने के अलावा मैंने महीने में दो बार अपने विद्यार्थियों से एक ट्युटोरियल ग्रुप में मिलना शुरू किया। मेरे इस प्रयोग से कुछ को कुछ फ़ायदा भी हुआ। उन्हीं दिनों प्रयाग शुक्ल और नामवर सिंह किसी और सिलसिले में चण्डीगढ़ में आये हुए थे। वह भी उस ट्युटोरियल ग्रुप में आये। एक बार हजारीप्रसाद जी ने भी मेरी क्लास को सम्बोधित किया और एक बार मुल्कराज आनन्द ने मेरे निमन्त्रण पर मेरी क्लास को 'साहित्य और अन्य कलाएँ' विषय पर एक व्याख्यान दिया। कुछ विद्यार्थियों की आँखें भी खुलीं और ज़ुबानें भी। लेकिन हार्वर्ड और अमरीका के दूसरे विश्वविद्यालयों में भी प्रोफ़ेसर अपना पाठ्यक्रम आप बनाते और बदलते रहते हैं। यहाँ उसे वर्षों तक बदला नहीं जाता। इसलिए प्राध्यापक भी बासी हो जाते हैं, विद्यार्थी भी। अब तो हालात और भी ख़राब हो गये हैं। ख़ास तौर पर ह्यूमेनिटीज़ में। इसलिए मैंने जब १९८५ के बाद अपना समय भारत और अमरीका में बाँटना शुरू कर दिया तो अध्यापन को त्याग ही दिया।

हार्वर्ड की खुली-खिली हवाओं का एक पहलू यह भी था कि वहाँ प्राध्यापक और विद्यार्थी के बीच व्यवधान इतना कम था कि हरदिल अज़ीज़ प्राध्यापक को विद्यार्थी कई बार उसके नाम से बल्कि उपनाम से बुलाते थे जैसे कि अर्चिबाल्ड मेक्लीश को आर्ची, एफ.ओ. मेथिसेन को मेट्टी, हैरी लेविन को हैरी, रूबेन ब्रॉवर को बेन। इस बेतकुल्लफ़ी को निरादर नहीं बल्कि सादर निकटता ही समझा जाता था। वहाँ आई.ए. रिचर्ड्स को भारी बैकपैक उठाये हार्वर्ड यार्ड में और गॉलब्रेथ को हार्वर्ड कूप में किताबें ख़रीदते हुए और किसी न किसी विश्वप्रसिद्ध प्रोफ़ेसर को हार्वर्ड स्क्वायर में स्थित ब्रेटिल थियेटर में किसी फ़िल्म क्लासिक की तस्वीरें (स्टिल्स) देखते हुए या किसी केफ़ेटेरिया में किसी विद्यार्थी के साथ कॉफ़ी पीते हुए या शाम को किसी बार में डार्क बीयर पीते हुए देखा

जा सकता था।

मैं हार्वर्ड के एक धुरन्धर मिल्टन अध्येता-प्रोफ़ेसर डग्लस बुश को उसी रास्ते से हार्वर्ड पैदल जाते हुए अक्सर देखता था जिस रास्ते से मैं जाया करता था। एक दिन हिम्मत करके आगे बढ़कर मैंने उन्हें अपना परिचय दिया तो वह बोले, आपने बी.राजन का नाम सुना है? मैंने जवाब दिया, जी, मिल्टन पर उनकी किताब, 'पैराडाइस लॉस्ट एण्ड द सेवनटीन्थ सेन्चुरी रीडर' के लेखक? बुश मुस्कराकर बोले, 'वही; मैं उसकी इस किताब की बहुत क़द्र करता हूँ, हमेशा अपने विद्यार्थियों को उसे ज़रूर पढ़ने के लिए कहता हूँ।' बाद में जब मैंने उनसे रोमेन्टिक कविता का एक कोर्स लिया और पेपर लिखने के लिए वड्र्सवर्थ की एक लम्बी कविता को चुना, और एक दिन हार्वर्ड की वायडनर लाइब्रेरी में वह दिख गये तो मैंने उन्हें अपने पेपर का विषय बताते हुए उनसे पूछा कि उस पेपर के लिये वह कुछ सेकण्डरी किताबें मुझे सुझाएँ तो उन्होंने दो-तीन किताबें सुझाने के बाद कहा, एक सलाह भी दूँ? मैंने कहा, ज़रूर दीजिए। वह बोले, सबसे पहले तो आप वड्र्सवर्थ की उस लम्बी कविता को ही दो-तीन बार पढ़ें, ध्यान से; फिर आपके पास अगर वक़्त हो तो इन किताबों को भी देख लें; मैं ख़ुद कुछ भी नया लिखते वक़्त यही करता हूँ। मुझे उनकी बात और अपनी ग़लती एक साथ समझ आ गयी। उसके बाद मैंने हार्वर्ड में अपने सारे पेपर और हेनरी जेम्ज़ पर अपना थीसिस उनके सुझाव पर अमल करते हुए लिखे और अपने विद्यार्थियों को भी वही सलाह देता रहा जो उन्होंने मुझे दी थी।

वैसे भी वह नयी आलोचना का दौर था जिसमें सब तरफ़ कृति-केन्द्रन का बोलबाला हो रहा था। आई.ए. रिचड्र्स, विलियम इम्पसन, जॉन क्रो रेनसम, हैरी लेविन, रॉबर्ट पेन वारन, क्लीन्थ ब्रूक्स आदि का दबदबा बढ़ता जा रहा था जैसे बाद में देरिदा, रोलाँ बाख़्त, होमी भाभा आदि का ज़ोर-शोर शुरू हुआ। लेकिन मैं अपने उन भारतीय प्रोफ़ेसरों का पढ़ाया हुआ था जो हमेशा सेकेण्डरी जानकारियों पर ज़्यादा बल देते थे। डग्लस बुश, हैरी लेविन, एक और प्रोफ़ेसर के साथ मेरी ओरल कमिटी में भी थे जिसे पार करने के बाद ही हार्वर्ड में आप पी-एच.डी. का थीसिस लिखना शुरू कर सकते हैं। इसमें विफल हो जाने पर आपको एम.ए. की डिग्री देकर ही छुट्टी दी जा सकती थी।

हार्वर्ड के खुले-खिले वातावरण की एक और छोटी-सी कहानी आपको सुनाकर मैं यह प्रसंग समाप्त करूँगा। आर्चिबाल्ड मेक्लीश की राइटिंग वर्कशाप में प्रवेश पा जाना तो बहुत मुश्किल था लेकिन प्रवेश पा जाने के बाद और उनको क़रीब से जान लेने पर आपकी कई और मुश्किलें आसान हो जाती थीं। इस बात का अनुभव मुझे उन चन्द क्षणों में हुआ जो मैंने एक दिन वायडनर लाइब्रेरी की उस लिफ़्ट में बिताये जिसमें मैं आर्ची के साथ संयोग से अकेला नीचे जा रहा था। आर्ची ने मुझसे पूछा, कृष्णा, तुम शादीशुदा हो? मैंने जवाब दिया, जी, मेरी दो बेटियाँ भी हैं। वह बोले, तुम्हारी परिपक्वता से मैंने भी यही अनुमान लगाया था। वे सब यहीं हैं न? मैंने जवाब दिया, जी नहीं, वह दिल्ली में हैं और वहीं रहेंगी क्योंकि मेरा फुलब्राइट इतना नहीं कि उन्हें यहाँ ला सकता। इतने में हम नीचे पहुँच गये। लेकिन आर्ची ने अपनी बात जारी रखी, लिफ़्ट के बाहर भी। बोले, मैं आईवोर के साथ बात करूँगा, कुछ इन्तज़ाम हो जायेगा, चिन्ता न करो। उसके एक-दो दिन बाद आई.ए. रिचर्ड मुझे इसी तरह सड़क पर मिल गये तो वे बोले, आर्ची ने मुझे बताया और हमने रॉकफ़ेलर फ़ाउण्डेशन में चेडबोर्न गिलपेट्रिक से बात की, उसने कहा है कि आपको रॉकफ़ेलर फैलोशिप भी मिल जायेगी, जिसकी बदौलत आप अपनी बीवी और दो बच्चियों को यहाँ ला सकेंगे।

इस तरह इन दोनों ने हैरी लेविन से मिलकर मुझे दो साल के लिये रॉकफ़ेलर फ़ैलोशिप दिलवा दी और अगले साल चम्पा दो बेटियों को साथ लेकर और उर्वशी को, जो सिर्फ़ तीन महीने की थी, अपने माता-पिता का साथ छोड़कर वहाँ मेरे पास पहुँच गयी।

> आपको हार्वर्ड से आकर चण्डीगढ़ में रहना कैसा लगा था? क्या अपको दोबारा दिल्ली जाने की इच्छा होती थी या आप यह सोचते थे कि आपको अपना घर मिल गया है? मैं यह पूछते हुए यह पूछ रहा हूँ कि आपकी घर की क्या धारणा है? आपकी कई कहानियाँ भी इस सवाल के इशारे पर चली हैं, आज हम अपनी बात को इसी रास्ते पर कुछ दूर तक ले चलें। क्या आपके इस दौर में आपके माता-पिता आपके पास आकर रहते थे? आपका उनसे कैसा, क्या नैकट्य था?

हार्वर्ड से लौटने के बाद मैं एक साल हंसराज कॉलेज और दिल्ली में रहा और उसके बाद चण्डीगढ़ चला गया। लेकिन घर वहाँ भी नहीं बना या मिला। दिल्ली में कुछ पुराने दोस्त थे, कुछ नयी-पुरानी यादें और जगहें थीं, कुछ नये अनुभव भी हो रहे थे, लेकिन चण्डीगढ़ बिलकुल नया बल्कि कोरा शहर था, जिसमें लाहौर का मेरा एक ही पुराना दोस्त और सहपाठी था, कपिल रैना, और उसका सभ्य परिवार; उसके पिता उर्दू के अच्छे शौक़िया शायर थे, उसकी माँ सर तेज बहादुर सप्रू की सुपुत्री थीं, लेकिन वह ख़ुद उखड़ा हुआ था। गवर्नमेंट कॉलेज, लाहौर के ज़माने के असाधारण ज़हनियत और प्रतिभा के स्वामी कपिल की वकालत नहीं चल रही थी; वह यूनिवर्सिटी में पढ़ा भी रहा था लेकिन वह बुझा-बुझा-सा रहता था, पीता बहुत था; पीकर अपने मानसिक स्वास्थ्य को वेल्लौर में हुए किसी इलाज से हुई क्षति की शिकायत बड़े ज़हीन और कुशल तरीक़े से किया करता था। १९६६ में जब अमरीका में रहने लगा तो वर्षों तक उससे मेरी ख़तोकिताबत होती रही। उसकी चिट्ठियाँ बहुत बढ़िया हुआ करती थीं लेकिन उसकी हालत बिगड़ती ही गयी।

चण्डीगढ़ में वही मेरा एकमात्र दोस्त था। वैसे बतौर प्रोफ़ेसर मुझे शिकायतें कम ही थीं। मेरे विद्यार्थियों में बहुत से लड़के-लड़कियाँ प्रखर और प्रतिभावान थे। एक तरह से दिल्ली से दूरी मुझे अच्छी भी लग रही थी लेकिन घर वहाँ भी नहीं बना। मेरे माता-पिता चण्डीगढ़ में उन दिनों कुछ-कुछ समय के लिये मेरे पास रहे लेकिन वह दिल्ली में मेरे छोटे भाई यशपाल वैद के पास ज़्यादा रहे।

मैंने अक्सर विभाजन को अपनी दिली और दिमाग़ी खानाबदोशी और बेघरी का दोष दिया है और उसे अपने रूहानी अवसाद और अलगाव (एलिएनेशन/एक्साइल) का कारण बताया और बनाया है। लेकिन अब इस उम्र में मैं इसे अति सरलीकृत आत्मनिरीक्षण का परिणाम मानने लगा हूँ, क्योंकि शुरू से ही मैंने घर को खो दिया था और उसी की तलाश में मैं अब तक मारा-मारा भटक रहा हूँ। शुरू से ही मैं दूसरों के घरों में अपना घर बनाने या ढूँढ़ने की कोशिश करता रहा हूँ।

याद आता है कि कॉलेज के दिनों में जब छुट्टियों में मैं रेलगाड़ी से डिंगा जाया करता था तो इरादे बाँधता रहता था कि इस बार अपने घर में ही रहने की पूरी-पूरी कोशिश करूँगा लेकिन घर पहुँचते ही वह तमाम इरादे घुलने

शुरू हो जाते थे। कॉलेज होस्टल में मैं अपने कुछ साथियों से मिलकर रात के अँधेरे और सन्नाटे को चीर दिया करता था अपने इस सामूहिक कीर्तन से : इरादे बाँधता हूँ, सोचता हूँ, तोड़ देता हूँ/कहीं ऐसा न हो जाये, कहीं वैसा न हो जाये।

सो मैं आपके इस वाजिब सवाल का (कि आपकी घर की क्या धारणा है) जवाब नहीं दे पाता। हाँ, मेरी कई कहानियाँ इसी सवाल के इशारे पर चली हैं और आपकी दृष्टि की इस पकड़ की मैं दाद ही दे सकता हूँ, आपके सवाल का जवाब नहीं।

आपने ज़रूर नोट किया होगा कि 'माया लोक' के तीन खण्डों का आख़िरी और दहशतनाक खण्ड 'घर का रास्ता' है और जिसका अन्तिम वाक्य है : 'सिर्फ़ मैं अकेले पंख फैलाये उस झूलते हुए पुल पर चल रहा हूँ और महसूस कर रहा हूँ मैं नहीं कोई और अबाध में उड़ा जा रहा हो, राहत से ऊपर, रंज के कंकड़ों से दूर' मेरे प्रतिनायक की यह उड़ान भी उस रास्ते की तलाश का ही एक रूप है।

> आपके भारत लौटने पर आपकी बेटियों की क्या प्रतिक्रिया थी? वे सभी तब अपेक्षाकृत छोटी थीं और उनके जीवन का परिवेश आपके लौटने से बदल गया होगा। आपको और चम्पा जी को बच्चों को नये परिवेश में ढालने के क्या कोई विशेष प्रयत्न करने पड़े थे? ख़ुद चम्पा जी पर इस बदलाव का क्या विशेष असर हुआ था? आप भले ही जीवन भर एक विशेष अर्थ में घर की तलाश करते रहे हैं पर आपने अपने चारों ओर अपने आत्मीयों के लिए घर तो निश्चय ही बनाया था। उस घर के विषय में कुछ कहें। उन दिनों आपके घर कौन आया करते थे, उनसे क्या बहसें होती थीं?

हमारा समुद्री जहाज़ जब कराची में कुछ देर के लिये न जाने क्यूँ रुका और मुसाफ़िरों को जहाज़ से नीचे उतरने और घूमने की इज़ाज़त मिली तो हम भी नीचे उतरकर इधर-उधर घूमे। उस दौरान हमारी बेटी रचना ने एक भिखारी को देख कर रोना शुरू कर दिया और हम वहीं से वापस अपने जहाज़ की तरफ़ लौट गये। रचना आठ बरस की और ज्योत्स्ना छह

बरस की थी। इस से आप अनुमान लगा सकते हैं कि उन दोनों पर बदले हुए परिवेश का शुरू-शुरू में क्या असर हुआ होगा। अमरीका में शायद ही उन दोनों ने वैसा कोई भिखारी देखा हो, वहाँ भी निर्धन और बेघर लोग तो थे लेकिन हार्वर्ड के आस-पास उन्हें वैसा अनुभव शायद एक बार भी नहीं हुआ।

लौटने के बाद दिल्ली में हम एक बरस रहे। हमने चम्पा के माता-पिता के घर के पास ही एक फ़्लैट किराये पर ले लिया। रचना और ज्योत्स्ना का हमने अमरीकी स्कूल में दाख़िला करा दिया। वहाँ उन्हें ज़्यादा दिक़्क़त नहीं हुई। हार्वर्ड में भी वह हार्वर्ड के ही एक प्रयोगशील स्कूल में जाते थे।

उर्वशी तब तीन साल की ही थी। चम्पा की माताजी ने उसे अपने पास ही रखा लेकिन उर्वशी अपनी बहनों के साथ रहना चाहती थी हालाँकि वह मुझे वैद साहब और चम्पा को बहन जी कहा करती थी क्योंकि चम्पा के माता-पिता मुझे वैद साहब कहा करते थे और चम्पा का इकलौता भाई चम्पा को बहन जी कहकर बुलाता था। वैसे उर्वशी को मालूम तो था कि चम्पा और मैं उसके माता-पिता थे लेकिन उसके मन में इस विषय पर कुछ धुन्ध ज़रूर थी, जिसके बावजूद वह हमारे साथ चण्डीगढ़ जाने के लिये तैयार थी।

चम्पा की माताजी उससे बिछुड़ना नहीं चाहती थीं। कुछ महीने तो हम चण्डीगढ़ में उर्वशी के बग़ैर ही रहे। फिर हमने आपस में फ़ैसला किया कि हमें उसे अपने पास ही रखना चाहिए। रचना और ज्योत्स्ना भी यही चाहती थीं और उर्वशी भी।

एक दिन हम सब फ़ैसला करके चण्डीगढ़ से दिल्ली आये कि इस बार उर्वशी को ज़रूर लेकर ही चण्डीगढ़ लौटेंगे। माताजी से बहुत लम्बी बात हुई; हमने उन्हें बहुत दलीलें दीं, मनाने की कोशिश की कि बच्चियों के लिए भी और हमारे लिए भी यही ठीक है कि उर्वशी अब हमारे पास चली जाये लेकिन माताजी नहीं मानीं। हमने बस के टिकट भी ख़रीद लिये। जिस दिन हमें बस पकड़नी थी, उस दिन सुबह सवेरे माताजी घर से ग़ायब हो गयीं। उधर हमारे जाने का वक़्त क़रीब आ रहा था, इधर सब लोग इस चिन्ता में डूबे हुए थे कि माताजी ने कुछ कर न लिया हो। सब सम्बन्धियों को फ़ोन किये जा रहे थे लेकिन कहीं से कुछ पता नहीं चल रहा था।

चिन्ता चरम पर पहुँच गयी तो एक जगह से माताजी का फ़ोन आया। हमारा सामान तो बन्द पड़ा था। हम तीनों बेटियों और सामान को लेकर कार में बस-अड्डे की ओर भागे। अड्डे के पास पहुँचे ही थे कि बस आती दिखायी दी। हमने कार रोकी। ड्राइवर और मैं बस रोकने के लिये सड़क पर खड़े हो गये। बस रुकी तो हम उसमें बैठ गये और हमारा सामान भी बस पर चढ़ा दिया गया।

यह ड्रामा हमारे घर के इतिहास में अंकित है और हमारे भीतर भी कहीं लेकिन इसका ज़िक्र हम कम ही करते हैं।

तुम्हारे सवाल का सीधा-सा जवाब अभी भी मैंने नहीं दिया। संक्षेप में यही कि बदले हुए परिवेश का चम्पा और बेटियों पर कोई सीधा असर नहीं हुआ, उस बदलाव से निपटने के लिये यहाँ और फिर अमरीका चले जाने पर वहाँ अमरीका में भी हमें कोई ख़ास दिक़्क़त नहीं हुई। हाँ, उर्वशी को यह समझने में बहुत ज़्यादा समय लगा कि हमने उसे दो-तीन सालों के लिये यहाँ छोड़ क्यूँ और कैसे दिया। उसी सम्बन्ध में एक घटना और सुना कर मैं इस पटारे को बन्द कर दूँगा। १९६८ में जब मैं ब्रेण्डाइस में था तो एक शाम उर्वशी ने हम दोनों से अचानक पूछा : आप मुझे सच बताइये कि मैं आपकी दत्तक बेटी तो नहीं ? चम्पा का मैं नहीं कह सकता, उसका यह सवाल सुनकर मेरी आँखें अनायास भीग गयी थीं।

लौटकर दिल्ली में गुज़ारे एक साल के दौरान हमारे घर में मेरा कोई साहित्यिक या कलाकार दोस्त नहीं आया, किसी के साथ कोई बहस नहीं हुई। निर्मल प्राग चला गया था, भीष्म साहनी मॉस्को, स्वामी पोलैण्ड। एक साल के बाद मैं चण्डीगढ़ चला गया। वहाँ के माहौल के बारे में बता ही चुका हूँ। वहाँ के त्याग के बारे में भी।

> मैं शायद यह सवाल फिर से पूछ रहा हूँ पर मेरी नज़र में इसे शायद बार-बार पूछना ज़रूरी हो। क्या आप वापस अमरीका में पढ़ाने भारत की शिक्षा व्यवस्था और उसके निम्न स्तरीय व्यवहार से तंग आकर भी गये थे ? क्या आपको यह लगा था कि वहाँ जाकर आप बेहतर ढंग से लिख सकेंगे और बेहतर पढ़ा सकेंगे ? आपको ऐसा कुछ फ़ैसला आज करना पड़ा, आप क्या करेंगे ? आपके अमरीका में पढ़ाने का काम स्वीकार करते हुए क्या ख़्याल

थे ? क्या उसके पीछे यह भाव भी था कि वहाँ आपको ज़्यादा जानने को मिलेगा, पढ़ने को मिलेगा ?

तुम्हें जो ख़ाली पत्र अभी मिला वह ख़ाली इसलिए है कि उसमें लिखा मेरी ही किसी ग़लती से बीच में ही उड़ गया था, इसलिए मैं उसकी उड़ान का कुछ देर सोग मनाने के बाद ही तुम्हारे सवाल का जवाब दे सकूँगा, ग़लतियों का मुज़रिम, वैद।

मैं १९६६ में चण्डीगढ़ से ठानकर अमरीका नहीं गया था कि मैं बाल-बच्चों समेत वहीं रहूँगा, वहीं लिखूँगा, वहीं पढ़ाऊँगा हमेशा के लिए बल्कि हार्वर्ड में किसी शोध के लिए गर्मियों में तीन महीनों के लिए ही गया था। वहाँ जाने के बाद ही मुझे वहाँ की एक यूनिवर्सिटी के अँग्रेज़ी विभाग ने, जिसका एक अमरीकी प्रोफ़ेसर केलसी हार्डर मेरे साथ पंजाब यूनिवर्सिटी में बतौर फुलब्राइट प्रोफ़ेसर पढ़ा चुका था, मुझे दो साल के लिए बतौर विज़िटिंग प्रोफ़ेसर पढ़ाने की पेशकश भेज दी; मैंने पंजाब यूनिवर्सिटी से दो साल की बिना पगार की छुट्टी माँगी तो उन्होंने इन्कार कर दिया। यह कहानी मैं आपको किसी पहले जवाब में भी सुना चुका हूँ। ख़ैर, मैंने त्यागपत्र दे दिया और चम्पा को लिख दिया कि वह भी सेण्ट जॉन स्कूल की अपनी नौकरी से त्यागपत्र दे और बच्चों समेत मेरे पास आने की तैयारियाँ शुरू कर दें; उसने ऐसा ही किया। अगर मुझे पंजाब यूनिवर्सिटी से दो साल की छुट्टी मिल गयी होती तो दो साल बाद मैं क्या करता, इसके बारे में मैं कुछ कह नहीं सकता।

मेरे मन में यह ज़रूर रहा होगा कि अमरीका के अच्छे विश्वविद्यालयों के मुकाबले में भारत के अच्छे-से-अच्छे विश्वविद्यालय भी ठहर नहीं पायेंगे। मैंने तो हमेशा अँग्रेज़ी पढ़ाने के पेशे को रोज़ी-रोटी का साधन ही माना था और इस पेशे को इसीलिए अपनाया था ताकि मुझे अपनी ही शर्तों पर लिखने का अवसर मिलता रहे और मुझे किसी से कोई समझौता न करना पड़े। लिखने के लिए विदेश में जानबूझ कर रहना मुझे ज़रूरी तो नहीं लगता था लेकिन अवचेतन में यह संशय भी ज़रूर रहा होगा कि मैं स्वभाव से एक्सिलिक मनोवृत्ति का हूँ। विभाजन की विभीषिका ने मेरे अलगाव को और बढ़ा दिया था। अमरीका में वतन की याद तो बहुत

आती थी लेकिन उस दूरी को भी मैंने एक अनुभव की तरह लिया और उसमें से भी अपने लेखन की प्रेरणा और विषय-वस्तु बटोरता रहा।

फिर मैंने अमरीका में रहना, पढ़ाना और सारा समय बिताना बन्द क्यों कर दिया? १९८३ तक पहुँचते-पहुँचते मैं बतौर प्रोफ़ेसर 'बर्नआउट' हो गया था। बहुत सोच-विचार के बाद फ़ैसला यह हुआ कि मैं वहाँ से दो साल की छुट्टी ले लूँ और उन दो सालों के बाद फ़ैसला करूँ कि मुझे पढ़ाना बन्द कर देना चाहिए या नहीं। सो मैंने यही किया। भारत में जाकर पढ़ाने की इच्छा ही मेरे मन में नहीं उठी। अमरीका में पूरे २० साल रहने और पढ़ने-पढ़ाने के बाद भारत और अमरीका के बीच वक़्त बाँटने को भी मैंने अपने लेखन के लिए एक आवश्यक अनुभव के तौर पर लिया। वैसे हो सकता है कि इस सोच के नीचे, बहुत नीचे, कहीं कोई और मकसद या मन्तव्य दबा-छिपा हो। मानवीय मन की गुफ़ाओं में क्या-क्या दबा-छिपा रहता है, इसका कोई ठिकाना नहीं।

> अमरीका वापसी पर आप किन लेखकों, कलाकारों और अध्येताओं से मिलते थे? क्या आपको उनके साथ हुई बातें किसी हद तक याद हैं? सम्भवत: वे वियतनाम युद्ध के बाद के वर्ष रहे होंगे, आपके और आपके दोस्तों के मन में इस सब पर क्या चला करता था? अमरीकी बौद्धिकों में इस पर बहुत बहस हुई है, उस पर आप कैसा महसूस कर रहे थे?

हार्वर्ड से पाट्सडैम में मैं शायद अगस्त १९६६ में पहुँचा था लेकिन उससे पहले का क़िस्सा भी यहाँ कहना चाहता हूँ। इतना बड़ा फ़ैसला कर लेने के बाद मैंने राहत की साँस तो ली थी लेकिन उस फ़ैसले के बोझ से मैं दब भी गया था। उस दबाव को दूर करने के लिए ही मैं हार्वर्ड की एक छोटी लाइब्रेरी के उस कमरे में पहुँच गया जिसे 'पोइट्री रूम' कहा जाता था। उस कमरे में कई कवियों, उपन्यासकारों और नाटकों के बहुत ही उत्तम टेप और रिकार्ड थे। मैं उस 'पोइट्री रूम' में अक्सर जाया करता था। उस दिन मैंने 'वेटिंग फ़ॉर गोडो' को चुना। मैं उस नाटक को डूबकर सुन ही रहा था कि मुझे गश आ गया। जब मुझे कुछ होश आया तो मुझे एम्बुलेंस में हार्वर्ड के एक अस्पताल में ले जाया जा रहा था। अस्पताल में मेरे बहुत से टेस्ट हुए; दो-तीन डाक्टरों ने मुझे देखा; एक रात मुझे वहाँ

रखा। मैं कुछ दिन केम्ब्रिज में अपने दोस्तों बॉब गुसनर और कॅरल गुसनर के पास रहने के बाद वहाँ से पाट्सडैम चला गया।

पाट्सडैम कॉलेज स्टेट यूनिवर्सिटी ऑफ़ न्यूयार्क का एक अंग है; उसके बाक़ी अंग न्यूयार्क राज्य के अन्य शहरों में बिखरे हुए हैं। पाट्सडैम न्यूयार्क राज्य के उत्तरी भाग में है। वह सारा इलाक़ा अपनी सुन्दरता और सर्दी के लिए मशहूर है—वहाँ सर्दियों में बर्फ़ बहुत ज़्यादा गिरती है। शुरू-शुरू में हमसे सब पूछा करते थे, आपने पाट्सडैम को ही क्यों चुना और हम कह दिया करते थे कि केलसी और लुईसा के कारण। पाट्सडैम में हम ख़ुश और स्वस्थ ही रहे, ठण्ड और बर्फ़ के बावजूद। पाट्सडैम में एक और कॉलेज भी है—क्लार्कसन कॉलेज ऑफ़ इंजीनियरिंग। दोनों कॉलेजों में कुछ अन्य भारतीय प्राध्यापक भी हैं और क्लार्कसन में कुछ भारतीय विद्यार्थी भी। शहर में और आस-पास के कस्बों और शहरों में कुछ भारतीय डाक्टर भी हैं। हमारे डाक्टर वहाँ भारतीय ही थे। हमारे जितने भारतीय दोस्त हमारे पास गये और रहे, सबको पाट्सडैम और उसका छोटा-सा दरिया पसन्द आया। कॉलेज की तरफ़ से मुझे हर प्रकार की सुविधा मिली। मैं अपनी एक क्लास को, राइटिंग वर्कशाप को, अपने घर में ही लेता था—हफ़्ते में एक बार, दो घण्टों के लिए। हमारे पास मकान भी बहुत बड़ा था और हमने उसमें सामान बहुत कम रखा हुआ था, इसलिए वह और भी बड़ा नज़र आता था। सबके पास अपना कमरा था और मेहमानों के लिए दो कमरे थे। ऊपर-नीचे मेरे टहलने के लिए बहुत जगह थी और मैं उसका इस्तेमाल ख़ूब किया करता था। उदासी और अपने वतन और परिवेश से दूरी के अहसास के हमले हुआ तो करते थे लेकिन हम अपने-अपने तरीक़े से उनसे निपट लेते थे। हम सबको संगीत और पुस्तकों का शौक़ था और वह शौक़ हमें बचा लिया करता था। बीच-बीच में हम मॉण्ट्रियल भी चले जाते थे क्योंकि वहाँ चम्पा के एक निकट सम्बन्धी रहते थे और मॉण्ट्रियल पाट्सडैम से दो घण्टों से कम की दूरी पर था। न्यूयार्क में हमारे कई अमेरीकी मित्र थे; उन में से एक जोड़ा दिल्ली यूनिवर्सिटी में भी १९६१-६२ के दौरान रहा था। विलियम फ़िशर और लिलियन फ़िशर; विलियम ने दिल्ली यूनिवर्सिटी के अँग्रेज़ी विभाग में पढ़ाया भी था। उनसे मेरी मुलाकात और दोस्ती दिल्ली में ही हुई थी। उनके पास भी हम न्यूयार्क में रह सकते थे, इसलिए हम न्यूयार्क भी जाया

करते थे और वह पाट्सडैम में हमारे पास आ जाते थे। उनके दो बेटे उनके साथ दिल्ली में थे और एक बच्चा उन्होंने इलाहाबाद के एक अस्पताल से एडॉप्ट किया था।

१९६७ और १९६८ की गर्मियों में केल्सी की उकसाहट और सहायता से मैंने एक महीने की राइटिंग वर्कशाप चलायी थी। शहर से कुछ मील दूर 'स्टार लेक' नाम की एक छोटी-सी झील के किनारे पर कुछ केबिन, एक बैठक हॉल, एक बड़ा रसोईघर और बहुत-सी ऊँची-नीची घासीली खुली जगह थी जिसका इस्तेमाल अभी तक कॉलेज के खिलाड़ी ही किया करते थे। केल्सी ने मुझे वह जगह दिखायी और कहा कि इसका इस्तेमाल अगले दो वर्षों की गर्मियों में एक महीने के लिए तुम करो, 'स्टार लेक राइटिंग वर्कशाप' के लिये, तुम जिन लेखकों और शिक्षार्थियों को उसमें भाग लेने के लिए बुलाना चाहो, बुलाओ, तुम उसके मुखिया होगे। मैंने उसकी बात पर सोचना शुरू कर दिया और सोचने के बाद मैंने कुछ लेखक दोस्तों को लिखना शुरू किया और फ़ोन करना भी। मैंने १९६७ में १५ दिन के लिए लोवा यूनिवर्सिटी से पॉल एंगल्स को, जिसने सबसे पहले 'लोवा राइटिंग वर्कशाप' शुरू कर अमरीका में राइटिंग वर्कशाप पद्धति की बुनियाद रखी थी, बुलाया। पॉल एंगल्स कवि तो दर्मियाने दर्ज़े के ही थे लेकिन उनकी राइटिंग वर्कशाप से जो लेखक निकले वे लगभग सब अव्वल दर्ज़े के ही थे—फिलिप रोथ से लेकर टी.सी. बॉयल तक। और १५ दिनों के लिए जेम्स डिकी को बुला लिया, जो वॉण्डरबिल्ट यूनिवर्सिटी में केल्सी के सहपाठी थे और जिनकी नयी पुस्तक की उन दिनों बहुत चर्चा हो रही थी और जो उस वर्कशाप के बाद मेरे भी एक कठिन दोस्त बन गये। कुछ-कुछ दिनों के लिये मैंने अपनी दोस्त अनाइस नीन को, जिनकी पहली और दूसरी प्रकाशित डायरी ने, जिसे मेरे दोस्त और एजेण्ट गुण्टर स्टुलमान ने सम्पादित किया था, एनाइस को एक कल्ट फिगर बना दिया था और हार्वर्ड के दिनों के अपने आलोचक दोस्त रिचर्ड पॉयरियर को भी बुला लिया।

(अब मैं थक गया हूँ और मुझे डर भी लग रहा है कि कहीं यह सब उड़ न जाये, बीच में ही, इसलिए बाक़ी का जवाब मैं कल दूँगा।)

शिक्षणार्थियों ने अपने आवेदन-पत्र के साथ अपनी कविताओं, कहानियों या अन्य लेखन के कुछ नमूने भी भेजे थे जिनके स्तर को देख मुझे सुखद आश्चर्य हुआ था। वर्कशाप की कॉमर्शियल इश्तेहारबाज़ी तो हमने नहीं की थी—सिर्फ़ 'न्यूयार्क रिव्यू ऑफ़ बुक्स', जिसे न्यूयार्क टाइम्स बुक रिव्यू न समझा जाये, में एक छोटा-सा नोटिस छापा था, लेकिन बहुत से अमरीकी और केनेडियाई कॉलेजों और विश्वविद्यालयों के अँग्रेज़ी विभागों को इश्तहारनुमा नोटिस भेजा गया था, जिसमें 'स्टार लेक राइटिंग वर्कशाप' के बारे में जानकारी दी गयी थी, स्थान, समय, आमन्त्रित लेखक—प्राध्यापक वर्कशाप के बारे में कुछ तात्विक बातें इत्यादि; शिक्षणार्थियों की उम्र और शिक्षा और डिग्री वग़ैरह की कोई बन्दिश या सीमा नहीं बतायी गयी थी, इसलिए जवाब देने वालों में कई काफ़ी उम्र के अनुभवी लोग भी थे। लेखक के नमूनों को ही अधिक महत्त्व दिया गया था।

तुम्हें याद ही होगा भारत भवन, भोपाल में वर्षों बाद 'अन्तरभारती' को भी मैंने इसी रास्ते पर चलाने का प्रयास किया था। जवाबों की संख्या और लेखकीय नमूनों के स्तर से केल्सी और मैं बहुत सन्तुष्ट हुए। आख़िरी निर्णय मैंने ही किया और अन्त में तीस-पैंतीस लोग चुन लिये गये। उनमें आये शायद बीस-बाईस ही थे।

डॉ. बी. राजन के पोस्ट कार्ड से मुझे बहुत ज़्यादा ख़ुशी हुई। उन्होंने भी हमारा इश्तहारनुमा नोटिस अपनी केनेडियाई यूनिवर्सिटी—यूनिवर्सिटी ऑफ़ नॉर्थन ऑण्टेरियो, न्यू लन्दन, कनाडा—में देखा और तुरन्त मुझे वह पोस्ट कार्ड लिख दिया, जिससे मुझे पता चला कि वे भी दिल्ली और दिल्ली यूनिवर्सिटी को त्याग चुके हैं; हमारी ख़तोकिताबत फिर शुरू हो गयी।

इसी तरह मैंने १९६८ की गर्मियों में दूसरी 'स्टार लेक राइटिंग वर्कशाप' का आयोजन किया, जिसमें मैंने न्यूयार्क से कवि एलन दूगन और आयोवा से उपन्यासकार वेंस बोर्जले को बतौर लेखक प्राध्यापक और दो-तीन और लोगों को कुछ-कुछ दिनों के लिये बुला लिया।

दोनों बार हमें सफलता तो मिली लेकिन जेम्स डिकी और एलन दूगन को नियन्त्रित करने में दिक़्क़त भी बहुत हुई। यह दोनों पीते बहुत थे। पीकर

उनकी बातों में और बहार और चमक आ जाती थी लेकिन उन्हें सँभालना मुश्किल हो जाता था। केल्सी, मैं और शिक्षार्थी तो उनकी ज़्यादतियों को सह-समझ लेते थे लेकिन स्टार लेक कैम्प के मैनेजर और पाट्सडैम कॉलेज के प्रबन्धकों को ऐसे लेखक आपत्तिजनक और अनैतिक लगते थे।

उन दिनों का माहौल बहुत ही खुला-दुला और सीमाहीन था। बदनाम लेखन प्रयोग-प्रगतिशीलता की 'सिक्स्टिज़' का वह दशक अमरीका में ही नहीं बल्कि सारे पश्चिम में सभ्यता, संस्कृति, नीति, राजनीति के हर पक्ष में बुनियादी परिवर्तनों का युग प्रवर्तक दौर था जिससे पूरब और अफ्रीका के देश भी अछूते नहीं रह सकते थे।

अमरीका में एक तरफ़ सिविल राइट्स के नये और उदार क़ानून बन रहे थे और दूसरी तरफ़ वियतनाम युद्ध और उसका विरोध ज़ोर पकड़ रहे थे। समाज और सेक्स की बन्दिशें टूट रही थीं; चेतना प्रवर्तक पदार्थों का उपयोग और उपभोग युवाओं में ही नहीं बल्कि पूरे समाज में बढ़ रहा था; इन प्रयोगों और इन पर बहसों की लपेट में बौद्धिक ही नहीं बल्कि अबौद्धिक भी आते जा रहे थे। पाट्सडैम जैसे शान्त और ख़ामोश छोटे शहरों और कॉलेजों में भी इस हमगीर हलचल का प्रभाव अनिवार्य था।

१९६८-६९ का अकादेमिक वर्ष मैंने ब्रेण्डाइज़ यूनिवर्सिटी में हार्वर्ड नेमेरोव की ख़ाली हो गयी जगह पर बतौर विज़िटिंग प्रोफ़ेसर बिताया था। मुझे याद है कि हार्वर्ड नेमेरोव ने परिसर के एक कॉफ़ी हाउस में मुझे ब्रेण्डाइज़ में होने वाली हलचल के बारे में बहुत कुछ बताया था। उस वर्ष ब्रेण्डाइज़ और हार्वर्ड और उस सारे इलाक़े में बहुत कुछ हुआ था—वियतनाम युद्ध के विरोध में परिसर की कई इमारतों पर विद्यार्थियों ने कब्ज़ा कर लिया था और वह कब्ज़ा कई दिनों तक रहा था। ब्रेण्डाइज़ की एक पुरानी और मशहूर युवा नेता, एंजेला डेविस, विरोध की अगवाई कर रही थी।

पाट्सडैम और ब्रेण्डाइज़ में और उससे पहले हार्वर्ड में मेरे तमाम क़रीबी और हम-ख़याल दोस्त वियतनाम युद्ध के घोर विरोधी और सातवें दशक में हो रहे प्रयोगों और परिवर्तनों के पक्षधर थे, विशेष तौर पर सिविल राइट्स के विस्तार के लिए बनाये गये नये क़ानूनों के। हमारी बातें और बहसें इन्हीं परिवर्तनों और प्रयोगों के बारे में होती थीं—गुन्थर स्टूलमान,

रिचर्ड पॉयरियर, एलन दुगन, हार्वर्ड नेमेरोव, विलियम और लिलियन फ़िशर, रॉबर्ट लॉवेल और इलिज़ाबेथ हार्डविक् जिनसे मैं ज़्यादा बार नहीं मिला, नबनीता देव सेन और अमपय सेन (जो उन्हीं दिनों वहाँ थे) भारती मुखर्जी और क्लार्क ब्लेज़ और वेद मेहता से भी। मेरी सोहबत और दोस्ती अमरीका में उन्हीं लोगों से बनी जो मेरी क़िस्म के थे और बँधे-बँधाये ढर्रे से हटकर सोचते और चलते थे।

> पाट्सडैम विश्वविद्यालय पहुँचकर आपने अपना कौन-सा उपन्यास या कहानी संग्रह लिखना शुरू किया था? उस कृति की पाट्सडैम में रचना की क्या कोई कथा आपके मन में है? क्या बैकेट को 'गोदो' के अनुवाद के बाद आपने उन्हीं दिनों उन्हें पढ़ा था? बैकेट की अन्य कृतियों के आपके क्या अनुभव हैं? वे आपके क़रीब कैसे आ गये?

राइटिंग वर्कशाप की कक्षा ही मैं घर में लेता था—हफ़्ते में एक बार, दो घण्टों के लिए क्योंकि एक तो वह बड़ी नहीं होती थी, १५ या २० लोगों से अधिक नहीं, दूसरे उसमें अनौपचारिकता अधिक हुआ करती थी। लेकिन एक कक्षा मैं और लिया करता था, हफ़्ते में दो या तीन बार; वह मैं परिसर में ही लिया करता था। प्रायः मैंने वहाँ हफ़्ते में दो से अधिक कक्षाओं को नहीं पढ़ाया।

तुम जानते हो कि कोई भी लेखक कहीं भी दिन-रात लिखने में ही नहीं जुटा रहता। लेखकों ने अन्य कलाकारों की ही तरह अपनी सुस्ती और हरामखोरी और टालमटोल की आदत का रोना रोया है—मैंने भी। अपने दोस्त स्वामीनाथन के बारे में यह सवाल मेरे मन में अक्सर उठा करता था : ये साला काम कब करता है; जब देखो तब यह या तो ऊँघ रहा होता है या बीड़ी-रम वग़ैरह पी रहा होता है या ख़ाँस रहा होता है या फिर कोई क़िस्सा या कहानी सुना रहा होता है; इसे काम करते या कुछ पढ़ते-वढ़ते तो कम ही देखा है!

तो पाट्सडैम में भी मैं पढ़ाने से बचा समय लिखने में ही नहीं गुज़ारता था। लिखने के लिए तो मैं सुबह सवेरे या देर रात ही बैठा करता था; वे बैठकें भी अक्सर बंजर और बाँझ ही होती थीं। पढ़ाने और लिखने के लिए पढ़ना

और पढ़ते रहना भी ज़रूरी था। विद्यार्थियों को मिलने के लिए कुछ 'ऑफ़िस अवर्स' भी निकालने पड़ते थे और कुछ कमेटियों में कुछ समय भी बरबाद करना पड़ता था। मैंने हमेशा अकादेमिक ताम-झाम और ख़ुराफ़ात से परहेज़ तो बहुत किया है लेकिन उसके बावजूद मुझे कुछ समय उस सब में नष्ट करना ही पड़ता था।

बैकेट और ज्वॉयस और हेनरी जेम्ज़ को पढ़ना मैंने भारत में ही शुरू कर दिया था लेकिन बैकेट के नाटकों का मंचन मैंने पहले पहल हार्वर्ड में ही देखा था, १९५८ में। उसे पढ़ते और मंच पर देखते ही उसकी दुनिया के दीन मुझे अपनी ही दुनिया के बाशिन्दे महसूस हुए थे; उनकी भाषा और ख़ामोशी और वेशभूषा और हरकतें और लाचारियाँ जानी-पहचानी लगी थीं; मुझे बैकेट मुश्किल नहीं बल्कि अपना ही सगा-सम्बन्धी लगा था। कहना यह चाहता हूँ कि बैकेट के उपन्यासों और नाटकों के मौन और उनकी भाषा और उनके पात्रों से किसी प्रकार की कोई बेग़ानगी या अजनबीयत नहीं महसूस हुई थी। उनकी हँसी में मैं उन कराहों को भी सुन सकता था जो मैं अपने परिवेश में हर समय, हर स्थान, हर गली-कूचे-बाज़ार-चौक-उत्सव-समारोह-आयोजन-एकान्त में सुनता आया था। बैकेट की दुनिया यथार्थ के और कल्पना-अनुभव के धरातल पर मुझे अपनी दुनिया से अलग नहीं लगी थी।

पाट्सडैम में पहुँचने के बाद और कुछ महीने वहाँ अकेले रहने के दौरान मैंने उस जगह जम जाने की कोशिश में ही गुज़ारे—परिसर और कस्बे को जान लेने में, विभाग में सबसे मिलने-जुलने में, लाइब्रेरी में, कस्बे की सड़कों और दुकानों में, चम्पा और बेटियों के इन्तज़ार में। केल्सी और लुइज़ के अलावा अँग्रेज़ी विभाग के ही रॉन मोल और उसकी बीवी जूडी के साथ भी मेरी दोस्ती हो गयी। याद आता है कि एक स्टोर से मैं बाँस का एक रेक, जिससे लोग घास पर गिरे सूखे पत्ते वग़ैरह इकट्ठे करते हैं, ख़रीद लाया था। मैंने बैठक की एक दीवार पर दो छोटे कील ठोंककर उस रेक को टेढ़ा टाँग दिया। उस शाम जब रॉन और जूडी आये तो हमने जेज़ सुनना और पीना शुरू कर दिया। जेज़ की ताल पर हम सिर मार रहे थे कि मैंने उस टेढ़े टँगे रेक की तरफ़ इशारा करके रॉन और जूडी से कहा : द रेक्स प्रोग्रेस! और इस पर हम तीनों ने एक लम्बा कहकहा एक साथ छोड़ा जो जेज़ के समन्दर में डूब गया। रॉन मोल इंग्लैण्ड की १८वीं सदी

के साहित्य का विशेषज्ञ था और मेरे संकेत के श्लेष को समझ गया था। वह टेढ़ा टँगा रेक उस दीवार की एक यादगार सज़ावट देर तक बना रहा और उसे देख हम तीनों ही नहीं और लोग भी हँसते मुस्कराते रहे। मैं सोचता हूँ कि बैकेट भी उसे पसन्द करते।

चम्पा और बेटियों के आ जाने के बाद कुछ समय उन्हें पाट्सडैम में जमाने में लग गया। न लिखने का एक और बहाना मुझे मिल गया। लिखने के बजाय लिखने के नेक इरादे बाँधने में ही मेरा वक़्त कटता रहा। 'स्टार लेक वर्कशाप' की तैयारियाँ होने लगीं। कुछ समय कार चलाना सीखने में बीता और कुछ कार ख़रीदने में। मुझे ठीक-ठीक याद भी नहीं कि वहाँ मैंने किन-किन कहानियों पर काम किया; मैं याद पर दबाव डालने की कोशिश भी करता रहा हूँ। 'बिमल' के बारे में तीन कहानियाँ क्योंकि मैं भारत में ही लिख चुका था और वे कल्पना आदि पत्रिकाओं में प्रकाशित भी हो चुकी थी—'समाधि', 'बिमल, कॉफ़ी हाउस, और बुनियादी सवाल', और 'एक था बिमल'—इसलिये उनके आधार पर मैं बिमल को एक उपन्यास का नायक या प्रतिनायक भी बनाना चाहता था लेकिन इस ख़्वाहिश पर अमल करना शुरू मैंने १९६८ में ही किया, ब्रेण्डाइज़ जाने के बाद। पाट्सडैम के पहले दो सालों की मुख्य उपलब्धि 'स्टार लेक राइटिंग वर्कशाप' थी। उसमें जो शिक्षार्थी आये उनमें से सबसे ज़्यादा गुणवान एरिज़ोना से आयी एक मिली-जुली नस्ल की एक काली प्रतिभा-सम्पन्न तेज़-तर्रार लड़की थी जिसने अपनी कविताओं के नामों से मुझे बहुत प्रभावित किया था और जिसने बाद में अपनी प्रकाशित कविताओं और पुस्तकों से अमरीका के कविता जगत में तहलका मचा दिया था। उसका तख़ल्लुस 'अई' था। उसे मैंने कुछ वर्ष बाद कविता पाठ के लिए पाट्सडैम फिर बुलाया था। और भारत भवन के अन्तर्राष्ट्रीय कविता समारोह में भी बुलाने की कोशिश की थी लेकिन वह किसी कारण आ नहीं सकी थी। अब वह नहीं रही। उसने चार कविता पुस्तकें प्रकाशित कीं और चारों को एक-एक बड़े पुरस्कार दिये गये। उसकी कविताएँ हर बड़ी पत्रिका के अनेक अंकों में आती रहीं। मेरे अमरीकी शागिर्दों में दो ही मशहूर हुए, एक कवि अइ और दूसरे उपन्यासकार टी.सी. बायल, जिसे तुम उस एन्थनी बायल मत समझना जिसका ज़िक्र मैं शायद आगे करूँ और जो हमारे घर भोपाल में भी कुछ दिन रहा था।

'बिमल उर्फ़ जायँ तो जायँ कहाँ' को शुरू तो मैंने ब्रेण्डाइज़ में किया लेकिन समाप्त पाट्सडैम लौट कर ही किया। उसका अँग्रेज़ी अनुवाद भी 'बिमल इन बोग'—जो उसके हिन्दी मूल से पहले ही पी. लाल के प्रकाशन, राइटर वर्कशाप, से दो जिल्दों में प्रकाशित हुआ—पाट्सडैम में ही हुआ।

पाट्सडैम में ही स्थायी रूप से रहने का फ़ैसला कर लेने के बाद मैंने वहाँ जो लिखा उसके बारे में बाद के सवालों के जवाब में बताऊँगा।

ब्रेण्डाइज़ आपको क्यों जाना पड़ा? वहाँ की स्थिति किस तरह पाट्सडैम से अलग थी?

ब्रेण्डाइज़ मैं अपने भीतर दबी पड़ी इस महत्त्वाकांक्षा के दबाव से ही गया कि जिस तरह मैंने हार्वर्ड जैसी विश्वप्रसिद्ध यूनिवर्सिटी से पी-एच.डी. कर ली और हार्वर्ड यूनिवर्सिटी प्रेस से अँग्रेज़ी में मेरी पहली आलोचनात्मक पुस्तक 'टेक्निक इन द टेल्स ऑफ़ हेनरी जेम्ज़' प्रकाशित हो गयी, उसी तरह मैं हार्वर्ड जैसी ही किसी सुप्रसिद्ध यूनिवर्सिटी में अँग्रेज़ी और अमरीकी साहित्य पढ़ाऊँ और हार्वर्ड यूनिवर्सिटी प्रेस जैसे ही किसी उत्कृष्ट प्रकाशक से मेरी दूसरी किताब प्रकाशित हो। और इसके साथ-साथ मैं हिन्दी में उपन्यास और कहानियाँ भी लिखता रहूँ। मैं उस समय अपनी सीमाओं को भूल गया था। ब्रेण्डाइज़ में एक वर्ष बिताने के बाद मुझे मालूम हो गया था कि मैं पाट्सडैम जैसी जगह में ही दोनों काम कर सकता था कि वहीं मेरे अनुवाद कार्य और हिन्दी में मेरे सृजनात्मक काम को सराहा जा रहा था और मुझे वह सुविधाएँ उपलब्ध थीं जिनके बग़ैर मेरा सृजनात्मक काम सम्भव नहीं हो रहा था। और मेरी बेटियों ने यह कहकर, कि वे तीनों हमारी खानाबदोशी से तंग आ रही हैं, उन्हें पाट्सडैम ही पसन्द है, रही सही कसर पूरी कर दी, और मैंने अपने भीतर दबी पड़ी उस महत्त्वाकांक्षा को और दबा दिया, बल्कि उसकी जान ही निकाल दी। तब से अब तक मैं इधर-उधर भटकने के बजाय अपनी सीमाओं को स्वीकार कर, चुप मारकर अपना काम करता आ रहा हूँ, अपने ही तरीक़े से, अपनी ही शर्तों पर, अपनी ही सीमाओं में रहते हुए।

ब्रेण्डाइज़ में रहते आपकी मुलाकात किन लोगों से हुई या होती

थीं? क्या कोई याद लायक हादसा गुज़रा था वहाँ?

जैसा मैं पहले दो एक बार कह चुका हूँ १९६८–६९ का अकादेमिक वर्ष ब्रेण्डाइज़ और हार्वर्ड और देश भर के अनेक विश्वविद्यालयों में वियतनाम युद्ध के विरोध का चरम वर्ष बन गया था, इसलिये कोई न कोई धमाका क़रीब हर रोज़ कई शहरों में हो जाता था। मुझे याद है कि ब्रेण्डाइज़ परिसर की एक केन्द्रीय इमारत पर कुछ दिन विद्यार्थियों का कब्ज़ा रहा था; उस दौरान बड़ा तनाव था; बहुत धुआँधार तक़रीरें होती थीं; कभी–कभी कोई हिंसक विस्फोट भी हो जाता था। उन दिनों चम्पा और मुझे अनेक प्रोफ़ेसरों ने पीने–खाने की पार्टियों में घर बुलाया; हमें अगर बेबी–सिटर मिल जाया करती थी तो हम जाते भी थे। कनिंघम और एक और प्रोफ़ेसर के यहाँ हम एक से अधिक बार गये; वह लोग भी हमारे घर आये। आई.ए. रिचर्ड्स की पुरानी बिल्डिंग में, जो केम्ब्रिज में थी, हम एक प्रोफ़ेसर की पार्टी में शामिल हुए थे जिसमें कई हस्तियों के दर्शन पहली बार हुए। इसी तरह हैरी लेविन के घर जब क्रिसमस की पार्टी हुई तो हमें अँग्रेज़ी के कुछ अपने पुराने पापी मिले। मैं आर्थर गोल्ड से भी ब्रेण्डाइज़ में रहते हुए ही मिला, जिसने पी–एच.डी. तो शायद प्रिंसटन से ली थी लेकिन जो दिल्ली यूनिवर्सिटी में भी कुछ महीने फुलब्राइट पर बतौर विद्यार्थी रहा था। गरज ये कि उस इलाक़े में मेरे कई पुराने दोस्त थे जिनसे मिलकर मुझे ख़ुशी होती थी।

सारी हलचल और उठान–पुठान के बीच और बावजूद मैंने उस वर्ष लिखा भी ख़ूब। 'बिमल उर्फ़ जायँ तो जायँ कहाँ' पर मैंने वहाँ बहुत जम कर काम किया। बैकेट से उनके दो नाटकों के हिन्दी अनुवाद की अनुमति भी मैंने माँगी और अनुवाद भी मैंने वहीं शुरू किया। हमारे वहीं रहते ही बॉस्टन में अमरीकन एसोसिएशन ऑफ़ एशियन स्टडीज़ की वार्षिक कॉन्फ्रेन्स हुई। मैं उसमें गया तो मुझे अपने अनेक पुराने दोस्तों को मिलकर बहुत हर्ष हुआ—रामानुजन, एड. डिमोक (जो शिकागो विश्वविद्यालय के साउथ एशियन स्टडीज़ विभाग में बहुत सक्रिय थे और बाङ्ला के विद्वान थे और जिन्होंने मुझे हार्वर्ड के दिनों में शिकागो हिन्दी कहानी पर व्याख्यान के लिये बुलाया था और मैं गया था, और वह व्याख्यान मेरे हार्वर्ड से भारत लौटने पर 'बुक्स एब्रॉड' पत्रिका में प्रकाशित हुआ था और एक

दिन दिल्ली में जब मुझे अशोक सेक्सरिया पहली बार श्रीकान्त वर्मा के साथ मिले तो उन्होंने उस प्रकाशित लेख का ज़िक्र कर अपनी सजगता से बहुत प्रभावित किया था), बोनी क्रॉउन, एशिया सोसायटी, न्यूयार्क, की एक जानी-मानी हस्ती जिसने १९६२ में अपने अपार्टमेंट में मुझे ओरायन प्रेस से 'स्टेप्स इन डार्कनेस' के प्रथम प्रकाशन पर, जब मैं किसी और सिलसिले में न्यूयार्क में ही था, एक शानदार पार्टी दी थी जिसमें मेरे दोस्तों, वेद मेहता और गुन्थर स्टुलमान के अलावा कई और लेखक और अनुवादक जैसे कि जापानी के अनुवादक डोनाल्ड कीन भी थे। सबसे बड़ी हैरानी उस पार्टी में कपिला वात्स्यायन को देख और मिलकर हुई थी। बॉस्टन की उसी कॉन्फ्रेन्स में मुझे उर्दू के आलोचक गोपीचन्द नारंग भी मिले थे और जब उनने पूछा कि आप आजकल क्या लिख रहे हैं तो मैंने जवाब दिया, 'बिमल' और एक-दो क्षण रुककर उस उपन्यास का अन्तिम पूरा शीर्षक मेरी ज़बान से पहली बार निकला—'बिमल उर्फ़ जायँ तो जायँ कहाँ'। इस शीर्षक को मैंने क़रीब-क़रीब गाकर कहा था—मैं इतना ख़ुश था, नारंग साहिब को मिलकर नहीं बल्कि उस इल्हाम पर जिसकी वजह से वह शीर्षक अचानक मुझ पर उतरा। रामानुजन ने एक शाम हमारे साथ हमारे घर में गुज़ारी और वहीं सोये भी। उस शाम और रात हुई बातों में से कई अब तक मुझे याद हैं—रामानुजन से हमेशा ऐसी ही बातें होती रहीं, हर मुलाकात में।

वह साल मेरे लिये हर लिहाज़ से भरपूर रहा लेकिन हमारी बेटियाँ वहाँ नाख़ुश ही रहीं क्योंकि उनका स्कूल उन्हें पसन्द नहीं था—वहाँ शायद वह किसी नस्लीय दुराग्रह की शिकार हुई थीं।

> 'बिमल' को आपने कब से लिखना शुरू कर दिया था? उसे पूरा करने में इतने अधिक वर्ष लग गये, ऐसा क्यों? 'बिमल' में आपने लिखने का एक बिलकुल ही नया अन्दाज़ खोज निकाला था जिससे हिन्दी का साहित्य लेखन समृद्ध हुआ है। भाषा का ऐसा सूक्ष्म नृत्य हिन्दी की कम ही कृतियों में नज़र आता है। ऐसी भाषा लिखने के पीछे क्या महज़ संयोग ही है या आप किसी विशेष अनुभव या रूपाकार की खोज में थे? इसमें आपके प्रवास का भी कोई स्थान क्या आप देखते हैं?

'बिमल उर्फ़' बतौर उपन्यास शुरू तो शायद पाट्सडैम में ही हो गया था, १९६७ में, लेकिन उससे भी पहले मैं हार्वर्ड से लौटने के बाद और दोबारा १९६६ में गर्मियों में हार्वर्ड फिर जाने और फिर वहीं अमरीका में रह जाने और पंजाब यूनिवर्सिटी, चण्डीगढ़ से दो वर्ष की छुट्टी न मिलने पर त्यागपत्र दे देने के बीच के सालों में उसके तीन हिस्से लिख चुका था—'समाधि', 'बिमल', कॉफ़ी हाउस और बुनियादी सवाल' और 'एक था बिमल' ये तीनों बतौर कहानियाँ लिखी गयी थीं। इन तीनों कहानियों की बुनियाद पर ही बाद में 'बिमल उर्फ़ ' को खड़ा किया गया था। हो सकता है कि उन कहानियों को लिखते समय भी मेरे अवचेतन में 'बिमल उर्फ़ ' का बीज़ सोया पड़ा हो।

वह १९६९ के अन्त तक समाप्त या सम्पन्न हो गया था लेकिन उसके प्रकाशन में देर होती रही। उस देर और उसके दौरान और कारण निर्मल वर्मा के साथ मेरी प्यारी दोस्ती में पड़ जाने वाली दरारों ने मुझे जो दुःख और दर्द दिया, वह अभी तक गया नहीं। ओम प्रकाश जी मेरी पाण्डुलिपि में कुछ अदल-बदल करना चाहते थे और मैंने उन्हें कह दिया था कि मैं सेंसर के या किसी और को मनाने के लिए अपने काम में कोई अदल-बदल नहीं करूँगा। मैं गर्मियों में दिल्ली में ही था। 'बिमल उर्फ़' पर आख़िरी नज़र मैंने गुलमर्ग में ही डाली थी और वहीं उसे पूरा हो गया समझा था। वहाँ से दिल्ली वापस आने के बाद ही मुझे ओम प्रकाश जी से उलझने का कटु अनुभव हुआ था। उससे पहले बैकट के 'गोदो' के मेरे अनुवाद को लेकर मैं उनसे लेखकीय स्वाधीनता की लड़ाई दूर से ही लड़ चुका था। तब श्रीकान्त वर्मा और कमलेश और कुछ औरों ने भी मेरा साथ दिया था। 'गोदो के इन्तज़ार में' की जो प्रथम प्रकाशित प्रति मुझे पाट्सडैम में मिली थी, उसे पढ़कर मेरा लेखकीय ख़ून उबलने-सा लगा था और मेरी नींद हराम हो गयी थी। सारा अनुवाद बदल दिया गया था और मेरी भाषा मेरी नहीं रही थी।

मैंने बदली हुई भाषा के नमूने वहीं से हिन्दी जगत में इधर-उधर फैला दिये और लेखकों से फ़रियाद की कि वह मेरा साथ दें। ओम प्रकाश जी की अक्षम्य हरकत की बहुत मुज़म्मत हुई और आख़िरी उनने अनुवाद के उस संस्करण को वापस ले लेने और उसकी जगह मूल अनुवाद को प्रकाशित करने की घोषणा की। इसके बाद 'बिमल उर्फ़ ' का काण्ड कैसे और क्यूँ

हुआ, उसके क्या कारण थे, यह मुझे आज तक मालूम नहीं हुआ। शायद ओम प्रकाश जी मेरा इम्तहान ही ले रहे थे। उन्हें उपन्यास में अश्लीलता का आधिक्य नज़र आने लगा। वह लोक-लाज और आर्य समाज से डरने लगे। उनने मेरे दोस्तों से कहना शुरू कर दिया कि वह मुझे समझाएँ कि मैं ज़िद न करूँ और उनका कहा मान जाऊँ। निर्मल ने जब मुझसे कहा, 'तुम मान क्यों नहीं लेते उनकी बात, अपने उपन्यास को बचाने के लिए तुम इतना क्यों नहीं कर सकते,' तो मुझे लगा कि यह तमाशा देख रहा है, इसने 'गोदो के इन्तज़ार में' के बारे में मेरे मोर्चे के समय भी यही रुख़ अपनाया था। इस आघात से हुआ घाव अभी तक भरा नहीं।

'बिमल इन बोग', 'बिमल उर्फ़ ' का मेरा अँग्रेज़ी अनुवाद, १९७२ में प्रकाशित भी हो गया था। बद्रीविशाल पित्ती ने 'कल्पना' की ओर से 'बिमल उर्फ़ ' को शायद १९७५ या ७६ में प्रकाशित किया, हुसेन के 'अश्लील' आवरण के साथ, एक मात्रा तक बदले बग़ैर। फिर बाद में सम्भावना प्रकाशन ने और बहुत बाद नेशनल पब्लिशिंग हाउस ने उसे उसी हुसेनी आवरण के साथ निकाला।

'बिमल उर्फ़ ' में मैंने वही किया जो जेम्स ज्वॉयस के बाद फ़ॉकनर जैसे अनेक अँग्रेज़ी भाषा के और कुछ दूसरी पश्चिमी भाषाओं के उपन्यासकारों ने किया। ज्वॉयस के रास्ते पर उसके साथ कोई चल नहीं सका और उससे आगे कोई जा नहीं सका, और किसी ने चलने और जाने की कोशिश भी नहीं की, बल्कि बैकेट जैसे ज्वॉयस-भक्तों ने भी ज्वॉयस की भाषा से कुछ विशेष तत्त्वों को तो अपने काम में निखारा-सँवारा लेकिन उनकी चेतना-अपचेतना-अवचेतना की नदी या दरिया में गोते नहीं लगाये। मैंने 'बिमल उर्फ़ ' में डरते-सहमते यह दुस्साहस तो किया लेकिन मुझे यह भ्रम नहीं था कि मैंने कोई नया अन्दाज़ खोज निकाला है। मुझ पर मेरे कुछ आरोपीवृत्ति के आलोचकों ने ज्वॉयस की नक़ल का आरोप तो जड़ दिया जैसे कि 'बिमल उर्फ़' के बाद के कुछ उपन्यासों और नाटकों पर बैकेट की नक़ल का आरोप लगाया गया लेकिन मैंने ऐसे आरोपों का कोई जवाब देना ज़रूरी नहीं समझा; मुझे हिन्दी की साहित्यिक आलोचना की फूहड़ता और उसकी खण्डन-मण्डन की सरलीकृत पद्धति के प्रमाण मिलते तो रहते हैं लेकिन उनकी कोई चोट मुझ पर कोई असर नहीं करती। आप जैसे कुछ महीन पाठकों और आलोचकों ने 'बिमल उर्फ़'

और मेरे दूसरे कुछ उपन्यासों और काम में अगर संगीत-नृत्य देखा-सुना है तो मैं उनकी नज़र और 'सुनन' की दाद ही दे सकता हूँ पर मैं जानता हूँ कि यह गुण मुझ से बड़े लेखकों की भाषा में अपनी जादूगराना उपस्थिति के करिश्मे मुझ से कहीं ज़्यादा दिखते हैं।

'बिमल उर्फ़' में मैं मुख्य तौर पर बिमल के माध्यम से स्वतन्त्रता बाद की उस युवा पीढ़ी को पकड़ना चाहता था जो स्वतन्त्रता और उससे जुड़े हुए विभाजन के बाद हर अर्थ में भटक रही थी—दिल्ली जैसे बड़े शहर में ही नहीं बल्कि देश के और ख़ास तौर पर देश के उन बड़े भागों के छोटे-छोटे कस्बों और गाँवों में भी जो विभाजन की विभीषिका से सीधे और बुरी तरह प्रभावित हुए थे।

प्रवास में रहते हुए मैं अपनी भाषा में लिखता तो रहा लेकिन मैं उसे सुनता अधिक अपने भीतरी कानों से ही था जैसे कि मैं अपने देश के दृश्यों को देखता अधिक अपनी भीतरी आँखों से ही था—हर प्रवासी लेखक और कलाकार की तरह। इसलिए मेरी देखने और सुनने की शिद्दत और बारीकी बढ़ती ही गयी, कम नहीं हुई। इसके अलावा अपने व्यामोह के दर्द से सँभलने के लिए मैं प्रवास में शास्त्रीय संगीत के रिकार्ड भी तक़रीबन हर शाम सुना करता था। उनकी लय और थाप का मेरे काम की भाषा में आ जाना अनिवार्य था। हर प्रवासी लेखक और कलाकार की 'भाषा' में सोज़ भी होता है, साज़ भी।

> वैसे तो अमरीकी समाज ज़्यादातर प्रवासियों से ही बना-सँवरा है पर फिर भी इनके प्रवासी नागरिकों में ऐसे भी कोई लोग, जो लेखक रहे हों या न रहे हों, ज़रूर रहे होंगे जिनमें यह चेतना आपकी तरह ही प्रबल रही होगी, क्या ऐसे लोग आपके सम्पर्क में आये थे? क्या ऐसे लेखकों, कलाकारों के साथ भी आपका उठना-बैठना हुआ करता था? क्या अपनी इस विशिष्ट अस्तित्वगत स्थिति के कारण आप किन्हीं ख़ास लेखकों और दार्शनिकों की कृतियों की ओर गये थे?

अमरीकी समाज ही नहीं, अमरीकी सभ्यता और संस्कृति, अमरीकी चिन्तन-मनन-दर्शन, अमरीकी रहन-सहन-पहन-खान-पान आदि, अमरीकी कला-

साहित्य—संगीत-नृत्य-फ़िल्म-आदि पर प्रवासियों का फ़ैसला-कुन प्रभाव शुरू से अब तक, ख़ास तौर पर पहले और दूसरे महायुद्ध के दौरान और बाद के वर्षों में, पड़ता रहा है। अब यूरोप के इंग्लैण्ड समेत कुछ देशों की देखादेखी यहाँ भी लोगों ने कुछ प्रवासियों और शरणार्थियों को सन्देह की निगाह से घूरना शुरू कर दिया है, लेकिन इस परिवर्तन को यहाँ के समझदार लोग और नेता उनके पतन की ही एक अलामत मानते हैं। अमरीका की विदेश नीति में कई तरह और दर्ज़े के दोष आसानी से निकाले जा सकते हैं और अक्सर ख़ुदरोशन दिमाग़ अमरीकी बौद्धिकों द्वारा निकाले जाते हैं लेकिन प्रवासियों और शरणार्थियों को अभी भी यहाँ के अधिकतर पुराने बाशिन्दे परम्परागत अमरीकी उदारता से ही देखते और लेते हैं।

मैं आपके सवाल की सार्थकता समझता हूँ। मैंने जब यहाँ पाट्सडैम में दो साल पढ़ा लेने के बाद एक साल ब्रेण्डाइज़ जैसी उत्कृष्ट जगह भी पढ़ा लिया तो मैं वापस वहाँ जाने और जम जाने के लिये ज़्यादा उत्सुक तो नहीं था लेकिन तीनों बच्चों ने जब इधर-उधर भटकने का विरोध किया तो मैंने भी सोचा कि अच्छी जगह की तलाश में न जाने कितने साल और लग जायँ और उसके लिये मुझे हिन्दी में सृजनात्मक लेखन के बजाय अँग्रेज़ी में शोध करना और उस क्षेत्र में अपना नाम चमकाने के लिए पर्चे और हेनरी जेम्ज़ पर अपनी पहली आलोचनात्मक पुस्तक की ही तरह और पुस्तकें हार्वर्ड यूनिवर्सिटी प्रेस की ही तरह के किसी अव्वल दर्ज़े के प्रकाशक से प्रकाशित करवाने के लिए मेहनत भी करनी पड़ेगी। और मैं इस नतीजे पर पहुँचा कि मुझ से यह तभी हो पायेगा कि मैं हिन्दी में अपना सृजनात्मक लेखन बन्द ही कर दूँ। इस विकल्प के आलोक में मुझे याद आया कि मैंने एम.ए. अँग्रेज़ी में इसलिए किया था कि ऐसा कर लेने के बाद मुझे किसी कॉलेज में पढ़ाने का काम मिल जायेगा और उर्दू-हिन्दी में कहानियाँ और उपन्यास लिखने के लिये आर्थिक आधार और समय मिलता रहेगा, मैं बतौर प्राध्यापक नहीं, बतौर लेखक ही अपना असली काम जीवन भर करूँगा और फिर मुझे पाट्सडैम भी अच्छा लगने लगा।

मैंने यह राग फिर इसलिए छेड़ा कि आपके मौजूदा सवाल के जवाब में मैं कहना यह चाहता हूँ कि बड़े-बड़े अमरीकी शहरों जैसे बॉस्टन और

न्यूयार्क और सान फ्रान्सिस्को और शिकागो की बड़ी-बड़ी यूनिवर्सिटियों में प्रवासी लेखकों और कलाकारों के साथ मिलने-जुलने और उठने-बैठने और वाद-विवाद-संवाद करने के अवसर मुझे ज़्यादा मिलते। पाट्सडैम में रहते हुए भी 'स्टार लेक राइटिंग वर्कशाप' के माध्यम से मैंने एक छोटा-सा तहलका तो मचा ही दिया था और जब तक मैं वहाँ रहा मैं अपने लेखक और कलाकार दोस्तों, भारतीय और अमरीकी दोनों को कभी-कभार बुलाता और बुलवाता भी रहा, जिससे पाट्सडैम की फिज़ा में कुछ हरकत भी होती रही। और वहाँ भी मुझे अपनी क़िस्म और पसन्द के कई लोग अँग्रेज़ी विभाग में ही नहीं दूसरे विभागों में मिलते भी रहे। उनमें से अधिकतर मेरी ही तरह एक्सेंट्रिक वृत्ति के ही थे, यहूदी होने के कारण। रॉजर लिप्से से मेरी दोस्ती वहीं हुई थी, और जब वह दो साल वहाँ रहकर कहीं और चला गया। उसने पढ़ाना छोड़कर किसी बैंक में कोई काम करना और कला और कलाकारों पर लिखना भी जारी रखा तो वह मुझे मिलता भी रहा। भारत भी वह आया, और शुरू-शुरू में हम कुमारस्वामी की आख़िरी पत्नी डोना लुइसा की बातें करते रहे। रामकुमार और निर्मल दोनों हमारे पास कुछ-कुछ दिन रहे; दोनों ने पाट्सडैम में लेक्चर भी दिया; यह कहते हुए मुझे कोई संकोच नहीं हो रहा कि रामकुमार ने मेरे दोस्तों को निर्मल से ज़्यादा प्रभावित किया। नीरद बाबू जब आये थे तो रॉजर लिप्से वहीं था। मैं नीरद बाबू को रॉजर के घर भी ले गया था। नीरद बाबू ने तो वहाँ अपनी धाक ही बिठा दी थी। पाट्सडैम में एक और भारत-प्रेमी मेरा दोस्त बना रॉबर्ट सायनाई। वह दक्षिण अफ्रीका से था। उसके साथ बहुत दिलचस्प बातें हुआ करती थीं। हार्वर्ड के दिनों में एक दिन मुझे और मेरे अमरीकी दोस्त रॉबर्ट फिट्ज़गेराल्ड को हैरी लेविन ने सोसायटी ऑफ़ फेलो के लंच पर बुलाया था। पता नहीं कैसे नबाकोव के बारे में बातें होने लगीं तो मुझे पता चला कि हैरी लेविन नबाकोव को बहुत नज़दीक से जानते थे क्योंकि नबाकोव ने शुरू-शुरू में वेलस्ले कॉलेज पढ़ाया था जो हार्वर्ड के पास ही था और नबाकोव और उसकी पत्नी वीरा वहीं केम्ब्रिज में रहे थे। उस दिन पहली बार हैरी लेविन मुझसे और गेराल्ड से खुला था; ऐसी-ऐसी रोचक कहानियाँ उसने सुनायीं कि मज़ा आता रहा। गेराल्ड ने बाद में मुझसे कहा, तुमने ही हैरी लेविन को खोला, वर्ना वह तो अपनी मुँहभींची ख़ामोशी के लिये मशहूर बल्कि बदनाम है।

अमरीका में रह रहे अनेक प्रवासी कलाकारों और लेखकों के काम और नाम को मैं जानता था लेकिन उनके साथ उठने-बैठने के अवसर मुझे कम ही मिले।

अमरीका में रह रहे हिन्दुस्तानी लेखकों को मैं जानता था, उनमें से कइयों को मैं मिला भी—भारती मुखर्जी, वेद मेहता, और कई और को जिनके नाम अब मेरी पकड़ में नहीं आ रहे लेकिन वह सब अँग्रेज़ी में लिखते थे और उनमें सलमान रुशदी और रामानुजन की टक्कर का उस समय कोई नहीं था।

> मुझे याद है, आपने अंजना, ज्योत्स्ना जी, चम्पा जी को और मुझे पचमढ़ी में बड़े ही दिलचस्प अन्दाज़ में 'बिमल उर्फ़' पढ़कर सुनाया था। क्या इस उपन्यास को लिखा भी इसी तरह गया था यानि क्या आप इसे किसी को या ख़ुद को ही पढ़ कर सुनाते थे फिर आगे लिखते थे? मैं यह इसलिए पूछता हूँ क्योंकि इसीलिए उस उपन्यास में यह गुण है कि इसका पाठ मधुर लगता है। क्या यह मुमकिन है कि इसके पीछे दूर देश में अपनी ज़ुबान को सुनने की चाह रही हो? शायद तभी आपने ऐसा उपन्यास लिखा जो चुपचाप बैठकर पढ़ा भी जा सकता हो, ज़ोर से बोलकर, सुना भी जा सकता हो?

तुम फिर 'बिमल उर्फ़' की तरफ़ मुड़ उसे ही निहार रहे हो; मैं भी अक्सर यही करता हूँ। पचमढ़ी की याद तो अब जवान नहीं रही लेकिन इससे कई साल पहले की पाट्सडैम की 'बिमल उर्फ़' से गुँथी हुई अनेक यादें अभी तक मेरे भीतर लहलहाती रहती हैं। मैं उन दिनों उसे लिख रहा था और कभी-कभी मैं अपने लिखे हुए पर इतना ख़ुश हो जाता था कि चम्पा को पकड़कर अपने पास बिठा लेता और उठने नहीं देता था जब तक वह मेरा बिमलपाठ ध्यान से सुनती रहती। आख़िर वह सुनते-सुनते और मेरे जुनून से तंग आ जाती, मेरा जुनून बढ़ता ही जाता, और वह उठकर नीचे चली जाती। और 'बिमल उर्फ़' की समाप्ति के बाद जब मैंने उसका अँग्रेज़ी अनुवाद करना शुरू कर दिया तो मैंने अपने कुछ अमरीकी दोस्तों को भी तंग करना शुरू कर दिया। कभी-कभी मैं अपनी राइटिंग क्लास को भी बोर किया करता था और कभी-कभी किसी दूसरे शहर, जैसे शिकागो या

बॉस्टन-केम्ब्रिज में किसी दोस्त को फ़ोन कर उसे एक-आध घण्टे बिमल-बानी सुनाया करता था। सुनने वालों का मुझे पता नहीं, मैं अक्सर मस्ती के आलम में पहुँच जाया करता था।

वर्षों पहले मैंने गगन गिल से—जिन दिनों उन दोनों से खुल कर बात हुआ करती थी—किसी इसी तरह की बातचीत में कहा था कि मेरी कुछ कृतियों को ऊँची आवाज़ में भी पढ़ कर देखना और सुनना चाहिए अगर मेरी भाषा का संगीत सुनना हो तो। वैसे तो ख़ामोश रह कर भी उसे सुना जा सकता है अगर आप ख़ामोश रहते हुए भी अपना तीसरा कान खुला रखें तो, लेकिन ऊँचा पढ़ने से आसानी हो जाती है।

'बिमल उर्फ़' की आत्मा उसकी भाषा में है; उसकी भाषा की आत्मा उसके नृत्य और संगीत में है। बेशक उसकी आत्मा का एक अंश उसके श्लेषों में भी है किन्तु वह भी ऊँचा पढ़ने से कुछ अधिक निखर जाते हैं। मेरा बाद का एक उपन्यास, 'नर-नारी' भी माँग करता है कि उसे कभी-कभी ऊँचा पढ़ा या पढ़कर भी सुना-सुनाया जाये। और मेरी उपन्यास-त्रयी—'नसरीन', 'दूसरा न कोई', 'दर्द ला दवा' भी। 'उसका बचपन' और 'गुज़रा हुआ ज़माना' भी। बाक़ी रहे 'काला कोलाज़' और 'माया लोक' और 'एक नौकरानी की डायरी' तो मेरे अपने विचार में उन्हें भी अगर कहीं-कहीं से ऊँचा पढ़कर किसी को सुना दिया जाये तो उनकी भाषा को कोई ज़ोफ तो नहीं पहुँचेगा लेकिन कुछ देर पढ़ने के बाद अगर आँखें बन्द करके उनके दृश्यों को देखा जाये तो 'काला कोलाज' में से कुछ कोलाज उभरते नज़र आ जा सकते हैं, 'माया लोक' में से कुछ स्वप्न, और 'नौकरानी' में से शानो की एक नयी भाषा-चेतना। संक्षेप में मेरे कुछ उपन्यास ऊँचा पढ़े जाने की माँग करते हैं, कुछ आँखें बन्द करके देखे जाने की, और कुछ में से कोई ख़ास माँग तो नहीं फूटती लेकिन उन्हें भी अगर दुलारा या दुत्कारा न जाये तो उनसे ज़्यादा आनन्द उठाया जा सकता है।

क़रीब पैंतीस बरस पढ़ा लेने और तरह-तरह के विद्यार्थियों का सामना करने के बाद भी अपने आप को मंच-भीरुता का शिकार मानता हूँ। पर कभी-कभी न जाने कैसे मैं इस भीरुता को कुचल कर शब्द-वीर हो जाता हूँ। ऐसा ही एक शाम प्रयाग शुक्ल आयोजित राष्ट्रीय नाट्य संस्थान नयी दिल्ली में एक अवसर पर हुआ जिसमें मैंने अपने कुछ नाटक-टुकड़े

पढ़कर सुनाये थे जिनके दौरान मैं मंच-भीरुता से नितान्त मुक्त न जाने कैसे हो गया था और बाद में प्रयाग ने और कई औरों ने मेरी अदायगी की प्रशंसा की थी। उसके बाद कभी-कभार उस अवसर के अनुभव को दोहराने की तरंग मेरे अन्दर उबाला मारती और अपने आप बैठ जाती। मैं चार्ल्स डिकन्स की तरह अपने उपन्यासों का पाठ कर नाम और पैसे के ख़्वाबी पहाड़ कभी-कभी दूर से अब भी देख लेता हूँ।

> पाट्सडैम वापस आकर बसने के बाद और उसके पहले भी आप भारत आते रहते थे। चूँकि आप कुछ बरसों के अन्तराल के बाद भारत आया करते थे, आपने भारत के कुछ हिस्सों को, जहाँ भी आप जाते होंगे, बदलते देखा होगा। क्या उस बारे में आप कुछ कहेंगे?
>
> आपके 'बिमल उर्फ़' के बाद के बल्कि आपके हर उपन्यास, उपन्यास लेखन की कोई न कोई नयी ज़मीन तोड़ते हैं। उदाहरण के लिए 'नसरीन' 'बिमल' से नितान्त अलग है, 'उसका बचपन', 'गुज़रा हुआ जमाना' से, ये सभी 'दर्द ला दवा' से। आपके लिये हर नया उपन्यास भाषा में और भाषा का नया दुस्साहस हुआ करता है, ऐसा कैसे हो पाता है? आप उपन्यास किस तरह लिखना शुरू करते हैं? मसलन, आपने 'दर्द ला दवा' लिखने के पहले क्या सोच-विचार किया था? इसी तरह 'गुज़रा हुआ ज़माना' के पहले भी।

यहाँ से वहाँ और वहाँ से यहाँ आने-जाने का मैं शीघ्र ही इतना अभ्यस्त हो गया था कि मुझे वहाँ के परिवर्तन दिखायी ही नहीं देते थे, महसूस ही नहीं होते थे। और वैसे भी उन बाहरी परिवर्तनों के बावजूद भीतरी भारतीयता निरन्तरता कायम दिखायी देती थी, महसूस होती थी। यह भी सम्भव है कि मैं जानबूझकर अपनी ही किसी धारणा की रक्षा के लिये उन परिवर्तनों को अपनी निगाह और अहसास से ओझल रखता था। जो हो मुझे उन संक्षिप्त वापसियों में ऐसा महसूस नहीं होता था कि मैं किसी बदले हुए स्थान या सभ्यता-संस्कृति-स्थल में आ गया हूँ और इससे मैं त्रस्त होने के बजाय आश्वस्त ही होता था। मेरी इस बात से तुम यह निष्कर्ष भी निकाल सकते हो कि मैं ख़ुद भी यहाँ इतने बरस रहने, रोज़ी कमाने, परिवार पालने और लिखने के बावजूद बुनियादी तौर पर यहाँ का नहीं

हुआ, मेरी निगाह और मेरा अहसास नहीं बदले और तुम्हारे इस निष्कर्ष से मेरी सहमति होगी।

तुम्हारी हर उपन्यास में कोई न कोई नयी औपन्यासिक ज़मीं तोड़ने की बात से मुझे बल मिलता है क्योंकि ऐसा मेरे कुछ इने-गिने पाठकों ने ही खुलकर कहा है। शायद इसलिए मैंने इतनी लम्बी उम्र में इतने कम और कम-हुजम उपन्यास लिखे हैं। अपनी लम्बी उम्र के इस डगमगाते टीले पर खड़ा लड़खड़ाता हुआ जब मैं उनपर दृष्टि डालता हूँ तो वह मुझे 'भाषा में भाषा का नया दुस्साहस' ही नहीं दिखाता बल्कि भाषा के साथ संरचना का भी।

उपन्यास लिखने की कोई एक विधि या नुस्ख़ा मेरे झोले में नहीं है; यह तुम्हारे सवाल की मंशा भी नहीं है, मैं जानता हूँ। मेरा हर उपन्यास मेरे ही किसी आब्सेशनों या जुनून से शुरू होता है, और वह जुनून मेरे ही किसी अनुभव या अनुभव-पुंज या अनुभव-कुंज से। वह जुनून जब तक मेरे दिल और दिमाग़ दोनों पर सवार न हो जाय तब तक मैं उसे उपन्यास में रूपान्तरित नहीं कर सकता। अगर वह जुनून झूठा हो तो वह उपन्यास बीच में ही कहीं छूट जाता है। मेरे काग़ज़ों में अनेक ऐसे छूटे हुए झूठे जुनून अपूर्ण उपन्यासों की बेचारी हालत में पड़े हुए हैं। वह जुनून ही लिखने से पहले मेरा सोच-विचार होता है।

'नसरीन', 'दूसरा न कोई' और 'दर्द ला दवा' लिख लेने के बाद ही मुझे लगा था कि वह एक त्रयी बनाते हैं, जिसकी हर कड़ी अपने में मुकम्मल तो है लेकिन दूसरी दोनों से जुड़ी हुई भी हैं क्योंकि उनकी केन्द्रीय चेतना या अवचेतना एक या एक सी ही है। इसी तरह बीरू 'उसका बचपन' और 'गुज़रा हुआ ज़माना' का नायक तो है लेकिन 'बचपन' में उसकी नज़र और चेतना अपने परिवार और अपने एक मुसलमान दोस्त के परिवार तक ही सीमित रहती है; 'ज़माना' में वह घर के बाहर अपने कस्बे में और फिर अपने कस्बे से दूर लाहौर में और फिर लाहौर से वापस फिर कस्बे में और फिर मिस्त्री ग़ुलाम अली की पनाह में उस भूसे की कोठरी में और अन्त में उन अस्थायी शरणार्थी केम्पों में बड़ा होता है। इन दोनों उपन्यासों में बीरू की कहानी के माध्यम से एक पूरे परिवार की और एक कस्बे की कहानी के माध्यम से एक पूरे प्रान्त की करुण और संश्लिष्ट त्रासदी की कहानी कहने या तस्वीर उतारने की कोशिश की गयी है।

पाट्सडैम की आपकी दिनचर्या में आपको समाने में कुछ तकलीफ़ें शायद आयी हों, उन्हें हल करने में शायद आपकी किसी ने मदद भी की हो। या आपने वह सब अपने आप ही चम्पा जी की मदद से हल किया हो। आप बाद के वर्षों में वहाँ रहते हुए शायद किन्हीं यादगार व्यक्तियों से मिले हों जो आपको आज भी याद आते हों। इस बीच आपकी कुछ कृतियों के अनुवाद प्रकाशित हो चुके थे, उन पर भी वहाँ के लेखकों, आलोचकों ने कोई दिलचस्प बात कही हो। आपको वहाँ लम्बे समय तक रहते हुए अपने देश की कौन सी बातें रह-रहकर याद आती थीं? क्या यह अनुभूति भी कभी हुई कि 'यहाँ कहाँ फँस गये'? देश से दूरी के एहसास को आप कैसे सँभाल पाते थे?

पाट्सडैम में समाने के लिए शुरू-शुरू में हर प्रकार की सहायता और सहानुभूति की हमें ज़रूरत थी, जो हमें स्थानीय लोगों और अँग्रेज़ी विभाग के सहयोगियों से मिलती रही, जिसके लिये हम समुचित आभार व्यक्त करते रहे। जैसा कि हम सब ने हार्वर्ड के दिनों में भी महसूस किया था, इस मामले में अमरीकी नर-नारी, ख़ास तौर पर उच्च-शिक्षा और संस्कृति संस्थानों से सम्बन्धित लोग विदेशियों और प्रवासियों से अभ्यस्त ही नहीं बल्कि उनके प्रति उदार और खुले-दुले भी हैं। हमें भी हार्डर परिवार के अलावा कई और ऐसे परिवार जल्द ही मिल गये जिनके साथ हमारी पारिवारिक दोस्ती हो सकती थी, इसलिए नये परिवेश और प्रवासियत की अन्य चुनौतियों से निपटने के लिये हमें सहारे भी मिलते रहे। जब तक मैं वहाँ अकेले रहा, और मेरे पास तब कार भी नहीं थी, तब तक एक युवा युगल ने मुझे अपनी सोहबत-संगत का सहारा दिया। पति रोन मोल अँग्रेज़ी विभाग में ही पढ़ाता था; उसे भी जेज़ संगीत पसन्द था, मुझे भी, उसकी बीवी जूडी को भी; उन दोनों को उसके बारे में जानकारी ज़्यादा थी; उनकी उत्सुकता और उदारता भारतीय शास्त्रीय संगीत के बारे में भी पर्याप्त थी, इसलिए हमारी अक्सर शामों का अन्त जेज़ और उस्ताद अली अकबर ख़ाँ या उस्ताद अल्ला रक्खा के साथ सर मारने पर होता था, आग के सामने बैठकर पीते हुए, कभी-कभी सुरूर में आ जाने के बाद एक-एक डॉलर के नोट आग और संगीत को अर्पित करते हुए!

चम्पा और बेटियों के आ जाने के बाद मैंने कार ख़रीद ली, चम्पा और मैंने कार चलाना भी सीखा और ड्राइविंग लाइसेंस भी ले लिया लेकिन अधिक बर्फ़बारी में हमें अक्सर किसी दोस्त या हमसाये या कारीगर की मदद लेनी पड़ जाती थी और उन कठिन अवसरों पर मेरे दो सहयोगी, टोनी बॉयल और बॉब और उनसे पहले हेनरी सेंट ओंग मेरी मदद के लिए खिले मुख आ जाते थे। इन सबमें से सब से ज़्यादा स्मरणीय हेनरी ओंग हुआ करता था लेकिन जब हम ब्रेण्डाइज़ से लौटे तो वह स्टेट यूनिवर्सिटी ऑफ़ न्यूयार्क (सुनी) के ही एक और कैम्पस में चला गया था। वहाँ से भी वह पाट्सडैम आया-जाया तो करता था लेकिन वह पुरानी बात नहीं रही थी। उसमें मुझे न जाने क्यों डी.एच. लॉरेंस दिखायी दिया करता था, शायद दोनों की दाढ़ियों और बुनियादी सादगी और सफ़ाई में मुझे कोई साम्य नज़र आया करता था। मैंने लॉरेंस को देखा तो नहीं था लेकिन उसकी तस्वीर देखी थी और उसे और उसके बारे में पढ़ा बहुत था। अब मुझे हेनरी ओंग की याद में स्वामी की याद दिखायी देती है।

'उसका बचपन' के अँग्रेज़ी अनुवाद, 'स्टेप्स इन डार्कनेस' के रिव्यू तो काफ़ी और बहुत सराहना-युक्त हुए थे; आई.ए. रिचर्ड्स और हैरी लेविन समेत जिन परिचित आलोचकों ने उसे पढ़ा, उनने मुझे सराहना-पत्र भी लिखे। जॉन गार्डनर और रेमण्ड कार्वर जिनके काम की किसी ज़माने में बहुत चर्चा हुआ करती थी, उन्हें भी 'स्टेप्स इन डार्कनेस' पसन्द आया था। एक बार जॉन गार्डनर पाट्सडैम आये थे और हमारी क्लास में और हमारे घर भी आये थे। उन्होंने मेरी स्टडी में 'स्टेप्स इन डार्कनेस' को देखकर हैरानी ज़ाहिर की, और बोले, यू आर द राइटर ऑफ़ दिस वण्डरफुल नॉवेल! जब मैंने अपना विनम्र सर झुका दिया तो वह बोले, रेमण्ड कार्वर रिकमॉण्डेड दिस नॉवेल एण्ड आई रीड इट एण्ड एडमायर्ड इट इमेंसेली!

मेरी कई कहानियों के मेरे अँग्रेज़ी अनुवाद कई समृद्ध साहित्य पत्रिकाओं में भी—न्यू वर्ल्ड राइटिंग, एनकॉउण्टर, बॉटेगे ऑस्क्यूर, द लिट्रेरी रिव्यू, द शिकागो रिव्यू, कन्टेम्परेरी लिट्रेचर इन ट्रांसलेशन, प्रिज्म इण्टरनेशनल, ट्राई-क्वार्टली, वेस्टर्न ह्यूमेनिटिज रिव्यू—प्रकाशित होते रहे लेकिन बेश्तर अमरीकी लेखकों और आलोचकों के लिये मैं बेनाम ही रहा।

देश की दूरी का अहसास कभी-कभी इतना सख़्त सन्दिग्ध हो उठता था कि कभी-कभी मैं बेइख़्तियार उबल पड़ता था कि कहाँ आ फँसे; इस

उबाल पर पी-पाकर या अपने उबाल को ही समझा-बुझा कर काबू में कर लेना पड़ता था।

गोल-गप्पे (पानी-पतासे) और चाटभठूरे बहुत याद आया करते थे और पुरानी दिल्ली और डिंगा और डेरा बख़्शियाँ की गलियाँ और नयी दिल्ली की टोडरमल लेन की बू, प्रूस्त की मेडलीन की बास की तरह।

> क्या आप अपनी समय-समय पर हुई भारत वापसियों के बारे में कुछ कहेंगे? कब-कब कौन नये पुराने लोगों से आपकी यहाँ मुलाकात हुई, आपकी नयी जगहों को देखने की इच्छा हुई और वहाँ जाकर आपको कैसे अनुभव हुए आदि। आप चाहें तो क्रम से बतायें या न बतायें, यह पूरी तरह आप पर है। जो मन में आता चले, हमसे साझा करने की इच्छा होने पर ही वैसा करें।

जब तक माता-पिता जीवित रहे तब तक तो सबसे पहले अम्बाला, जहाँ वे मेरे भाई यशपाल के पास रहते थे, जाता रहा और कुछ दिन वहाँ गुज़ार कर वापस दिल्ली आ जाता रहा। पहले पिता गये, फिर माता। दोनों के अन्तिम समय मैं उनके पास नहीं था, अपनी इस चूक ने मुझे बहुत चोट पहुँचायी, बरसों तक वह मुझे कचोटती रही और मैं इस सन्दर्भ में जेम्स ज्वॉयस को याद करता रहा।

दिल्ली में कृष्ण सोबती, जॉय माइकल, भीष्म साहनी, निर्मल वर्मा, धर्मनारायण, स्वामीनाथन, रामकुमार (और कभी-कभी उनके घर में हुसेन), अलकाज़ी, नेमिजी, अपने प्रकाशकगण, कभी-कभी राजेन्द्र यादव और कमलेश्वर, एक बार लक्ष्मी नारायण लाल और अमृता प्रीतम, मीनाक्षी और सुजीत मुखर्जी, श्रीकान्त वर्मा, शामलाल—कई नाम इस समय याद से उतर या उड़ भी गये होंगे—से मिला करता था।

यायावरी का मुझे ज़्यादा शौक़ नहीं था, ज़्यादा बार मैं दिल्ली से बाहर कम ही गया। १९८१ में चम्पा और मैं रेलगाड़ी से भारत भर में घूमे थे, ख़ासतौर पर उन सब जगहों पर जहाँ हमारे लेखक दोस्त या परिचित रहते थे। हमारी यात्रा हैदराबाद से शुरू हुई थी और दिल्ली में समाप्त। सारा इन्तज़ाम एक एजेण्ट ने किया था। हैदराबाद में हम उस्मानिया में स्थित इण्डियन इंस्टिट्यूट ऑफ़ अमेरिकन स्टडीज़ में विजिटिंग स्कॉलर की

हैसियत से तीन महीने गुज़ार रहे थे। मैं पाट्सडैम से सबेटिकल पर था। हैदराबाद में हम बद्रीविशाल पित्ती जी से भी अनेक बार मिले; उन्हें मैं तो पहले भी जानता था; उनने तब तक शायद 'बिमल उर्फ़ ' प्रकाशित कर दिया था।

इस क़रीब एक महीने के भारत भ्रमण में हमें बहुत ही आनन्द आया और हमारे भारत-प्रेम और भारत-ज्ञान में बहुत वृद्धि हुई। हैदराबाद में मैं तो पहले भी एक-दो बार जा चुका था। पहली बार जब गया था तो प्रयाग शुक्ल वहीं कल्पना में काम कर रहे थे। तभी मैं पित्तीजी और प्रयाग जी से पहली बार मिला था।

हमें दक्षिण के मन्दिर ख़ासतौर पर बहुत पसन्द आये थे। त्रिवेन्द्रम में हम अयप्पा पणिक्कर के घर रुके थे। वहाँ से हम नगरकोएल गये जहाँ हमारी मेज़बानी एक युवा कवि हरिहरण ने की। वह ज़िद कर के मुझे अपने कॉलेज में भी ले गया। उसके घर में अतिस्वादिष्ट और पुरतकुल्लफ़ दक्षिणी खाना खिलाया गया और वहीं शायद शुचीन्द्रम मन्दिर के आँगन में नादस्वरम सुनते हुए और देवी-देवताओं की मूर्तियों को स्नान करते देखते हुए मुझे अपने जीवन में पहली और सम्भवत: अन्तिम बार एक आध्यात्मिक अनुभव हुआ जिसके दौरान मैं किसी और ही आलम में पहुँच गया और मेरी आँखें और आत्मा भीग गयी।

वहाँ से हम रामेश्वरम् और कन्याकुमारी गये। वहाँ के दृश्य दर्शनीय थे लेकिन वहाँ हमें जिन चारित्रिक गिरावटों के दीदार भी करने पड़े, उनके बग़ैर ही हम अगर रहे होते तो हमारे लिए अच्छा होता। वहाँ से इसी दौरे में हम कटक और भुवनेश्वर भी गये। कटक में हम जयन्त महापात्र के घर रुके और भुवनेश्वर में एक होटल में। हम जयन्त और रून्नू के साथ पुरी भी गये थे। जयन्त और रामानुजन को मैं हिन्दुस्तानी अँग्रेज़ी के सबसे बड़े कवि मानता हूँ। पुरी में समुद्र के किनारे एक रेल्वे होटल में एक रात रुके भी थे। वहाँ से हम कोलकता गये। वहाँ हम नबनीता देव सेन के घर रुके। नबनीता और अमर्त्य सेन को हार्वर्ड के दिनों में हम कैम्ब्रिज में भी मिल चुके थे। उन दिनों उनकी शादी नयी-नयी ही थी। लेकिन अब १९८१ में वे एक-दूसरे से जुदा हो चुके थे। हमारी यह यात्रा दिसम्बर में शुरू हुई थी और कोलकता में हम दिसम्बर के अन्त में पहुँचे थे।

नबनीता का घर बंगाल के मुख्यमन्त्री ज्योति बसु के घर की बगल में था और नबनीता का कुत्ता सारी रात भूँकता रहता था और बसु का नौकर आ-आकर नबनीता को उसे चुप कराने के लिए कहता रहता था। इस बात से हमें आगाह कर दिया गया था। नबनीता की माँ भी लेखक थीं और वे उनके साथ ऊपर की मंज़िल में रहती थीं। चम्पा और मैं दो-तीन दिनों में उनसे कई बार मिले। नये वर्ष का स्वागत हमने वहीं किया—तारापद राय चौधुरी के घर एक पियक्कड़ पार्टी से जिसमें हम कई बाङ्ला कवियों—शक्ति दा, शंखो घोष, सुनील गंगोपाध्याय—और उनकी पत्नियों से मिले। उस पार्टी में जल्द ही सब कवि पत्नियों समेत धुत्त हो गये थे, सब मस्ती में गा-झूम रहे थे—ओ शुन्दरी आदि—और आधी रात को नबनीता और मैं चम्पा को वहीं छोड़कर उसकी कार में सबके लिए खाने की तलाश में भटकते फिरे थे। बरसों बाद जब यह बाङ्ला कवि-मण्डली भोपाल के हमारे घर में आये तो हम ने उस पार्टी को और हमारी पहली मुलाकात को ख़ूब याद किया।

पाट्सडैम में पियक्कड़ पार्टियाँ तो बहुत होती थीं, हमारे घर में भी काफ़ी हुईं, उनसे आनन्द भी बहुत मिलता रहा लेकिन उनमें वह बात नहीं होती थी हमारे लिए जो भारत में हुआ करती थी।

बनारस में हम रुके तो लेकिन तब तक मुझे बुख़ार हो गया था इसलिए वहाँ से इलाहाबाद जाने का ख़्याल हमने तर्क कर दिया।

फिर इसी सबेटिकल का आधा हिस्सा हमने दिल्ली में गुज़ारा आई.आई.टी. के अँग्रेज़ी विभाग में। वहाँ हम विजिटिंग प्रोफ़ेसर के लिए बनाये गये अतिथि गृह में रहे। 'ज़िन्दगीनामा' के लिए कृष्णा सोबती को साहित्य अकादेमी पुरस्कार मिला था, उसकी शीला के घर में हुई पार्टी में अशोक और निर्मल और श्रीकान्त वर्मा भी मिल गये। सो मैंने उन सबको और स्वामीनाथन को अगले दिन अपने घर खाने पर बुला लिया। शायद अनन्तमूर्ति भी उसमें थे। लेकिन उस पार्टी के अन्त में मैंने निर्मल को अलग ले जाकर खरी-खरी सुना दी थी, पहली बार, क्योंकि सारे खाने के दौरान मुझे निर्मल की सारी बातों से यही लगता रहा था कि निर्मल अपने नैतिक पतन को अनजाने में ही ख़ुद नंगा कर रहा था। यहाँ मैं उस संक्षिप्त निजी बात के विस्तार में नहीं जाना चाहता।

आप नवें दशक में भारत लौट आये। सन् १९८३ के आसपास। आपने वापस आने का यह फ़ैसला कैसे और क्यों लिया? यहाँ लौटते हुए आपकी क्या अपेक्षाएँ थीं? आपकी और घर के अन्य सदस्यों की?

कहीं से भी सम्पूर्ण वापसी लगभग असम्भव है, ख़ास तौर पर उस प्रवास से जहाँ आप अपनी तीन बेटियों और असंख्य सम्भावनाएँ छोड़ आये हो। १९८३ तक पहुँचते-पहुँचते हमारी तीनों बेटियाँ वेस्सर कॉलेज से बारी-बारी बी.ए. कर चुकी थीं। उसके बाद रचना और ज्योत्स्ना तो क्रमशः ब्रेण्डाइज़ यूनिवर्सिटी और मेक्गिल यूनिवर्सिटी में अँग्रेज़ी और साइकोलिंग्विस्टिक्स में पी-एच.डी. करने चली गयीं और उर्वशी नॉर्थईस्टर्न यूनिवर्सिटी में लॉ डिग्री के लिए। और हम पाट्सडैम में अकेले रह गये—हमारा नीड़ हमें ख़ाली और वीरान-सा लगने लगा। मैं पढ़ाते-पढ़ाते थक और कुछ खुश्क भी हो गया था। रचना की तो शादी भी हो गयी—वहीं क्लार्कसन में पढ़ रहे एक दक्षिण भारतीय लड़के के साथ—उन दोनों का ही निर्णय था जिसे हम सब ने सहर्ष समर्थन दिया था। ज्योत्स्ना की शादी की सम्भावना तो शुरू हो गयी थी, मॉन्ट्रियाल में ही दक्षिण भारतीय मूल के एक नवयुवक के साथ लेकिन उनने अभी पक्का फ़ैसला नहीं किया था। उर्वशी ने हमें बता दिया था कि वह शादी नहीं करेगी।

पिछले दो-तीन सालों से अपने आपको और अपनी बेटियों को तैयार तो हम कर रहे थे कि मैं अब भारत में ज़्यादा वक़्त बिताने का इरादा बाँध रहा हूँ ताकि अपना सारा समय अपने लेखन को दे सकूँ। उस अर्से में हमने आपस में बहुत जोड़-तोड़ भी किये, बहुत मानसिक उधेड़-बुन भी रही। उसी बीच रचना की बेटी कावेरी भी पैदा हुई और हम नाना-नानी भी बने। हमारी तीनों बेटियों ने हमें प्रोत्साहन दिया और मुझे पढ़ाने को त्याग देने की सलाह दी। मेरी चेतना में दबे-छिपे किसी संस्कार में वानप्रस्थ आश्रम के किसी सम्पादित संस्करण की खींच भी रही होगी। मैंने दो वर्षों की छुट्टी लेने और उसके बाद प्रोफ़ेसरी से त्यागपत्र दे देने का फ़ैसला कर ही लिया।

भारत लौट कर मैं किसी प्रकार के किसी बन्धन में नहीं सना चाहता था।

जैसे ही हम दिल्ली पहुँचे तो ज्योत्स्ना ने भी शादी का फ़ैसला कर लिया, उसी नवयुवक के साथ जिससे उसका प्यार चल रहा था। इधर हमने चण्डीगढ़ के ख़तरनाक हालात से परेशान होना शुरू कर दिया और विभाजन की विभीषिका की यादों ने मुझे स्वप्नों में भी सताना शुरू कर दिया। वापसी की सारी ऊर्जा और लिखने की ललक ने मुर्झाना शुरू कर दिया। चम्पा तो ज्योत्स्ना की शादी मनाने-करने के लिये वापस अमरीका चली गयी और मैं जापान से आ रही हमारी नयी कार के लिये दिल्ली चला गया। और फिर वहाँ से कोसानी, बग़ैर किसी भी क़िस्म के पूर्व-निश्चित प्रबन्ध के।

वहाँ मेरी ख़ुशक़िस्मती से रिहायश का बहुत अच्छा प्रबन्ध हो गया। वहीं से भोपाल जाने की बात शुरू हुई, अशोक से बात हुई, और चम्पा के लौटने पर हम तीन महीनों के लिये भोपाल चले गये। वह तीन महीने पाँच सुखद और सार्थक वर्षों से ज़्यादा खिंचते चले गये। वहाँ मैंने काम भी किया, आराम भी; वहीं बैठे-बैठे भारत भवन के प्रताप से भारत भर के दर्शन होते रहे, भारत भर के सुधि साहित्यकारों और कलाकार मिलते रहे, वहीं स्वामीनाथन के सब रंग-रूप और अशोक की समूची प्रखरता और उसकी सारी असाधारण क्षमताओं का मुझे अनुभव हुआ और वहीं मुझे अपनी भारत वापसी का सही पुरस्कार मिला और वहीं मुझे तुम्हारा और भोपाल और भारत भर के अन्य प्रतिभावान और सम्भावना-सम्पन्न लेखकों का स्नेह पाने का सौभाग्य हुआ। भारत भवन को मैं अपने जीवन का सुन्दरतम् अनुभव मानता हूँ।

> भारत भवन में ही आपने एक अत्यन्त अनूठा प्रयोग किया था, अन्तर्भारती जिसमें आपने देश के अन्यान्य भाषी लेखकों को आपस में मिलने और एक-दूसरे को जानने का अवसर दिया। इससे भारतीय भाषाओं के लेखकों की आपसी दूरियाँ कम हुईं और उनके बीच कहीं अधिक सार्थक संवाद आरम्भ हुआ। इस कार्यक्रम के कारण ही भारत की लगभग सभी भाषाओं के लेखक एक-दूसरे से प्रतिकृति होने की स्थिति में आये। अभी दो दिन पहले ही मैं मेघालय के ख़ासी भाषा के कवि, डेस्मण्ड कर्माओलंग से मिला। हमारी मित्रता अन्तर्भारती के कारण ही हो सकी।

'अन्तर्भारती' को करने के पीछे आपकी क्या दृष्टि रही थी? क्या भारतीय भाषाओं के बीच के असंवाद के बारे में आप सचेत थे?

'अन्तर्भारती' का प्रयोग भारत भवन के बहु-आयामी प्रयोग के सन्दर्भ में ही पनप सकता था। वह मेरे मन में आता और उगता ही नहीं अगर अशोक और स्वामीनाथन ने उसके लिए पर्याप्त भूमि और मुआफ़िक जलवायु न बनाये होते। उस परिवेश में नये-नये और क्रान्तिकारी ख़याल और ख़्वाब अनिवार्य थे। याद आता है कि जहाँनुमा की किसी अनौपचारिक बातचीत में जब मैंने यह विचार व्यक्त किया तो अशोक ने तत्काल उसका स्वागत ऐसे किया कि जैसे उसका महत्त्व उनके सामने बल्कि उनके मन पर उसी तरह कौंध गया हो जैसे कि वह कुछ क्षण पहले मेरे मन पर कौंधा था। अशोक की सबसे बड़ी और अनूठी ख़ूबी यही है कि वे हर सुझाव या स्वप्न की कौंध के लिये हरदम तैयार रहते हैं, उसे किसी संशय या सन्देह या लम्बी और अनावश्यक बहस का विषय या निशाना नहीं बनाते, उसकी कौंध का जवाब अपनी कौंध से देते हैं।

'अन्तर्भारती' के ख़्वाब और ख़याल के पीछे मेरी दृष्टि में बहुत कुछ था—भारतीय भाषाओं के बीच असंवाद और उस असंवाद को कम और दूर करने के लिये युवा लेखकों की केन्द्रीय भूमिका और युवा लेखकों की प्रतिभा और सम्भावनाओं की पहचान के लिये कोई अन्तर्भारती स्थल या प्लेटफार्म।

इस प्रयोग में अशोक के अलावा भोपाल और भारत भवन के आप सरीखे सक्रिय हिन्दी के युवा लेखकों के उत्साही सहयोग ने भी मेरी सहायता की। संक्षेप में इस प्रयोग को सफलता भारत भवन जैसे प्रयोगशील संस्थान में ही मिल सकती थी और वैसा संस्थान अशोक जैसे संस्थापक और दृष्टा की देखरेख में ही सम्भव हो सकता था।

अन्तर्भारती के ख़्वाबो-ख़याल के पीछे कहीं न कहीं पाट्सडैम की दोनों स्टार लेक राइटिंग वर्कशाप की सफलताएँ भी काम कर रही होंगी—चुपचाप।

चण्डीगढ़ लौटने पर वहाँ का जीवन कैसा था? वहाँ आप कुछ समय तक ही रहे पर आप तब तक हिन्दी के ख्यातनाम लेखक

थे। क्या उसका कोई असर आपके वहाँ के जीवन पर पड़ा था?

चण्डीगढ़ लौटने पर वहाँ के जीवन में इन्दिरा गांधी के क़त्ल और दिल्ली में निर्दोष सिक्खों पर हुई बेरहम बर्बरता के बाद ख़ास तौर पर न सिर्फ़ चण्डीगढ़ में बल्कि पंजाब भर और दिल्ली समेत उत्तरी भारत में वैसे ही तनाव तन गया महसूस होने लगा था जैसा १९४७ के आसपास भारत-भर में पाकिस्तान और विभाजन को लेकर महसूस होता था। इन्दिरा गांधी के वध से पहले भी अमृतसर के दरबार साहिब में मोर्चा लगाये बैठे भिंडरावाले के कुप्रचार और बहकावों से भड़काये गये सिक्खों ने ख़ालिस्तान की माँग शुरू कर दी थी। उसके बाद दरबार साहिब पर भारत सरकार ने धावा बोल दिया और उसके बाद जो हुआ वह सब ग़लत हुआ और उसे सुधारने में वर्षों लग गये।

चण्डीगढ़ पहुँचते ही वहाँ के तनाव को महसूस करना और उसका साम्य १९४७ के तनाव से करना हमारे लिए अपरिहार्य हो गया था। उस अहसास को दबाये रखने के लिए ही मैंने शायद 'बिमल उर्फ़' पर आधारित एक नाट्य रूपान्तर किया और कुछ चण्डीगढ़-निवासियों से मिलकर उसकी रिहर्सल अपने ही घर में शुरू कर दी। फिर वह नाट्य रूपान्तर मेरे ही निर्देशन में दो-तीन बार खेला भी गया। मुझे पंजाब यूनिवर्सिटी, चण्डीगढ़ में बिताये अपने पुराने दिन याद आते रहे जब मैंने १९६३ या १९६४ में आर्थर मिलर का एक नाटक, 'अ व्यू फ्राम द ब्रिज' अपने कुछ विद्यार्थियों के साथ चण्डीगढ़ के टैगोर थियेटर में पेश किया था।

'बिमल उर्फ़' की प्रस्तुति कई लोगों को पसन्द आयी थी जिनमें मोहन महर्षि, इन्द्रनाथ मदान, निरुपमा दत्त वग़ैरह के अलावा मेरा एक बहुत पुराना डिंगा के सरदार हकीम सिंह हाई स्कूल का हम-जमात और दोस्त धरमवीर भी था जो एक शो के बाद जब मुझे मिला तो उसे पहचानने में मुझे दिक़्क़त हुई और देर लगी। उसने बताया कि वह असम टी प्लांटेशंस में अपनी किसी मुलाज़मात से अवकाश प्राप्ति के बाद चण्डीगढ़ में अपनी पत्नी समेत रह रहा था। उसने भी मेरे निर्देशन और नाटक की बहुत तारीफ़ की।

लेकिन इस सबके बावजूद उन दिनों ख़ास तौर पर चण्डीगढ़ में रहना और रहते चले जाना हमारे लिए मुश्किल था। इसलिए मैंने भोपाल में ही पनाह

लेने के अवसर को ख़ुशी-ख़ुशी कबूल किया। चण्डीगढ़ में अलबत्ता 'काला कोलाज' मैंने आरम्भ कर दिया था; वह उपन्यास और कुछ कहानियाँ भोपाल में सम्पन्न हुईं।

चण्डीगढ़ खाने-पीने-मस्ती मारने के लिये या बुढ़ापे में आराम और सैर करने के लिये ले कॉर्बुजिये का प्रायोजित एक सुन्दर स्थान था लेकिन वहाँ उन दिनों कोई साहित्यिक और कलात्मक और सांस्कृतिक हलचल मुझे नहीं दिखी। हाँ, ब्रजिन्दर गोस्वामी जैसे कुछ लोग ख़ामोशी से वहाँ भी अपनी लगन में लगे रहे; अगर मैं भी वहीं रह गया होता तो कुछ न कुछ तो लिख ही लेता और वह शायद सार्थक भी समझा जाता लेकिन भोपाल और दिल्ली जैसी बात वहाँ न होती। और पाट्सडैम और अब कॉलेज स्टेशन जैसी बात शायद न बनती; यह गुमनामी और देश-ख्वेश से दूरी भी अब इस दौर में मेरे लिये और मेरे काम के लिए मुझे ज़रूरी लगती हैं।

> भोपाल, भारत भवन में बिताये अपने दिनों के बारे में आपने बताया है, पर भोपाल शहर और उसके आसपास की जगहों की आपकी क्या याद है? आप उन दिनों इन पास की जगहों पर बहुत घूमे हैं। कई बार तो मेरे साथ भी। उनके बारे में और वहाँ हुई मुलाकातों के बारे में कहिये।

भोपाल शहर भी एक सुन्दर शहर है। पुराना शहर ख़ास तौर पर। वहाँ घूमना मुझे बहुत प्रिय था। फ़ज़ल ताबिश के घर हम अक्सर जाया करते थे। ईद हम वहीं मनाते थे। जब स्वामीनाथन का बनाया शाहीन इक़बाल की याद में फ़ज़ल के घर के पास ही खड़ा कर दिया गया तो हम अक्सर उसे देखने भी चले जाया करते थे और फिर फ़ज़ल के घर। फ़ज़ल और उसकी बीवी की मेहमान-नवाज़ी कमाल की थी और उनके घर का गोश्त बहुत लज़ीज़ होता था। उसकी याद से ही मुँह में पानी आ जाता है। मैं अक्सर उसके बेटे को साथ लेकर बाज़ार में घूमा करता था।

बड़े ताल के किनारे-किनारे मैं सैर किया करता था। कभी-कभी छोटे ताल के किनारे-किनारे भी बहुत दूर निकल जाता था। शुरू-शुरू में पेड़ों से लटके हुए चमगादड़ों से मैं डरता था, फिर उनकी उपस्थिति का मैं

आदी हो गया और वह मुझे अच्छे भी लगने लगे। वैसे चमगादड़ मैंने कहीं और नहीं देखे। कभी-कभी, किसी-किसी रोशनी में उन पर लटके हुए मोरों का गुमान भी होता था।

नये भोपाल की अपनी रौनक हुआ करती थी, अपनी चहल-पहल।

शहर से कुछ ही दूर भीम बेटिका में हम कई बार गये। एकाध बार मैं शायद अन्तर्भारती के लेखकों को भी वहाँ ले गया था, तुम्हें याद होगा और एक बार जब मैं निराला सृजनपीठ में कई बरस बिताने के बाद फिर किसी अवसर पर भोपाल में था तो तुम्हारे, अल्पना और तुम्हारे दो बेटों के साथ मैं भीम बेटिका गया था और हमने वहाँ पिकनिक का आनन्द लिया था। पता नहीं किस बात पर हमने हँसना शुरू कर दिया तो हँसते ही चले गये। तुम्हारे बेटों ने सोचा होगा हम थोड़ी देर के लिये पागल हो गये थे। वापसी पर हम भोज के शिव मन्दिर में भी रुके थे। वहाँ हम पहले भी कई बार जा चुके थे। वहाँ का पुजारी हमें उस मन्दिर में स्थापित शिवलिंग की अनेक रोचक कहानियाँ सुनाया करता था।

साँची भी हम चन्द एक बार गये। एक बार डॉ. बी. राजन और उसकी पत्नी को लेकर उन्हें वह स्थल दिखाने।

माण्डु मैं तो एक से अधिक बार गया, स्वामी और अशोक के साथ, लेकिन एक बार चम्पा और मैं स्वामी का ड्राइवर लेकर इन्दौर, उज्जैन होते हुए माण्डु गये थे। और फिर वहाँ से ओंकारेश्वर और महेश्वर। मुझ नास्तिक पर भी उन मन्दिरों का बहुत असर हुआ था। माण्डु पर मैंने एक अच्छी दर्दभरी कहानी भी लिखी थी, 'कबरबिज्जु' जो 'साक्षात्कार' में प्रकाशित हुई थी।

याद आया कि उज्जैन में हम शिवमंगल सिंह 'सुमन' से भी मिले थे; उनके घर भी गये थे; कुछ और लोग भी थे। सुमन ने हमारे लिये जॉनी वॉकर की बोतल खोली थी। चम्पा ने उज्जैन में गढ़कालिका के मन्दिर में मन्नत माँगी थी कि अगर वह कविता लिखने में सफल हो गयी तो वह एक बार फिर वहाँ आयेगी। वह दोबारा वहाँ जा तो नहीं सकी लेकिन यहाँ से उसने प्रियव्रत के हाथ ११०० रुपये दो बरस पहले भेज दिये थे जो ध्रुव शुक्ल ने उस मन्दिर में पहुँचा दिये थे। हम दोनों एक बार सागर भी गये थे और तुम्हारे भाई अनिल के घर एक रात ठहरे थे। लेकिन याद नहीं आ

रहा कि कब। मैं अकेला भी सागर गया था, किसी साहित्यिक आयोजन में और मैंने कलावाद के समर्थन में कुछ कहा भी था।

ग़र्ज़ कि, (इस उर्दू लफ़्ज का इस्तेमाल किसी ज़माने में बहुत किया करता था) भारत भवन के अलावा भी भोपाल और उसके आस-पास की जगहों की यादों के बाग़ मेरे भीतर खिलते रहते हैं और मैं उनमें घूमता रहता हूँ।

> आपने जिस तरह भोपाल के प्राकृतिक और सांस्कृतिक परिवेश के विषय में बताया, क्या उसी तरह पाट्सडैम और ब्रेण्डाइज़ के बारे में भी कुछ याद करना चाहेंगे?

पाट्सडैम को मैं एक सुन्दर और साफ़ छोटा कस्बा कहूँगा जिसमें क्लार्कसन और पाट्सडैम कॉलेज की बदौलत कुछ विदेशी रंग-रौनक की लहरें भी लहलहाती रहती थीं क्योंकि दोनों में एशिया और यूरोप के प्रोफ़ेसर और उनके परिवार और विद्यार्थी आते-जाते रहते थे। जैसाकि मैंने पहले भी ज़िक्र किया होगा, हमारे घर से कुछ ही फ़ासले पर दरिया, जिसका अजीब-सा नाम, रैकेट था, ख़ामोशी से बहता रहता था। सर्दियों में दिसम्बर-जनवरी में वह जम जाता था और कुछ मनचले उस पर स्केटिंग किया करते थे। उस दरिया का 'वैदिया' नाम 'प्रवास गंगा' था; इस नाम से मैंने एक लम्बी कहानी भी लिखी थी, जिसके एक अपूर्ण अँग्रेज़ी अनुवाद को मैंने 'द बेंच ऑफ़ आइसोलेशन' शीर्षक दे रखा है—हेनरी जेम्ज़ की एक उम्दा और पुख़्ता कहानी का शीर्षक है, 'द बेन्च ऑफ़ डेसोलेशन'।

उस उदास दरिया के किनारे-किनारे टहल कर मैंने कई उदास शामें गुज़ारी हैं।

पाट्सडैम की एक सड़क एल्म स्ट्रीट कहलाती थी जिस पर खड़े एल्म पेड़ों की दोरोय्या क़तारों को एल्म पेड़ों की एक बीमारी धीरे-धीरे ख़त्म कर रही थी, जिस ख़ात्मे को लेकर कई पाट्सडैम-निवासी बहुत चिन्तित रहते थे। वे पेड़ और वह सड़क पाट्सडैम की प्राकृतिक सुन्दरता का एक मुख्य कारण थे। अन्य सड़कों पर भी अन्य पेड़ों की छत्रछाया बहार और गर्मियों के महीनों में बहुत घनी हो जाती थी और उनपर सैर करने में बहुत मज़ा आता था। सब वाकिफ़ों और दोस्तों के घरों में इन महीनों में पैदल

पहुँचा जा सकता था। मार्च-अप्रैल के महीनों में सब लोग ख़ूब बीयर पीते थे। मेरे कई दोस्त कस्बे और आबादी से दूर देहात में रहते थे। वहाँ हमारा एक कलाकार दोस्त, जिम सटर एक झील के किनारे पर रहता था। उसके पास एक नाव भी थी। हमारी एक हिन्दुस्तानी दोस्त, मीनाक्षी मुखर्जी जब हमारे पास आयी और चार-पाँच दिन रही तो हम दो-तीन बार उसे लेकर जिम और जॉर्जिया के घर गये और जिम ने अपनी नाव में उस झील की सैर करायी। वर्षों तक दिल्ली और फिर हैदराबाद में मीनाक्षी जब-जब हमें मिली उसने उस सैर को याद किया। रॉजर लिप्से भी पाट्सडैम से कुछ दूर एक प्यारी-सी छोटी-सी कुटिया में रहता था। उन दिनों वह अकेला था क्योंकि उसका अपनी फ्रांसीसी बीवी से तलाक हो चुका था। उनकी एक बेटी उसके पास आया करती थी। जब सोनल मानसिंह और नीरद बाबू (चौधुरी) मॉण्ट्रियल से पाट्सडैम आये, मैं उन्हें रॉजर से मिलाने उसके घर ले गया। रॉजर की उन दोनों से ऐसी गाढ़ी दोस्ती हो गयी कि रॉजर अब तक नीरद बाबू की बातों को याद करता है और सोनल से दिल्ली में दो-तीन बार मिल चुका है। दो साल पहले भी वह कपिला वात्स्यायन के बुलावे पर कुमारस्वामी पर भाषण देने गया था तो सोनल के अलावा हमारे कहने पर वह अशोक और मनीष से भी मिला था।

ब्रेण्डाइज़ की यादों में हार्वर्ड और पाट्सडैम की-सी बात नहीं थी क्योंकि एक तो हम वहाँ एक ही साल रहे और दूसरे ब्रेण्डाइज़ के ख़ूबसूरत परिसर से दूर एक बेनाम और बेरंग और असांस्कृतिक बस्ती, वाटरटॉउन में रहे जो न केम्ब्रिज थी न बॉस्टन न पाट्सडैम। ब्रेण्डाइज़ का अपना परिसर एक ऐसे बेरंगोक़ैफ़ कस्बे, वाल्थम, में था, जहाँ रहना और भी ग़लत होता। वाटरटॉउन में रहने के कारण ही शायद हमारी बेटियों को वैसे अशुभ अनुभव हुए कि वह पाट्सडैम वापस जाने और रहने की माँग करने लगीं।

ब्रेण्डाइज़ में एक साल बतौर विजिटिंग प्रोफ़ेसर पढ़ाने के कारण मेरा अकादेमिक वक़ार और सितारा तो चमक गया लेकिन वहाँ की याद मुझे भी कम ही आती है।

> भोपाल से आप दिल्ली चले गये थे। उन दिनों ही आपने नाटक लिखे और उन्हें खेला भी गया। दिल्ली की रंग-दुनिया से अपनी

वाकफ़ियत के बारे में बतायें। आपके रंग-निर्देशकों या अभिनेताओं या रंगकर्म के अन्य कलाकारों से कैसे सम्बन्ध रहे?

भोपाल से दिल्ली वापसी भी हमारे जीवन में एक बहुत बड़ी घटना थी। चण्डीगढ़ के मकान में तब हम जा नहीं सकते थे हालाँकि पंजाब और चण्डीगढ़ के हालात में तब तक कुछ सुधार आ गया था—वह मकान और उसका सामान-फ़र्नीचर, पर्दे, फ्रिज़ वग़ैरह अब डॉ. मनमोहन सिंह का हो गया था। चम्पा ने फिर मुझे उलाहना देना शुरू कर दिया कि मैंने उससे पूछे बग़ैर उसकी सारी पुरानी यादों को भी बेच दिया। यह सच है कि मेरे लिए घरेलू चीज़ें, सामान, फ़र्नीचर, मकान आदि वग़ैरह वह महत्त्व नहीं रखते जो परिवार के दूसरों के लिए। ख़ैर, दिल्ली, वसन्त कुंज का फ़्लैट हमें मिल तो गया था लेकिन वह अभी इस हालत में नहीं था कि हम तत्काल उसमें चले जाते। ख़ुशक़िस्मती से चम्पा के भाई, सतीश बाली, के एक दोस्त का एक ख़ूबसूरत बरसाती फ़्लैट हमें किराये पर मिल गया, सफ़दरगंज डेव्हलपमेंट एरिया में। उस मकान में लिफ़्ट भी थी, जिसमें एक बार हमारा एक मेहमान कुछ देर के लिये फँस भी गया था, और उसके बाद चम्पा हमेशा उस लिफ़्ट में अकेली ऊपर-नीचे जाने से कतराती भी थी—वैसे उसका गठिया तब तक बढ़ गया था और उसे सीढ़ियाँ चढ़ना-उतरना कठिन होता जा रहा था। जब तक वसन्त कुंज का फ़्लैट मेरी अनजान देख-रेख में तैयार होता रहा—उसकी तैयारी में एक-डेढ़ वर्ष के क़रीब लग गया था—हम उस बरसाती अपार्टमेंट में रहे और सुखी रहे। तुम तो शायद उस फ़्लैट में नहीं आये लेकिन ध्रुव शुक्ल, मदन सोनी, स्वामी, अशोक, रॉजर लिप्से और उसकी नयी पत्नी सुज़न, रामकुमार, चंचल सरकार और उसकी पत्नी और हमारी पुरानी दोस्त लोतिका मित्रा वग़ैरह आते रहे। कृष्णा सोबती, नामवर सिंह, विद्यानिवास मिश्र, कमलेश, वागीश शुक्ल, केदारनाथ सिंह, गीता कपूर... सर्दियों में हम ऊपर खुली छत पर धूप सेंका करते और गर्मियों में रात को खुले आकाश तले सोया करते थे। किताबों के लिये हमने वहाँ बड़े-बड़े बुक-शेल्फ बनवा लिये थे, जिन्हें हम बाद में उखड़वा कर वसन्त कुंज ले गये थे। वहाँ का एक-डेढ़ साल मज़ेदार रहा था। उस बरसाती अपार्टमेंट में हमने कई बड़ी दावतें भी कीं। वहाँ से तक़रीबन हर रोज़ मैं अकेला वसन्त कुंज चला जाता था और तीन-चार घण्टे वहाँ रुककर मज़दूरों, मिस्त्रियों, तरखानों,

ठेकेदारों से तकरार-तकाज़े किया करता था और यह मेरे लिये बिल्कुल नया अनुभव था क्योंकि चण्डीगढ़ का मकान चम्पा के पिताजी ने बनवाया था और भाई सतीश बाली ने डिज़ाइन किया था। हम तब पाट्सडैम में थे।

नाटक मैंने वसन्त कुंज के फ़्लैट में ही लिखने शुरू किये। वैसे एक नाटक मैंने बरसों पहले १९५६-५७ में भी लिखा था, जिसका शीर्षक था, 'कीजिए हाय-हाय क्यों', ग़ालिब के एक शेर से लिया हुआ : ग़ालिब-ए-ख़स्ता के बग़ैर कौन से काम बन्द है/रोइये ज़ार-ज़ार क्यों 'कीजिए हाय-हाय क्यों'। उस नाटक के नायक का नाम भी बिमल ही था, जिसे बाद में 'बिमल उर्फ़ ' में भी इस्तेमाल किया गया जिससे काफ़ी उलझाव पैदा होते रहे, जिन्हें मैंने, नाटक दोबारा लिख कर और नायक का नाम बदल कर दूर कर दिया। उस नाटक का अँग्रेज़ी में अनुवाद मैंने पाट्सडैम चले जाने के बाद किया था, 'मोन नो मोर' के नाम से और वह दिल्ली से निकलने वाली एक छोटी पत्रिका 'इनेक्ट' में प्रकाशित भी हुआ था। उसमें उसके सम्पादक ने, मुझ से पूछे बग़ैर कुछ परिवर्तन भी कर दिये थे, जिन पर मैंने कड़ा एतराज़ उठाया था, जिस पर उस पत्रिका के सम्पादक ने, जिसका नाम मुझे अब याद नहीं रहा लेकिन जिसका किसी ज़माने में दिल्ली की नाटक-दुनिया में बड़ा नाम हुआ करता था, मुझे नाराज़गी का एक कड़ा ख़त लिखा था जिसने मुझे इतना खफ़ा कर दिया था कि मैं चुप हो गया था। मैं उससे फिर कभी नहीं मिला; शायद पहले भी कभी मैंने उसे देखा तक नहीं था, सिर्फ़ उसका नाम ही सुना था।

याद आता है कि 'हाय हाय क्यों' से भी पहले मैंने एक और नाटक भी लिखा था। 'हाय हाय क्यों' 'कल्पना' में प्रकाशित भी हुआ था। उसे भी कई निर्देशकों ने पढ़ा था लेकिन उसका मंचन करने का दुस्साहस बलराज पण्डित ने ही किया था। उसकी प्रताड़ना की ख़बरें मुझे पाट्सडैम में ही मिली थीं, निर्मल के पत्रों से। उससे भी पहले मैंने कई रेडियो नाटक भी लिखे थे, जिन्हें मैंने ज़्यादा महत्त्व कभी नहीं दिया क्योंकि उनमें से अक्सर पॉट-बॉयलिंग (रोटी पकाने) के लिये ही लिखे गये थे लेकिन उनमें से एक-दो बुरे भी नहीं थे। उसी ज़माने में मैंने एक और नाटक लिखा था जिसे अलकाज़ी समेत कई निर्देशक प्रस्तुत करने की योजनाएँ तो बनाते रहे लेकिन किया किसी ने नहीं। 'भूख आग है' का पाठ मैंने नटरंग प्रतिष्ठान के एक विशेष आयोजन में किया था। पाठ के बाद उस

नाटक पर एक बहस भी हुई थी, जिसमें हबीब तनवीर, मोनिका तनवीर, कृष्णा सोबती, शारदा राव, चरणदास सिधु, नेमिचन्द्र जैन, अशोक वाजपेयी, अशोक लाल और मैंने भाग लिया था। उसका निर्देशन राष्ट्रीय नाट्य विद्यालय की तरफ़ से राम गोपाल बजाज़ ने किया था और उसे दिल्ली के अलावा अन्य कई शहरों में प्रस्तुत किया गया था। मैंने अब तक आठ नाटक लिखे हैं; उनमें से सात प्रकाशित हो चुके हैं, आठवाँ, 'पार्क के पीर' नटरंग में तो प्रकाशित हो चुका है, किताब की सूरत में अभी नहीं आया।

'भूख' के अलावा मेरे कुछ अन्य नाटक भी इधर-उधर शौक़िया निर्देशकों द्वारा प्रस्तुत तो किये जाते रहे हैं लेकिन मैंने उन्हें देखा नहीं। 'भूख आग है' को मैंने कई बार देखा है, दिल्ली में, लेकिन मैं पूरी तरह सन्तुष्ट उसकी प्रस्तुति से कभी नहीं हुआ। 'हमारी बुढ़िया' को, मेरी आशा और आकांक्षा थी, कारन्त जी प्रस्तुत करेंगे लेकिन दुर्भाग्यवश वे बीमार पड़ गये।

सच कहूँ तो दिल्ली की रंग दुनिया के सभी प्रमुख लोगों को मैं जानता तो था और कुछ एक को बहुत अच्छी तरह से भी लेकिन उसमें मेरी पैठ नहीं थी। दोष शायद मेरा ही रहा हो लेकिन उसमें मैं रसा-बसा कभी भी नहीं।

> दिल्ली में आपके आख़िरी वर्षों में भी मैं आपसे कई बार मिलता रहा था। आप मुझे अपने वसन्त कुंज मकान में एकसाथ 'घर में' और 'घर के बाहर' मालूम देते थे। पर आप शायद इसी तरह हर जगह ही रहे हैं। दिल्ली को छोड़ने का मन बनाने के बाद के दिनों में आप क्या सोच रहे थे? आपको दिल्ली छोड़ने की ज़रूरत ही क्या थी?

२००७ का वर्ष मेरे जीवन का एक व्यथा-वर्ष भी था और पर्व-वर्ष भी। उसी वर्ष वहाँ दिल्ली के गंगा राम अस्पताल में डॉ. चन्द्रशेखर अग्रवाल की तशखीस के बाद उन्हीं के नेक और सम्यक सुझाव पर मेरा सब से ज़्यादा गम्भीर दिमाग़ी ऑपरेशन हुआ और उसी वर्ष की २७ जुलाई को मेरा अस्सीवाँ जन्म-दिन मनाया गया, जिस अवसर पर मेरे लगभग सभी जीवित भारतीय दोस्त-साहित्यिक, असाहित्यिक, बौद्धिक, अबौद्धिक, अन्य-कला-मस्त—और मेरे परिवार के सभी सदस्य उपस्थित थे। मेरे

अनन्य मित्र दयाकृष्ण ने मुझे बाद में बताया कि वह भी अदृश्य रूप में वहीं था और सब देख–सुन–भोग रहा था। मुझे विश्वास है कि स्वामीनाथन, भवानी, निर्मल और रामू गांधी भी वहीं कहीं व्याप्त थे। मेरी अनेक पुस्तकें उस अवसर पर विमोचित हुईं। एक डॉक्यू-फ़िल्म भी दिखायी गयी। खाना–पीना–हँसना भी बहुत हुआ और उसके चार दिन बाद चम्पा और मैं रचना के साथ रॉचेस्टर चले गये क्योंकि वहाँ मुझे केरोटिड आर्टेरीज़ का ऑपरेशन करवाना था—डॉ. अग्रवाल को मेरी उस समस्या का सुराग़ मेरे दिमाग़ के ऑपरेशन के बाद के किसी टेस्ट से मिला था और उनका कहना था कि अगर आप अमरीका जा ही रहे हैं तो बेहतर होगा कि आप यह दूसरा बड़ा ऑपरेशन वहीं करवा लें ताकि वहाँ से किसी को फिर यहाँ न आना पड़े—पिछली बार दिमाग़ के ऑपरेशन के वक़्त रचना सात दिन की छुट्टी लेकर रॉचेस्टर से दिल्ली आयी थी।

२००७ के बाद ही असल में हम सबने सोचना शुरू कर दिया था कि अब दिल्ली में अकेले पड़े रहना हमारे लिए मुश्किल होता चला जायेगा क्योंकि हम अब लम्बे सफ़र की दिक़्क़तों को बर्दाश्त करने के क़ाबिल नहीं रहे थे, ख़ास तौर पर चम्पा जिसका रक्त–चाप और गठिया उसे बहुत तंग करने लगे थे। उधर उर्वशी को भी कैंसर ने बहुत कमज़ोर कर दिया था हालाँकि वह सारे परिवार में अपनी हिम्मत और इच्छा शक्ति के लिये अव्वल नम्बर पर हुआ करती थी।

वैसे तुमने ठीक ही देखा और कहा है कि मैं जहाँ भी होता हूँ, पूरा–पूरा वहाँ नहीं होता—'एट होम और होम–सिक' एक साथ महसूस करता हूँ : 'रहना नहीं देश बेगाना है' की मनो–अवस्था में होता हूँ।

बचपन से ही मेरी यही हालत चली आ रही है और अन्त तक यही रहेगी।

यहाँ भी मैं पूरी तरह यहाँ नहीं हूँ। लेकिन अन्त अब यहीं होगा...

> आपने अभी दयाकृष्ण का नाम लिया। आपकी उनसे दोस्ती कैसे हुई? आप उनसे किन–किन जगहों पर, कैसी–कैसी परिस्थिति में मिले? आपकी उनसे किस तरह की बातें हुआ करती थीं? आप दोनों में एक साम्य मैं देख सकता हूँ : आप दोनों के लेखन का स्वभाव खिलंदड़े क़िस्म का है। आप दोनों ही अपने लेखन में लगातार जोख़िम उठाते हैं। इसके साथ ही आप अपने एक

ज़माने में प्रिय दार्शनिक सिओरन (रोमानियायी चिन्तक जो पेरिस में रहते थे) के लेखन के बारे में भी कुछ कहें।

दयाकृष्ण से जान-पहचान तो १९५० में जब मैंने हंसराज कॉलेज में पढ़ाना शुरू किया था तब से ही हो गयी थी, दोस्ती होने में भी ज़्यादा देर नहीं लगी थी क्योंकि हमारे व्यक्तित्व में बुनियादी अनुकूलताएँ थीं जो बाद में हमारे लेखन के स्वभाव में भी तुम जैसे कुछ दृष्टा लोगों को नज़र आने लगीं। उनसे मुलाकातें दिल्ली में किसी भी जगह हो सकती थीं—सड़कों पर, दिल्ली यूनिवर्सिटी के कॉफ़ी हाउस में, नयी दिल्ली के इण्डिया कॉफ़ी हाउस में, पुरानी दिल्ली के किसी गली-कूचे में, किसी कला प्रदर्शनी में, किसी गोष्ठी में, किसी संगीत सभा में, कहीं भी—और होती रहती थीं। वे शुरू से ही आज़ाद-ख़याल और आवारा-मिज़ाज इन्सान और चिन्तक की तरह दिखायी देते और बात करते और घूमते रहते थे। वे मुझे दिल्ली में भी मिले, हार्वर्ड के दिनों में हार्वर्ड में भी, होनू लूलू (हवाई) के ईस्ट-वेस्ट सेंटर में भी, फिर जयपुर और भोपाल में भी। वह और फ्रान्सीन कई बार हमारे वसन्त कुंज के घर में आये। वे दोनों खाना बहुत शौक़ से खाते थे और पीते संयम से लेकिन बाक़ायदा मज़ा ले-लेकर। दया से मैं इण्डिया इण्टरनेशनल सेंटर में भी बीसियों बार मिला।

जयपुर विश्वविद्यालय में मैंने दया और जसबीर जैन की दावत पर कुछ दिनों की एक 'राइटिंग वर्कशॉप' भी की थी। तब मैं वहाँ गेस्ट हाउस में ठहरा था। दया उस समय विश्वविद्यालय के प्रो-वाइस-चांसलर थे। तब दया और मैं मेरे गवर्नमेंट कॉलेज, लाहौर के एक सहपाठी, र.क. कौल, के घर एक शाम खाने के लिए भी गये थे। कौल तब वहाँ अँग्रेज़ी का प्रोफ़ेसर और दया का प्रशंसक था।

दया से बातें साहित्य, कला, हिन्दू धर्म और संस्कृति पर भी होती थीं, राजनीति और रामू गांधी पर भी। जवानी में कुछ समय के लिए दया श्री अरविन्दाश्रम में भी रहा था। तब श्री अरविन्द और मदर भी शायद वहीं थे। उस कयाम के बारे में तो दोस्ती के आरम्भिक दौर में ही बहुत बातें हो चुकी थीं, अब आश्रम के परिवर्तन और पतन का विश्लेषण कभी-कभी हो जाता था। मैं भी एक बार एक और अरविन्द-भगत, शिशिर कुमार घोष, के संग आश्रम में कुछ दिन एक बहुत ही सुरुचिपूर्ण अतिथिगृह

में रहा था। तब सिर्फ़ मदर ज़िन्दा थीं, शिशिर दा जानते थे कि मैं नास्तिक हूँ और भगतों के स्तर की आस्था मुझ में नहीं होगी इसलिए उन्हें मेरे प्रश्नों से कोई परेशानी नहीं हुई। मेरा वह कयाम वहाँ बहुत शान्तिसुखदायक रहा था। लेकिन उसकी बात दया से न जाने क्यों कभी नहीं हुई।

दया से उसके आख़िरी दिनों में कर्म और पुनर्जन्म के बारे में कई बार बात होती रही। दया और मैं एक बात पर सहमत थे कि कर्म सिद्धान्त में विश्वास रखने वालों के लिए कोई 'एल्ट्रूइस्टिक' क़दम उठाने में रुकावट होना अनिवार्य है। इसलिए कर्म सिद्धान्त की न्यायपरकता के बावजूद उसकी उपादेयता पर हमारा संशय कभी दूर नहीं हुआ।

दया से हर गम्भीर बात या बहस कभी गुरुगम्भीर नहीं होती थी।

दया मेरे उन दिवंगत दोस्तों में से है जिनको मैं अक्सर याद करता हूँ।

ई.एम. सिओरन से लगभग पच्चीस बरस पहले तक मैं बेबहरा (अपरिचित) रहा। उसके नाम और काम के बारे में मैंने तभी जाना जब एक संयोग से बैकेट की एक जीवनी से मुझे पता चला कि जिन थोड़े से फ्रांसीसी लेखकों को वे कभी-कभी मिलते थे, उनमें फ्रांसिस पोंज के अलावा एक रोमेनियायी लेखक भी थे जो १९३७ से पेरिस में रह रहे थे और फ्रांसीसी में लिखते थे। फिर मैंने उनकी किताबें पढ़नी शुरू कर दीं और उनके बारे में अपने भारतीय लेखक दोस्तों से बात भी शुरू कर दी और पाया कि शामलाल जी के अलावा और किसी ने उनका कुछ भी नहीं पढ़ा था। उनकी किताबों में यूँ तो उन सबको मैं बहुत पसन्द करता हूँ जिन्हें मैंने पढ़ा है लेकिन निम्नलिखित शीर्षक मुझे बेहद रुचते हैं :

द ट्रबल विथ बिईंग बोर्न, द टेम्पटेशन टू एक्ज़िस्ट, अ शॉर्ट हिस्टोरी ऑफ़ डिके, हिस्टरी एण्ड युटोपिया, द फाल इनटू टाइम, ड्रॉन् एण्ड क्वाटर्ड, अनाथिमास एण्ड एडमिरेशन्स।

उन्होंने बैकेट और बोर्खेस पर भी लिखा है।

बैकेट की कब्र के पास ही उनकी कब्र है। वे १९९५ में गये, बैकेट १९८९ में। दोनों की कब्रों की ज़्यारत मैंने पेरिस में की थी और दोनों को मैंने कुछ भीगे हुए पत्थर और पत्ते और ख़ामोशी पेश की थी—उस दिन बूँदाबाँदी हो रही थी।

सिओरन का गद्य सूत्रात्मक और इपिग्रामेटिक है और फ्रांसीसी गद्य की इस समृद्ध परम्परा को और समृद्ध करता है। दोनों लेखकों में हताशा की समानता तो है लेकिन सिओरन की हताशा के अँधेरे में सिर्फ़ अँधेरे का ही उजाला है, किसी काली मुस्कान या हँसी का नहीं। सिओरन की चमक-दमक सिर्फ़ दिमाग़ी है, बैकेट क्योंकि उपन्यासकार और नाटककार है, इसलिए उनमें कहीं-कहीं और कभी-कभी एक सन्त भी दिखायी और सुनायी पड़ जाता है; सिओरन भी सन्त तो है—वह रामकृष्ण और बुद्ध से परिचित हैं—लेकिन उनके सन्तत्व में शक्ति अधिक है। दोनों का लेखन अत्यन्त उद्धरणीय है, सिओरन का कुछ ज़्यादा।

> आप कुछ वर्षों पहले ही दिल्ली छोड़कर अमरीका चले गये हैं। वहाँ पहुँच कर कॉलेज स्टेशन में अपना ठिकाना बनाने के पहले आप किन शहरों में रहे, अगर रहे? कॉलेज स्टेशन इस विचित्र नाम के शहर में ही रहना आपने क्यों तय किया?

जब से मैंने पाट्सडैम में पढ़ाना शुरू किया—सितम्बर १९६६ से—तब से हमने न भारत पूरी तरह छोड़ा है न अमरीका। पाट्सडैम में तीनों बेटियों सहित रहते और पढ़ाते हुए भी मैं या हम सब दूसरे-तीसरे वर्ष अपने वहाँ रहते हुए परिवार—माता-पिता, बहन-भाई, दूसरे सगे-सम्बन्धियों और मित्र-लेखक-परिवार से मिलने-जुलने और वहाँ बिताये जा चुके अपने आधे के क़रीब जीवनकाल की स्मृतियों और जड़ों को बहाल और हरा-भरा रखने के लिए भी और अपने अमरीकी प्रवास के लिए नयी सांस्कृतिक और सांस्कारिक ऊर्जा बटोरने के लिए भी कुछ महीनों के लिए भारत जाते रहे, पाट्सडैम की प्रोफ़ेसरी छोड़ देने के बाद भी क्योंकि हमारी तीन बेटियों ने अमरीका में बसना-रसना शुरू कर दिया था, हम दोनों उन्हें मिलने और उनमें से दो, रचना और ज्योत्स्ना, के चारों बच्चों की पैदाइश के पहले और बाद उनके पास उनकी सहायता के लिए वापस अमरीका में आते रहे और इस तरह मैंने अपना ग्रीन कार्ड भी बनाये रखा।

हमारे इस विभाजन और विभाजित जीवन का हमें फायदा भी हुआ, नुकसान भी। फायदा यह हुआ कि दोनों देशों और परिवेशों से हमारा नाता बना रहा, नुकसान यह कि हम दोनों में किसी एक देश में पूरी तरह बस-रस नहीं पाये।

अपने इस अन्तिम दौर से पहले तक अपने इस विभाजित जीवन का इतना शदीद और मुश्किल अहसास और अनुभव नहीं हुआ था जितना अब हो रहा है। मैं इस बरस २७ जुलाई को ९० का हो जाऊँगा, चम्पा १३ सितम्बर को ८७ की। चम्पा को पिछले तीन दशकों से भी पहले से रक्त-चाप और दोनों टाँगों में गठिया है, जिसका इलाज वक़्त पर हुआ नहीं और अब होना और कठिन हो गया है और जिसकी वजह से वह पिछले दस-पन्द्रह सालों से घर में भी मुश्किल से चल-फिर सकती हैं। सफ़र तो अब उनके लिए असम्भव-सा हो गया है। मैं ख़ुद भी इक्कीसवीं सदी के आरम्भ से ही चन्द एक बड़े गम्भीर ऑपरेशन वहाँ और यहाँ करवा चुका हूँ—प्रोस्टेट, मस्तिष्क, हर्निया, कैरोटिड आर्टरी, कैटरेक्ट—और अब चम्पा की वजह से घर में ही बन्द रहने पर मजबूर हूँ। ख़ुशक़िस्मत हूँ कि अभी तक चल-फिर और सोच-समझ सकता हूँ, तुम्हारे सुलझे हुए सवालों के जैसे-तैसे जवाब दे सकता हूँ और दे रहा हूँ, लेकिन मैं भी अब थक गया हूँ। हमने अपनी वयोवृद्धावस्था की पर्याप्त कल्पना और उसका समुचित प्रबन्ध नहीं किया, इस चूक का अब मैं पश्चाताप ही कर सकता हूँ। वहाँ अब हम इसलिए नहीं रह सकते कि वहाँ अगर हम में से कोई या हम दोनों एक साथ बीमार पड़ जायँ तो हमारी तीनों बेटियों को अत्यन्त परेशानी और दिक़्क़तें होंगी और वहाँ हमारे सारे भाई-बन्धु-दोस्त-यार हमारी ही तरह बूढ़े और लाचार हो चुके हैं, और जो हम से छोटे हैं उन पर हम अपने बुढ़ापे और बीमारी का बोझ डालना नहीं चाहते, इसलिए न चाहते हुए भी हम अब से कुछ वर्ष पहले वहाँ का साज़ोसामान और मकान वहीं छोड़कर यहाँ आ पड़े, यहीं अन्त का इन्तज़ार और सामना करने, इस ख़्याल से कि यहाँ हमारी तीनों बेटियाँ और चारों दोहते-दोहतियाँ तो हैं, वहाँ से दूरी के दर्द के धुएँ के हम आदी हो चुके हैं, जैसे-तैसे उसे बर्दाश्त कर लेंगे। आने के बाद हमने चम्पा के आर्किटेक्ट भाई सतीश की सहायता से वसन्त कुंज वाला ठिकाना भी बेच दिया और वहाँ के सामान को भी बाँट दिया। अब हम वहाँ के बहुत से बन्धनों और बोझ से मुक्त हो गये हैं।

यहाँ आने के बाद हम पहले तो रचना के पास न्यूयार्क स्टेट में स्थित रोचेस्टर शहर में रहे; वहाँ हम पाट्सडैम से भी आते-जाते रहते थे जब रचना अपनी शादी के बाद रमेश के साथ वहाँ चली गयी थी; वहीं हमारी पहली दोहती कावेरी का जन्म हुआ था। वहाँ रचना के पास मकान बहुत

बड़ा था। जब रचना वहाँ से न्यूयार्क शहर चली गयी, एक छोटे अपार्टमेंट में तो हम यहाँ कॉलेज स्टेशन के विचित्र नामधारी इस कस्बे में ज्योत्स्ना के पास उसके बड़े और खुले मकान में आ गये और तब से थोड़े-थोड़े दिनों के लिए न्यूयार्क शहर में रह रही उर्वशी और रचना के अपार्टमेंट में गुज़ार कर यहीं इस मकान में अपना आख़िरी ठिकाना बनाये हुए हैं, ज्योत्स्ना की 'छत्र-छाया में'। वह यहाँ टेक्साज़ ए एण्ड एम विश्वविद्यालय में, जैसा कि मैं तुम्हें बता चुका हूँ, मनोभाषाविज्ञान की प्राध्यापक है।

छोटे कस्बे में और बड़े मकान में रहना हमें पसन्द है। इस अवस्था में हम न्यूयार्क जैसे बड़े और मुश्किल शहर में एक छोटे अपार्टमेंट में उर्वशी या रचना के पास नहीं रह सकते क्योंकि अब इस उम्र में हम बड़े शहर के सांस्कृतिक आकर्षणों का लाभ भी नहीं उठा सकते और बड़े मकान की सुविधाएँ भी हमारी और हमारी बेटियों की बिसात से बाहर हैं।

यह है हमारे मौजूदा प्रवास की कठिन कहानी!

विडम्बना तो यही है कि पिछले इन्हीं तीन दशकों में चम्पा ने हिन्दी में कविताएँ लिखना शुरू किया और दो-तीन कविता-पुस्तकें भी प्रकाशित कीं, चित्रकारी शुरू की और तीन-चार एकल प्रदर्शनियाँ दिल्ली, भोपाल और इन्दौर में कीं और कुछ नाम भी कमाया। वे सारी शारीरिक अक्षमताओं के बीच और बावजूद अब भी कुछ न कुछ तो करती ही रहती हैं। और मैं भी अपने तमाम संशयों के बीच और बावजूद कुछ न कुछ तो लिखता-पढ़ता ही रहता हूँ। यही ग़नीमत है!

> 'कॉलेज स्टेशन' किस तरह का कस्बा है? क्या वहाँ कोई नदी या सरोवर है? आपकी वहाँ क्या दिनचर्या रहती है? आप इन दिनों किन लेखकों को पढ़ रहे हैं? क्या आप कुछ किताबें बार-बार पढ़ते हैं? आप पिछले जवाब में कह गये हैं कि आप भी कुछ लिखते रहते हैं, आप इन दिनों क्या लिख रहे हैं?

कॉलेज स्टेशन पाट्सडैम से बड़ा है। टेक्साज़ ए एण्ड एम विश्वविद्यालय भी पाट्सडैम कॉलेज से बड़ी है। इसका शुमार अमरीका के सबसे बड़े विश्वविद्यालयों में किया जाता है। कस्बे में टेक्साज़ की हर वस्तु की तरह हर चीज़ बड़ी है—सड़कें, मैदान, मकान, दुकानें, इन्सान, हैवान, बखान,

तूफ़ान इत्यादि; सिर्फ़ हिन्दुस्तानी और एशियाई (वियतनामी, कोरियाई, चीनी) लोग छोटे हैं। कॉलेज स्टेशन और ब्रायन दो जुड़वाँ शहर हैं, कैम्ब्रिज और बॉस्टन की तरह लेकिन इन दोनों के बीच दरिया कोई नहीं बहता। इस मकान में से पहले जब ज्योत्स्ना यहाँ आयी थी तो ब्रायन में रहती थी, ब्रायन कॉलेज स्टेशन से ज़्यादा पुराना और गुंजानाबाद है; उसकी सार्वजनिक लाइब्रेरी कॉलेज स्टेशन की सार्वजनिक लाइब्रेरी से ज़्यादा अच्छी है, लेकिन एक के कार्ड से दूसरी लाइब्रेरी से भी किताबें निकलवाई जा सकती हैं।

कॉलेज स्टेशन और ब्रायन में हिन्दुस्तानी काफ़ी संख्या में हैं। यूनिवर्सिटी में हिन्दुस्तानी विद्यार्थियों और प्राध्यापकों की संख्या काफ़ी ज़्यादा है। कॉलेज स्टेशन में ताज नाम का एक बहुत ही अच्छा रेस्तराँ भी है। मालिक हैदराबाद से हैं। खाना दक्षिण भारतीय और उत्तर भारतीय होता है, मांसाहारी और शाकाहारी दोनों क़िस्म का। भारतीयों और एशियाई लोगों के अलावा स्थानीय और अमरीकी लोग भी वहाँ बहुत होते हैं। ख़ासतौर पर दोपहर के खाने पर जो बुफे क़िस्म का होता है और विद्यार्थी उसे पेट भर-भर के खाते हैं क्योंकि मिकदार पर कोई बंदिश नहीं होती।

विश्वविद्यालय की लाइब्रेरी बहुत बड़ी और बढ़िया है। पहले जब चम्पा को घर में अकेला छोड़ा जा सकता था, मैं लाइब्रेरी में बहुत समय बिताया करता था, अब घरबन्द हो गया हूँ। लेकिन अब भी ज्योत्स्ना मुँहमाँगी किताबें ला देती है, इसलिए किताबों की कोई किल्लत नहीं। हर साल ब्रायन सार्वजनिक लाइब्रेरी में अप्रैल में बुक-सेल हुआ करती है जिसमें ज्योत्स्ना और मैं बाक़ायदा जाते हैं और ख़ूब अच्छी किताबें ख़रीद लाते हैं। हम इस साल की तारीख़ों का बेसब्री से इन्तज़ार कर रहे हैं। पिछले साल हमने वहाँ से ढेरों किताबें ख़रीदीं जो मेरे आस-पास इस स्टडी में सजी और बिखरी पड़ी हैं जिसमें मैं बैठा यह टाइप कर रहा हूँ। नमूने के तौर पर पेश हैं : The Autobiography of Surrealism, The Letters of Samuel Beckett, The Letters of T.S. Eliot, Francis Bacon : His Life and Violent Times [the British Painter], A Writer's Diary vol. 1, 2 : Dostoyevsky, Milosz : Collected Poems, Stenndhal's The Charterhouse of Parma, Thomas Mann : Doctor Faustus, Neruda : An Intimate Biography, "Imagining Indianness : Cultural Identity and Literature" edited by Diana Dimitrova and Thomas de Bruijn अभी-अभी आयी

है डाक से। इसमें मेरा भी एक लेख है : The Indian Contexts and Subtexts of My Text. यह पेपर मैंने लायडन की एक गोष्ठी में पढ़ा था शायद २००० में। इसे देख रहा हूँ और बैकेट के ख़तूत पढ़ रहा हूँ। मैं पढ़े हुए को बार-बार पढ़ता रहता हूँ क्योंकि बहुत जल्दी पढ़ी हुई किताबों को भूल जाता हूँ।

आजकल लिख तो तुम्हारे सवालों के जवाब ही रहा हूँ। डायरी-५ का सम्पादन ख़त्म करके दिल्ली को भेज दिया है क्योंकि वह रज़ा फ़ाउण्डेशन की प्रायोजित पुस्तक माला में प्रकाशित हो रही है। आजकल अपनी प्रकाशित डायरी को भी फिर पढ़ रहा हूँ। कभी-कभी अपनी अन्य पुस्तकों को भी पढ़ लेता हूँ, कहीं से भी। उस आत्माराधक मूर्खता से अपने होने का अहसास होता है और साथ ही महसूस हो जाता है : डुबोया मुझको होने ने, न होता मैं तो क्या होता।

दिन तो आजकल घर के घेरे में ही बीत जाता है इसलिए दिनचर्या वैसी ही है जैसी एक घरबन्द क़ैदी की हो सकती है—चम्पा की सेवा, अख़बार, किताबें, तुम्हारे जवाब, खाना-पीना, घर की सैर, घर का काम, टी.वी., ई-मेल, फ़ोन। कल मनीष का फ़ोन आया। वह वहाँ की शाम के अँधेरे में उदयपुर की झील किनारे बैठा बोल रहा था; उसके साथ मेरे दो पाठक बैठे हुए थे उदयपुर के, जो मुझे मिल चुके थे जब मैं कुछ वर्ष पहले उदयपुर गया था। उनसे भी बात हुई। वे तीनों मुझे याद कर रहे थे और अशोक के साथ यहाँ आने की बात कर रहे थे और मैं उन से कह रहा था कि यहाँ देखने के लिए कुछ भी नहीं और वे बोले, आप ही काफ़ी हैं हमारे लिए! मैं सुनकर खिसियानी हँसी हँसा।

> क्या आप अपने जीवन की कुछ बेहद दिलचस्प मुलाकातें याद कर सकते हैं? कुछ का आपने ज़िक्र किया है। क्या उनके अलावा भी आप कुछ को याद कर सकते हैं? मसलन, कभी कोई आपको जहाज़ या हवाई जहाज़ में अचानक मिल गया (गयी) हो और आपकी उससे बात होने लगी हो। या कोई किसी रेस्तराँ में संयोग से मिल गया (गयी) हो और अचानक आपसे बतियाने लगा हो या लगी हो। आपकी ज़िन्दगी इतने मुकामों से होकर गुज़री है कि ऐसा सम्भवतः कई बार हुआ हो।

मेरी आज की रात उनींदी रही और बेचैन भी—शायद मुझे भीतर कहीं यह खटका हो गया था, किसी ग़ैबी इल्हाम के जरिये, कि आज मुझे इस बातचीत की समापन सूचना मिल जायेगी यानी कि पिछले एकाधिक महीने से मेरे दिन की वह धुरी जो इस बातचीत ने मुझे दी थी तुम अचानक खींच लोगे और मेरे दिन फिर धुरीहीन हो जायेंगे। ख़ैर, सब दिन होत न एक समान!

मुझे इस अन्तिम जवाब के लिए जो दो मुलाकातें सूझ रही हैं वे इतनी दिलचस्प तो नहीं जितनी हम दोनों चाहते हैं कि वे होतीं, लेकिन इस वक़्त कोई और सुघटना याद नहीं आ रही।

एक बार हवाई जहाज़ में दिल्ली से भोपाल जाते हुए मेरे साथ वाली सीट पर मुझे उस्ताद अमज़द अली बैठे दिखायी दिये। मैं इस संयोग पर ख़ुश भी हुआ और कुछ घबराया भी, क्योंकि मैं उन्हें जानता नहीं था। उन्हें देखा और सुना कई बार था, कालिदास और स्वामी से उनके कालिदास के साथ सूखे उस्तादाना सलूक की शिकायतें भी कई बार सुनी थीं लेकिन उनसे मेरा परिचय नहीं था। उन्हें अपना परिचय दिये बग़ैर मैंने उनसे बातें शुरू कर दीं; वे यह तो शायद जान गये कि मैं जानता हूँ कि वे कौन हैं लेकिन उन्होंने मुझसे यह नहीं पूछा कि मैं कौन हूँ और न ही मैंने बताया। पता चला कि वे भी भोपाल जा रहे थे। मैंने तब भी नहीं बताया कि मैं भी वहीं जा रहा हूँ और आजकल वहीं रहता हूँ और भारत भवन या अशोक से मेरा कोई सम्बन्ध है। उन्होंने ज़रूर बताया कि उनका पारिवारिक सम्बन्ध है और वे वहाँ अक्सर जाते रहते हैं। मैंने उस पारिवारिक सम्बन्ध के बारे में कुछ पूछना अनुचित समझा। इधर-उधर की कुछ और बातों के बाद हम ख़ामोश हो गये और हमने ऊँघना शुरू कर दिया। भोपाल पहुँचकर हम हाथ मिलाकर एक-दूसरे से विदा हो गये। अगर वे उस्ताद अमजद अली न होते तो मैंने उस मुलाकात को यहाँ याद न किया होता क्योंकि उसमें और कुछ है ही नहीं।

दूसरी मुलाकात भी जहाज़ में ही हुई। चम्पा और मैं २०१२ की गर्मियों में ह्यूस्टन से दिल्ली जा रहे थे, इमिरेट से ह्यूस्टन से दुबई तक के सफ़र में कोई स्टॉप नहीं था। दुबई से लगभग एक-डेढ़ घण्टे पहले कहीं चम्पा की तबीयत ख़राब हो गयी और मुझे ऐसा लगा कि वह बेहोश होने को है। मैंने होस्टेस से कहा कि वह लाउड स्पीकर पर पूछे कि मुसाफ़िरों में कोई

डाक्टर है तो आकर चम्पा को देखे। होस्टेस की घबराई हुई घोषणा के जवाब में एक महिला अपना हैंडबैग उठाये हमारी तरफ़ आती दिखायी दी। उसने चम्पा का रक्तचाप लिया, आला लगाकर उसे देखा-परखा, उससे पूछा कि वे क्या दवाइयाँ लेती हैं, उनमें से एक गोली उसने चम्पा को दी और दिलासा दिया कि ख़तरे की कोई बात नहीं और फिर हमें बताया कि वे ह्यूस्टन में प्रैक्टिस करती हैं और कराची जा रही हैं। कुछ देर हमारे पास बैठी रहीं। उनका मशवरा था कि हम दुबई में जहाज़ बदलने से पहले हवाई अड्डे के अस्पताल में ही आराम करें, वहाँ के डाक्टर को भी दिखा लें और तब दिल्ली के लिए दूसरे जहाज़ में बैठें। चम्पा अब बहाल हो गयी थी। डाक्टर महिला ने हमें अपना कार्ड दिया जो मुझ से दिल्ली में गुम हो गया और मैं उन्हें शुक्रिये का ख़त भी न लिख सका। लेकिन उन्होंने शायद चम्पा की जान बचा ली हो। उनका मुसलमानी नाम भी अब मुझे याद नहीं। वे बहुत मीठी उर्दू बोलती रहीं।

उस हादसे के बाद हमने फिर भारत जाने का ख़्याल छोड़ दिया। यह बताना मैं भूल गया कि हम दुबई के हवाई अड्डे पर अस्पताल गये, जहाँ सब नर्सें केरल की थीं और डाक्टर पाकिस्तान का था। वहाँ चम्पा को बहुत आराम मिला और वह दिल्ली तक के सफ़र में ठीक रहीं।

> आपने अपने सभी उपन्यास या तो बिल्कुल अलग या कुछ अलग तरह से लिखे हैं तब भी उन पर आपके हस्ताक्षर साफ़ नज़र आते है। ऐसा दोस्तोयवस्की जैसे कुछ और लेखकों में भी देखा जा सकता है पर ख़ुद आपके पसन्दीदा लेखकों जैसे बैकेट या ज्वायस में यह गुण नहीं है, उनके उपन्यास आपस में बहुत अलग नहीं हैं। आपकी दृष्टि में ऐसा कैसे हो पाता है?

मेरे उपन्यासों की फॉर्म के बारे में आपकी राय से मैं सहमत हूँ। मेरे हर उपन्यास की फॉर्म भिन्न है फिर भी उन सब में कुछ ऐसा तत्व भी रहता है जिसके होने से वे मेरे दिखायी और सुनायी देते हैं और महसूस होते हैं। पता नहीं तुम मेरी कहानियों और मेरे नाटकों और इने-गिने निबन्धों के बारे में क्या सोचते हो लेकिन मुझे मेरे लेखन की यह विशेषता किसी न किसी हद तक उन सब में भी दिखायी देती है। यह विशेषता कुछ बेहतर

और बड़े लेखकों के काम में भी देखी जा सकती है, जैसे कि दोस्तोयव्स्की में भी, इस हक़ीक़त से मुझे बल मिलता है। शायद इसी विशेषता के कारण ही मेरे काम पर प्रयोगशील होने का लेबल चपकाया जाता है।

सालों पहले इसाया बर्लिन ने एक निबन्ध अँग्रेज़ी में लिखा था, 'द फॉक्स एण्ड द हेजहॉग: टॉल्सटॉय्ज़ व्यु ऑफ़ हिस्ट्री'; उस निबन्ध की बौद्धिक हलकों में बहुत चर्चा हुई थी। साहित्य–आलोचकों ने भी उस निबन्ध में व्यक्त विचारों को कवियों और उपन्यासकारों पर लागू करने की चेष्टा की थी। तुम भी शायद यही कर रहे हो।

मैंने अपने पहले उपन्यास 'उसका बचपन' के पहले प्रारूप को यथार्थवादी विस्तार दिया था, इसलिए उसमें पात्रों की ख़ासी भीड़ थी, 'फ़र्नीचर' से वह लदा हुआ था। मैं उस प्रारूप से न जाने क्यों अति–असन्तुष्ट था। अच्छा ही हुआ कि मैं उसे अपने साथ रानी खेत ले नहीं गया। वहाँ मैं ने 'उसका बचपन' का अन्तिम प्रारूप लिखा जो ख़ूब कसा हुआ था; वह एक बच्चे के दृष्टिकोण से देखा और सोचा–लिखा गया उपन्यास उसके पहले प्रारूप से एक तिहाई आकार का है।

पहले उपन्यास से ही मैं अपने ऊबड़–खाबड़ रास्ते पर चल निकला था। शुरू के दौर की कहानियों में भी मैंने कुछ नयी आवाज़ निकालने की कोशिश तो की लेकिन शायद कामयाब कम ही हुआ। उस दौर में मैंने नाटक और निबन्ध लिखे ही नहीं, और जो लिखे भी वे प्रकाशित नहीं किये, फाड़–फूड़ दिये। बाद के दौर की कहानियों में भी मैंने कई प्रयोगों का जोख़िम उठाया। नाटक तो मैं ने बुढ़ापे में ही लिखे; उन में भी मैंने अपने आपको दोहराया नहीं।

उपन्यास मैंने ज़्यादा नहीं लिखे। अब तक लिखे उपन्यासों की संख्या सिर्फ़ दस है उनमें से भी पाँच की पृष्ठ संख्या १२० और १४० के बीच है। इन दस उपन्यासों में अगर अपने आपको दोहराता हुआ नज़र नहीं आता तो इसे मैं इन की एक ख़ूबी ही मानता हूँ और इस ख़ूबी का राज़ अगर कोई है तो इसे मैं अपने सायास प्रयासों और अनायास 'तुक्कों' का मिला–जुला परिणाम या इनाम समझता हूँ। कुछ भूमिका विषयों की भी रही है और कुछ भूमिका मेरे काम के ऊपर दूसरों के प्रभावों की भी है, ख़ास तौर पर मेरी पढ़ी हुई पुस्तकों के प्रभाव की भी। 'बिमल उर्फ़...' मैंने

शायद ही लिखा होता अगर ज्वॉयस ने यूलिसिस न लिखा होता और मैंने उसे पढ़ा न होता। इसी तरह 'दर्द ला दवा' पर बैकेट के एकालापों का साया है। 'एक नौकरानी की डायरी' पर मेरी अपनी दिअर्यों का। 'उसका बचपन' और 'गुज़रा हुआ ज़माना' और किसी रूप में ही होते अगर मैं हेनरी जेम्स के काम से बेबेहरा होता। 'माया लोक' और 'काला कोलाज' पर मेरी देखी हुई और सराही हुई कई फ़िल्मों का असर भी है और लातीनी अमरीकी के कुछ उपन्यासों का भी। अमूर्त उपन्यास लिखने की कोशिश मैंने अमूर्त चित्रकला की देखा-देखी की तो लेकिन उसमें सफल नहीं हो सका क्योंकि भाषा 'जो साहित्य का माध्यम है वह' अमूर्तन के रास्ते में एक ऐसी रुकावट है जिसे हटाने के लिए 'फिन्नेगंसवेक' में उठाये गये जोख़िम की हिम्मत और कलात्मकता मुझ में नहीं थी।

यह बहुत अच्छा हुआ कि मेरी पढ़त हिन्दी और उर्दू उपन्यासों तक सीमित नहीं रही और उनमें से भी अपनी पसन्द के लेखकों तक ही रही, जैसे बेदी, नय्यर मसूद, रेणु, हजारी प्रसाद द्विवेदी, मुक्तिबोध, अशोक वाजपेयी, और युवा लेखकों में उदयन वाजपेयी, और बुज़ुर्गों में कृष्णा सोबती और निर्मल वर्मा तक ही रही। और विदेशी लेखकों से मुझे परहेज़ नहीं रहा।

> आपने कई प्रभावों का ज़िक्र किया पर संगीत के आपके काम पर सूक्ष्म प्रभाव को कोई भी सजग पाठक लक्ष्य कर सकता है। आपके उपन्यास और नाटक आदि शायद संगीत की लिपि की तरह ही कम्पोज़ किये जाते हों, ऐसा महसूस होता है। आपने भाषा में संगीत को बहुत गहराई से अनुभव किया है। कई तरह के संगीत भी आपके कानों में गूँजते होंगे। उन्ही की लय-ताल पर आपकी कृतियों की भाषा नाचती होगी। आपके यहाँ वाक्यों के पास आने का आधार ज़्यादातर उनकी सांगीतिक संगति होती है। संगीत से अपनी कृतियों के सम्बन्ध पर आप क्या सोचना चाहेंगे या क्या बढ़त करना चाहेंगे?

चूक हो गयी। शास्त्रीय संगीत का प्रभाव मेरी शैली पर भी है, मेरे उपन्यासों, नाटकों और मेरी कहानियों की संरचनाओं पर भी। 'सजग' पाठकों ने महसूस किया होगा कि अकेले होने पर भी ज़रा ऊँची आवाज़ में पढ़ने से या ख़ामोशी से पढ़ते हुए उन्हें सुनने से उनका आनन्द ज़्यादा हो जाता है।

विदेश में लगातार रहने से यह संगीत–संगति मेरी ही भाषा में नहीं, शायद अन्य लेखकों की भाषा और उनके शिल्प में बढ़ जाती है—बैकेट, ज्वॉयस नबोकोव, हेनरी जेम्स, और अनेक अन्य प्रवासी लेखकों को इस सिलसिले में देखा–सुना जा सकता है।

वैसे तुम ने ही मेरे जाने मेरी भाषा के संगीत का ही नहीं उसके उस संगीत पर नाचने का भी ज़िक्र किया है, उसे अपने ही उस संगीत पर नाचते भी सुना–देखा है।

यहाँ यह भी मान लूँ कि मुझे शास्त्रीय संगीत और नृत्य के व्याकरण की समझ नहीं है; उन्हें सुन–देख कर ही मैं उनका रसिक हो गया हूँ। अगर मेरी रसिकता व्याकरण की समझ पर आधारित होती तो शायद ही इतनी स्वाभाविक और भोली होती।

> आपकी बहुत सी पढ़ाई अँग्रेज़ी साहित्य की है, आप अपनी कृतियों के ख़ुद ही अँग्रेज़ी में बढ़िया अनुवाद करते हैं, रहे भी लम्बे समय तक अमरीका में ही हैं, अँग्रेज़ी में लिखने से फिर गुरेज़ क्यों है? आपने यह निर्णय किन आधारों पर लिया था? क्या कभी ऐसी इच्छा होती है या होती थी कि अब अँग्रेज़ी में ही लिखें?

उर्दू नुमा हिन्दी (जिसमें पंजाबी शब्दों का छिड़काव होता रहे) में लिखने का फ़ैसला मैंने शुरू में ही कर लिया था। उस फ़ैसले का आधार मेरे अनुसार नैतिक भी था और साहित्यिक भी। उसी आधार को मैं ठोस मानता हूँ और उसको मैंने डगमगाने नहीं दिया। जिस वक़्त मैंने गम्भीर तौर पर लिखना शुरू किया, उस वक़्त देश आज़ाद हो चुका था, भले ही दो टुकड़ों में बँटकर और बेशक मैं मुल्कराज आनन्द और जी.वी. देसानी और नीरद सी. चौधरी से बहुत प्रभावित भी रहा, लेकिन अपने माध्यम के चुनाव पर उस प्रभाव का प्रभाव मैंने नहीं होने दिया।

मुझ से यह ग़लती तो नहीं हुई कि मैं उर्दू या हिन्दी में प्रोफ़ेसर बनने के लिए उन भाषाओं में किसी एक में पी.एच.डी. करता लेकिन कभी भी अब तक अपने इस फ़ैसले से, कि मैं अँग्रेज़ी में पढूँगा और पढ़ाऊँगा लेकिन हिन्दी में लिखूँगा, विचलित नहीं हुआ। अनुवाद मैंने अपनी कई पुस्तकों के किये हैं और शायद मरते दम तक करता रहूँगा, क्योंकि मेरा

अनुभव रहा है कि और कोई मेरी पुस्तकों का अँग्रेज़ी अनुवाद मुझ से बेहतर नहीं कर सकता।

शुरू शुरू में मेरी राय में अधिकतर भारतीय अँग्रेज़ी लेखक दूसरे या तीसरे दर्ज़े का काम ही किया करते थे। अब कुछ लेखक ऐसे भी नज़र आने लगे हैं जिनका काम मुझे पहले दर्ज़े का नज़र आता है। नाम नहीं गिनाऊँगा। मेरे चन्द चहेते विदेशी लेखकों ने भी अपनी भाषा के आलावा किसी अन्य भाषा में भी लिखा है—बैकेट, नबाकोव, मिलान कुन्देरा।

मेरे अपने उपन्यास, नाटक, और अफ़साने मुझे मेरी मूल हिन्दी में ही अच्छे लगते हैं।

> मैंने आपसे पिछला सवाल इसलिए भी किया था क्योंकि जब अँग्रेज़ी और अँग्रेज़ियत की भारत में उपस्थिति लगभग दबावकारी हो गयी है और इस विषय पर गम्भीर और लोकप्रिय माध्यमों तक में चिन्ता प्रकट होती दिख रही है, आपका अँग्रेज़ी छोड़कर हिन्दी उर्दू में लिखना एक बड़ी नज़ीर है। मुश्किल यह है कि हिन्दी को उत्तर भारत में वैश्विक स्तर पर सोचने-समझने की प्रमुख भाषा कैसे बनाया जाय? कैसे इसके श्रेष्ठ साहित्य को वैश्विक स्तर पर प्रतिष्ठित किया जाय? आप ख़ुद इन प्रश्नों से जूझते होंगे। आपकी दृष्टि में इसकी दिशा में क्या किया जाना चाहिए? अगर जैसे बड़े लेखक अपनी भाषा के भविष्य के बारे में विचार न करेंगे तो बम्बईया फ़िल्में और उनसे व अपनी विचारधाराओं से प्रेरित राजनेता ऐसे बड़े सवालों के ऊटपटांग हल प्रस्तावित और लागू करेंगे और यह भाषा समस्या उलझती जायेगी और इससे हिन्दी भाषा का ही नहीं हिन्दी भाषियों का अपूरणीय नुकसान होगा। मैं आपसे किसी कार्यक्रम की रूपरेखा बनाने को नहीं कहा रहा पर आग्रह कर रहा हूँ कि आप इस सवाल पर अपने कितने भी बिखरे विचार रखें।

मैं बहुत ख़ुश हूँ कि तुमने पिछला सवाल किया और उसका जवाब देते हुए मैं पूरी और विनम्र ईमानदारी से यह दावा कर सका कि आज से सत्तर बरस पहले लिये इस प्रण पर कि मैं अपनी उर्दूनुमा हिन्दी में ही लिखूँगा

सुदृढ़ और अडिग रहा—अँग्रेज़ी में अपनी दक्षता और हार्वर्ड से अँग्रेज़ी में डॉक्टरेट कर लेने और उम्र का बेशतर हिस्सा अमरीका में बिताने और वहीं अँग्रेज़ी पढ़ने और पढ़ाने के बावजूद एक बार भी फिसला नहीं।

भारत में अँग्रेज़ी और अँग्रेज़ियत का बोलबाला ही होता जा रहा है, और यह हिन्दी के लिए ही नहीं, सभी भारतीय भाषाओं के लिए घोर ख़तरे की अलामत है। मैं भी नहीं चाहता कि यह समस्या राजनीति और राजनेताओं पर छोड़ दी जाय। लेकिन मैं अपने स्वभाव और अबतक के अपने जीवन-ढब के हाथों मजबूर हूँ। ९० बरस का बूढ़ा विधुर अब बदल नहीं सकता। मैं मरते दम तक हिन्दी में ही लिखता तो रहूँगा, कभी-कभी अपनी कृतियों का अँग्रेज़ी में अनुवाद भी करता रहूँगा, कभी-कभी अपने देश की भाषादिशा से दुखी भी होता रहूँगा, और कभी-कभार अशोक वाजपेयी जैसे कर्मठ सहधर्मियों के विचारों और उनकी सकारथ कोशिशों का समर्थन भी करता रहूँगा लेकिन अब और कुछ मुझ से हो न पायेगा।

> क्या आपने भारत के इतिहास ग्रन्थ (जिन्हे महाकाव्य भी कहा जाता है) महाभारत और रामायण पढ़े थे और कब पढ़े थे? आपने उनका हिन्दी तर्ज़ुमा पढ़ा था या उर्दू या पंजाबी या अँग्रेज़ी? आप उनके लिखने के ढंग के बारे में क्या सोचते हैं? क्या ये ग्रन्थ आपके बचपन के घर याने डिंगा या डेरा बख्शियान में भी उपलब्ध थे? क्या इन जगहों पर आपने रामलीला या महाभारत से जुड़ा कोई लोक-नाट्य-रूप अपने बचपन में देखा है? अगर हाँ तो उनके आप पर हुए असर की क्या आपको कोई याद है?

मैंने महाभारत और वाल्मिकी रामायण अँग्रेज़ी अनुवाद में ही कॉलेज के दिनों में और बाद में अमरीकी प्रवास में ही पढ़े थे, अब याद नहीं आता कब और किस अनुवाद में। रामचरितमानस अलबत्ता घर में भी पढ़ा जाता था—मेरी बड़ी बहन उसे बाकायदा पढ़ा करती थी।

संस्कृत की कमी भी मुझे अमरीका के प्रवास में ही शिद्दत से महसूस होनी शुरू हुई अगरचे उस से पहले भी मैं संस्कृत के गुणगान नरेश मेहता से बहुत सुना करता था। १९८१ में मैंने हैदराबाद में रहते हुए किसी के कहने

पर एक ट्यूटर भी रखा था लेकिन अधेड़ तोते कम ही कोई नये भाषा सीख पाते हैं।

घर में तो संस्कृत का गुज़र तक नहीं था। माँ कभी-कभी गुरमुखी की गीता ले बैठती थी। बहन देवकी को पूजा पाठ और मानस में रस भी मिलता था और वह रामभक्त भी थी।

डेरा बख्शियन तो मैं कभी-कभी ही जाता था लेकिन डिंगा में मैंने ख़ूब रामलीला देखी। महाभारत से जुदा लोकनाटक मैंने बचपन और लड़कपन में कहीं भी नहीं देखा। 'अन्धा युग' महाभारत से जुड़ा मेरा पहला नाटक था, जिसे मैंने पढ़ा भी, देखा भी, और सराहा भी।

मैंने माँ से कई बार सुना कि मेरी पैदाइश से पहले मेरे पिता रामलीला में रावण की भूमिका कमाल की किया करते थे।

मेरे संस्कार धार्मिक नहीं हैं। मुझ में या मेरे काम में जो रूहानियत है, वह कहीं और से ही आयी लगती है।

> अपनी एक बातचीत (अभेद आकाश) में मेरे उस्ताद मणि कौल ने कहा था कि जैसे ही उन्होंने ब्रेसाँ की फ़िल्म देखी, उनकी दुनिया ही बदल गयी, उनका फ़िल्म को लेकर नज़रिया ही बदल गया (उन्होंने कहा था कि ब्रेसाँ को देखने पर उन्हें लगा कि ये आदमी दरअसल देखता है, बाक़ी सब नाटक कर रहे हैं)। ऐसे इत्तेफ़ाक़ कई लेखकों कलाकारों की ज़िन्दगी में हुए हैं। क्या ऐसी या इसके आसपास की कोई घटना आप अपने सन्दर्भ में याद कर सकते हैं?

मणि कौल की तरह किसी एक व्यक्ति या घटना को तो अपनी 'दुनिया' को बदल देने का श्रेय नहीं दे सकता लेकिन कुछ आधुनिक विदेशी लेखकों और तहरीकों का मेरे मन और काम पर असर बराबर होता रहा। उस असर का शुभारम्भ मैं हेनरी जेम्स, जेम्स ज़्वॉयस, और वर्जिनिया वुल्फ़ के असर से मानता हूँ। पहली बार १९५८ में हार्वर्ड से डॉक्टरेट के लिए अमरीका जाने से पहले। हार्वर्ड में उस असर में बैकेट का असर भी शामिल हो गया। और फिर प्रूस्त का असर भी उन असरों में घुलने लगा। आधुनिकता के बहुत से आवाँगार्द लेखकों और कलाकारों का असर

उसमें जुड़ने लगा। और आवाँगार्द से जुडी हुई तहरीकों, जैसे दादा और सर्रियलिज़्म का असर भी। प्रगतिशीलता का असर धीरे-धीरे कम होता गया, ख़ास तौर पर मेरी शैली और संरचना पर; मेरे विषयों पर उसका असर अभी तक है और उसे मैं स्वीकार भी करता हूँ।

दुनिया भर के आधुनिक लेखक मुझे अँग्रेज़ी के माध्यम से मिल जाते हैं, अनुवादों की सूरत में। उनमें मूल भाषाओं की सी बात बेशक नहीं होती होगी लेकिन एक दो या तीन से अधिक मूल भाषाओं को अक्सर लेखक कम ही जानते हैं।

आशा है तुम्हारे सवाल का जवाब संक्षेप में दे ही दिया है। न दिया हो तो तुम कुछ और कुरेद सकते हो।

> असर से मेरा आशय लिखने की प्रेरणा से है। आपने जिन लेखकों के नाम बताये, उनके लिखने के ढंग का आपके लिखने के ढंग से संवाद हुआ है। पर कुछ लेखक या चित्र या गाने ऐसे होते हैं जिन्हे देख या सुन कर स्वयं के भीतर लिखने का जज़्बा जाग जाता है, उनको पढ़कर या देखकर अपने भीतर लेखन की सोयी सम्भावना जाग उठती है और एक दिन हम पाते हैं कि हम लिखना चाह रहे हैं। आपने बचपन में कभी तो लिखना शुरू किया होगा, मैं उसकी पृष्ठभूमि जानना चाह रहा हूँ। अगर आपको याद न हो तो कोई बात नहीं।

मैंने अपने मोज़ार्ट की तरह बचपन से ही 'लिखना' या 'पढ़ना' शुरू नहीं कर दिया था। संगीत और नृत्य में ऐसी मिसालें बहुत मिल जाती हैं, साहित्य में कम। मणि कौल ने भी बचपन में ही 'ब्रेसाँ' की फ़िल्में शायद ही देखी हों। मुझे लिखने की प्रेरणा की ज़रूरत शायद उन दिनों ही महसूस होनी शुरू हुई थी जब मैं बी.ए. में था। तभी मैंने हेनरी जेम्स, जेम्स ज़्वॉयस और वर्जिनिया वुल्फ़ के उपन्यासों के बारे में जानना शुरू किया, उन्हें समझने और उनमें रस लेने के लिए मुझे कुछ और इन्तज़ार करना पड़ा था। अपने बचपन में अपने लेखन के बीज ढूँढने के लिए मुझे अपने मौन, अपनी एकान्त-पसन्दी, अपनी संवेदना और अपनी भाषा की चतुराई को ही गिनाना पड़ेगा, किसी लेखक और पुस्तक और चित्र और संगीत

को नहीं। वे सब मेरे जीवन और अनुभव में लड़कपन और जवानी में ही आये और बुढ़ापे में भी उनका आना बन्द नहीं हुआ। इसलिए मैं किसी एक लेखक या पुस्तक या कलाकार या कलाकृति का नाम नहीं ले सकता जिसने मेरी 'दुनिया' बदल कर रख दी हो। जब मैं असरों की बात करता हूँ तो शायद गेटे के शब्दों में उन 'इलेक्टिव एफिनिटीज़' की ही बात कर रहा हूँ जो अभी तक मेरे काम पर असरंदाज़ होती रहती हैं।

> क्या आपके पिता या आपकी माँ आपकी कहानियाँ पढ़ते थे? अगर हाँ तो वे उनके विषय में क्या सोचते थे? आपकी बहन भी आपके बहुत निकट थी, क्या वे आपकी कहानियाँ या उपन्यास पढ़ती थीं।

पिता ने तो शायद, उनके जीते जी जो मैंने लिखा, पढ़ा होगा लेकिन उन ने कभी उसके बारे में कुछ कहा नहीं। वैसे उनकी निगाहों और उनके इशारों से यही पता चलता था कि उन्हें वह नापसन्द नहीं। माँ को यह मालूम तो था के मैं पढ़ाने के अलावा कुछ लिखता भी हूँ, कि मैं बहुत 'पढ़ा-लिखा' हूँ, लेकिन वे क़रीब-क़रीब अनपढ़ ही थीं। बहन देवकी सिर्फ़ रामायण (मानस) ही पढ़ती थीं। उनका अपना जीवन बहुत दुखी था। अपने दुःख का इलाज उन्होंने मानस की आराधना में पा लिया था। अपनी एक मात्र बेटी, जिसे हम सब उसकी उम्र भर 'मुन्नी' कहते रहे, को वह बहुत प्यार करती थीं क्योंकि उसने उन्हें यथा-सम्भव सुख ही दिया। मुन्नी और मुझ से दस वर्ष छोटा मेरा भाई, यशपाल वैद, जिसने मेरे ही काम पर हिन्दी में डॉक्टरेट की—मेरी कहानियों की तथा-कथित अश्लीलता के विषय पर—मेरे परिवार में चम्पा और मेरी तीनों बेटियों के अलावा, मेरे सब से बड़े प्रशंसक हैं। मुन्नी और बहिन देवकी तो अब रही नहीं, माता-पिता भी कब के चल दिये। अब यश के और तीन बेटियों के अलावा मुझे पढ़ने और सराहने वाले, वह भी दबी ज़बान में या मन ही मन दस पन्द्रह लोग और होंगे, वही काफ़ी हैं, मेरी तुष्टि के लिए।

यह मैं किधर लुढ़क गया!

> आप यह तो मानेंगे कि हर लेखक अपनी भाषा और वैश्विक लेखन की परम्परा को अपनी तरह से देखता है। लगभग हर

लेखक के लिए उसकी परम्परा का विन्यास अपने ढंग का हुआ करता है। इसका कारण दरअसल उसका अपना लेखन हुआ करता है। ऐसा ही कुछ आपको मिलान कुन्देरा की उपन्यास की परम्परा पर लिखी किताब में मिल सकता है या जार्ज लुई बोर्खेस के अर्जेतीनी साहित्य पर लिखे लेख में। आप हिन्दी में उपन्यास की परम्परा को किस तरह देखते हैं ?

यह मान लेने से भी, कि 'हर लेखक के लिए उसकी परम्परा का विन्यास अपने ढंग का हुआ करता है' और 'इसका कारण दरअसल उसका अपना लेखन हुआ करता है', मेरी मुश्किल आसान नहीं हो जाती बल्कि और जटिल हो जाती है।

हिन्दी में उपन्यास की परम्परा की ओर ध्यान लगाते ही प्रेमचन्द का सौम्य भूत हमारी दृष्टि रोक लेता है; इसका दोष मैं प्रेमचन्द को या उनके लेखन को नहीं बल्कि उनके और उनकी परम्परा के वारिसों और दावेदारों को देता हूँ जिन्होंने उन्हें और उनकी परम्परा को एक ऐसे हौव्वे में बदल दिया है जिसका अतिसरलीकृत रूप किसी भी ईमानदार हिन्दी के उपन्यासकार के लिए एक विकट धर्मसंकट खड़ा कर देता है। मैं उस धर्मसंकट से बचने के लिए वैश्विक उपन्यास परम्पराओं की शरण ले लेने पर मजबूर हो जाता हूँ।

और अब तो मेरी लेखन-लीला भी मेरी जीवन-लीला की ही तरह अन्त के क़रीब पहुँच चुकी है, इसलिए मेरी परम्परा-खोज ख़ुद मेरे लिए अप्रासंगिक सी दिखायी देने लगी है, किसी और के लिए हो न हो। ऊपर के दो पैरां मुझे शायद बदल देने चाहिए। ख़ैर! मेरे सुधि पाठक ख़ुद बदल लेंगे।

वैश्विक उपन्यास परम्पराओं में अँग्रेज़ी उपन्यास की परम्पराओं से तो बतौर लेखक और प्राध्यापक परिचित रहा ही हूँ लेकिन अँग्रेज़ी अनुवादों से अन्य प्रमुख परम्पराओं, ख़ासतौर पर रूसी, जर्मन, फ्राँसीसी परम्पराओं से मेरा परिचय शायद सरसरी और सतही नहीं रहा। यह तो कभी नहीं हुआ कि मैंने किसी एक सर्वथा शुद्ध परम्परा को अपनी समूची पैरवी सुपुर्द कर दी हो, लेकिन जैसे-जैसे मेरे अपने लेखन में कुछ तात्विक स्थायित्व आता गया—उसकी शैली, तान और संरचना में—वैसे-वैसे मेरी परम्परा-प्रतिबद्धता भी साफ़ होती गयी। मेरे उपन्यासों और मेरी कहानियों में

प्रयोगशीलता का गुण या अवगुण तो सदा रहा है; उसमें चेतना-प्रवाह की आगाही भी बराबर रही है, उसमें 'ट्रेजिकॉमिक' दृष्टिकोण की उपस्थिति भी रही है, मेरा सारा काम विडम्बनायुक्त भी है। यह तत्त्व बहुत-सी भाषाओं की औपन्यासिक परम्पराओं में पाये जाते हैं, किसी में ज़्यादा, किसी में कम। हिन्दी में कम ही ज़्यादा नुमायाँ हैं। इसी लिए मुझे विदेशी परम्पराओं की पनाह में जाना पड़ा। उस से मेरी 'भारतीयता' को कुछ क्षति पहुँची हो तो मैं उसके लिए दोषी ठहराया जा सकता हूँ, शायद।

> वैसे मैं यह प्रश्न पूछने वाला नहीं था, पर आपके जवाब ने इसके लिए जगह कर दी है। आपकी नज़र में भारतीयता क्या है? या क्या नहीं है? या/और दोनों ही। आप भी अमरीका में और विभाजन के दौरान चाहे अनचाहे इस सवाल से जूझते होंगे, आप उसी सन्दर्भ में अपनी बात कहिए, चाहे तो किन्ही घटनाओं की रोशनी में। मैं आपसे किसी या किन्हीं सैद्धान्तिक जवाब की उम्मीद नहीं करता, उसमें मुझे रुचि भी नहीं है। आप अपने अनुभवों के साक्ष्य से कुछ कहें। यह सवाल आज भारत के लिए बेहद महत्त्व का हो उठा है और इस सभ्यता के प्रति दायित्व निभाने में भी यह सवाल आप जैसे विविध अनुभव सम्पन्न लेखक को सोच में डालता होगा।

भारतीयता की चिन्ता मेरे लेखन में भी यदा-कदा व्यक्त होती रही है। शायद सब से पहले १९७६ में प्रकाशित एक छोटी सी अन्योक्तिपरक कहानी, 'बुढ़िया की गठरी', में इसने अपना सर नुमायाँ तरीक़े से उठाया था। तब मैं अमरीका में अँग्रेज़ी का प्रोफ़ेसर था और हिन्दी का लेखक। उस दौर की मेरी अनेक रचनाओं में यह चिन्ता अनेक रूपों में मौजूद है। २००० में लायडन (नीदरलैण्ड) में हुई एक संगोष्ठी में मैंने एक आलेख पढ़ा था जो प्रोफ़ेसर डायना डिमित्रोवा और टॉमस डी ब्रुयन द्वारा सम्पादित एक पुस्तक में प्रकाशित हुआ है; पुस्तक का शीर्षक है, 'इमेजिनिंग इण्डियननेस : कल्चरल आइडेण्टिटी एण्ड लिटरेचर', पेल्ग्रेव मैकमिलन, २०१७। मेरे आलेख के शुरू में सम्पादकों का एक नोट है, जिसे मैं यहाँ इसलिए दे रहा हूँ कि वह मेरे आलेख के तत्त्व को समझने में सहायक हो सकता है और मेरी चिन्ता को एक सन्दर्भ सा भी देता है :

> यह अध्याय वैद की कृतियों के सन्दर्भ और उपसन्दर्भों की चर्चा करता है। यह लेखक की महत्त्वपूर्ण कृतियों में कथानक और अन्य समस्याओं पर विचार करता है और उनमें सचेत या अचेत रूप से झलकती 'भारतीयता' के विचार का परीक्षण करता है। यह किसी भी तरह के सांस्कृतिक राष्ट्रवाद के प्रति लेखक के सन्देह को मुखरित करने के साथ-साथ उसके कहीं भी, विशेषकर भारत में, दोबारा पुनरुत्थान की आलोचना करता है। यह अध्याय यह भी दर्शाता है कि साहित्य और साहित्यिक आलोचना में अपने संकुचित प्रकटन में यह अन्धी राष्ट्रीयता और परघृणा को शक्ति प्रदान करता है। यह अध्याय यह भी याद दिलाता है कि हर महान् साहित्य हमेशा ही देश और काल को लाँघता है और वही सीख देता है, जबकि ये दोनों ही तत्व उसे पोषित करते हैं। यह अध्याय उन सवालों को प्रकाश में लाता है जो साहित्य पर किये गये हर सैद्धान्तिक विचार के चारों ओर मँडराते हैं कि वह उन परिस्थितियों के किस तरह पार जाता है जिनमें वह रचा जाता है और क्या वह यह कार्य आत्म-सजग होकर करता है।

'बुढ़िया की गठरी' की समस्या मेरे नाटक, 'हमारी बुढ़िया', में भी उठायी जाती है; दोनों में मैं किसी नतीजे पर नहीं पहुँचता। दोनों में और सूक्ष्म अन्तर भी हैं। मेरे उपन्यास 'काला कोलाज' में भी इसी बुढ़िया का एक और अवतार है, इन दोनों से कहीं ज़्यादा भयंकर और अविस्मरणीय, 'दोहरी माई'।

भारतीयता को हिन्दुत्व का पर्याय मैंने कभी नहीं माना, न अपने मन में, न अपने लेखन में। जब तक अन्य अनेक धर्मों के अनुयाइयों को, और ख़ास तौर पर मुसलमानों को, भारतीयता की अवधारणा बनाते समय हम भूलते रहेंगे तब तक वह अवधारणा दूषित ही रहेगी। इसलिए मैं भी अशोक वाजपेयी की तरह बहुलतावादी हूँ। यह बात अलग है कि मैं भी उनकी ही तरह इस विषय पर अभी किसी निश्चित नतीजे पर नहीं पहुँचा।

आजकल अमरीका में भी ट्रम्प हर आये दिन कोई नया शोशा शुरू कर देते हैं जिसे देख या सुन कर यहाँ के लोग ही नहीं, दुनिया भर के सोच-समझदार लोग तौबा-तौबा करते रहते हैं।

इसी तरह जब मैं 'कभी-कभार' में वहाँ की सरकार और सरकारी सांस्कृतिक

संस्थाओं की दुर्दशा के दृश्य देखता हूँ तो कानों को छूना पड़ जाता है।

मेरे जवाब, जब से चम्पा नहीं रही, बहुत संक्षिप्त होते जा रहे हैं। तुम अगर इन्हें खींचने का कोई भोपाली नुस्ख़ा मुझे भेज सको तो मानूँ।

> आपके जीवन में आपके कई आत्मीय आपसे बिछुड़ते रहे हैं। शुरुआत में आपका अपना इलाक़ा, दोस्त, फिर माता-पिता और अन्य क़रीबी परिजन और अब चम्पा जी। हर व्यक्ति या लेखक इन अभावों से अपनी तरह से जूझता है, अपनी तरह से उन्हें रूपान्तरित करता है। आपने चम्पा जी के पहले तक इन अभावों का किस किस तरह से सामना किया है।

अपना इलाक़ा जब छूट रहा था तो मैं अपने छोटे-से परिवार समेत एक अन्य हिन्दू परिवार के साथ एक उदार परिवार-दोस्त मुसलमान की निगरानी में एक काल कोठरी में बन्द थे। वहाँ हम चौबीस घण्टों से अधिक बन्द रहे, जब तक हमें फ़ौजी अफ़सरों ने निकाला नहीं। उस अवधि में कस्बे में क्या लूट-मार-काट हुई उसकी ख़बर हमें उन आवाज़ों, नारों, चीख़ों और शोर से मिलती रही जो उस कोठरी में हमारे कानों में पड़ती रहीं। वहाँ से निकाल कर हमें एक अस्थायी शरणार्थी शिविर में ले जाया गया, जहाँ हमारे जैसे कुछ बचे-बचाये लोग बड़ी बुरी हालत में इधर-उधर पड़े हुए थे। कुछ तो अपने कुछ समान के साथ और कुछ हमारी तरह ख़ाली हाथ। उनमें कुछ ज़ख़्मी भी थे, जिनकी दबी-घुटी हाहाकार मुझे बरसों तक सुनायी देती रही। कुछ देर अपने माता-पिता-बहन-भाई-भांजी के साथ बैठे रहने के बाद मेरी उचकदम शुरू हो गयी और मैं सबकी मनाही के बावजूद उस वीराने की 'सैर' करने लगा। उस 'सैर' के दौरान मुझे दुःख और दरिद्र के अनेक दृश्य दिखायी दिये—उजड़े हुए असहाय परिवार, बुरी तरह घायल और ख़ामोश मर्द, औरतें, बच्चे, और बूढ़े लेकिन जो आवाज़ मुझे अभी तक नहीं भूलती, वह एक घायल और लावारिस बच्चे के छोटे-से मुँह से फूट रही थी और जिसे सुन मैं उसके पास ठिठक तो गया लेकिन ज़्यादा देर ठहर नहीं सका। वह आवाज़ मुझे अभी तक सुनायी देती है जब जब मैं उस वीराने की 'सैर' करता हूँ। मैं उसे बयान नहीं कर सकता। अपने उपन्यास, 'गुज़रा हुआ ज़माना', में उसे बयान करने की कोशिश में बुरी तरह विफल हो चुका हूँ। अपने उस छूटे हुए

इलाक़े का सारा दर्द उस अमर आवाज़ में ज़िन्दा है। मैं न उसे भुला सकता हूँ न उसे बयान कर सकता हूँ। मैं सिर्फ़ उसे सुन सकता हूँ। उस इलाक़े के अपने सारे हमजोलियों की समूची याद अपने एक दोस्त हरदयाल की सुन्दर घायल बीवी के विलाप में बन्द है जिसे मैं जितनी देर मण्डी बहाउद्दीन के उस शरणार्थी शिविर में रहा हर रोज़ सुनता रहा जब मैं उसकी और उसकी माँ की कोठरी में कुछ देर के लिए जा बैठता था।

उसके बाद के मेरे बिछुड़े हुए लेखक दोस्तों को तुम भी भली-भाँति जानते हो—जगदीश स्वामीनाथन, भवानी, निर्मल वर्मा, दया कृष्ण, फ्रान्सिन, रामू गाँधी, भीष्म साहनी, शीला साहनी, विद्यानिवास मिश्र, कमलेश, फ़ज़ल ताबिश, शानी, धर्म नारायण। बी. राजन। (भूला हुआ कोई नाम मेरी मन्द पड़ती हुई याद को मुआफ़ करे!) मैं उन्हें भूलना नहीं चाहता। हरेक को न सिर्फ़ याद करता हूँ बल्कि उन से बिछुड़ने की यन्त्रणा को भी याद रखना चाहता हूँ। उनके जाने से जो जगहें ख़ाली हो गयी हैं वे ख़ाली ही रहेंगी।

माता-पिता की याद के दर्द में यह दर्द भी मिला हुआ है कि उनके जाने के समय मैं अमरीका में था, इसलिए उनके अन्तिम समय मैं उनके पास पहुँच न सका। बहन देवकी के जाने की ख़बर जब हमें मिली तो चम्पा और मैं भोपाल में थे। सुनते ही हमने उड़ान तो पकड़ ली, हवाई अड्डे से हम सीधे श्मशान घाट गये लेकिन हम वहाँ कुछ देर से पहुँचे—हमारे सम्बन्धी घर लौट चुके थे। लेकिन बहन देवकी की चिता अभी नीम गर्म थी; उसकी राख को हम दोनों कुछ देर टटोलते रहे। बहन की बेटी सुदेश को हमने ही अपनी बेटियों की तरह पाला, हम ने ही उसकी शादी की। लेकिन जब वह गयी तो हम फिर अमरीका में थे और उसके अन्तिम समय मेरा भाई यशपाल वैद उनके पास था। माता की मौत की ख़बर जब मुझे अमरीका में मिली तो मैं अपने एक अमरीकी दोस्त डेविड के पास बैठा हुआ था। मेरे चलते वक़्त उसने एक मैरुवाना का सिगरेट मेरी जेब में डाल दिया, जिसे मैंने अपने घर के लॉन में पिया। उसका नशा मुझे अब तक याद है, वह मेरा पहला और आख़िरी मैरुवाना-अनुभव था। चम्पा से बिछुड़ने के दर्द को मैं अभी भोग रहा हूँ; उसे रूपान्तरित करने का तरीक़ा अभी मुझे नहीं आया।

आपने मुझे लेखन के सन्दर्भ में अपने बचपन के विषय में बताया था। पर इसके अलावा आपको बचपन की कई स्मृतियाँ होंगी। अपने बिल्कुल शुरुआती मित्रों की क्या आपको अब भी याद है? क्या डिंगा याद है, डेरा बख्शियान की गलियों की अपनी शरारतें या सिधाई याद है? क्या आपको याद है कि आप किस तरह के बच्चे थे, शान्त या उधमी?

'उसका बचपन' का बीरू मेरी बचपन की यादों से बना हुआ है। 'गुज़रा हुआ ज़माना' में, जो 'उसका बचपन' के २५ साल बाद लिखा गया और प्रकाशित हुआ, बीरू बड़ा हो जाता है लेकिन डिंगा की गलियाँ और बाज़ार वही हैं जो 'उसका बचपन' में थे, और बीरू के दोस्त भी बड़े हो गये हैं और उसके दोस्तों का दायरा भी और उसकी दृष्टि भी; डेरा बख्शियाँ का ज़िक्र दोनों में शायद ही हो।

डिंगा के बेशतर दोस्त तो देश-विभाजन के बाद लापता ही हो गये लेकिन कुछ हिन्दू और सिख दोस्त मुझे दिल्ली में मिले भी और एक मुसलमान दोस्त हार्वर्ड के दिनों में अचानक मिल गया। उसका नाम मोहम्मद सर था। उसके साथ कुछ दिन मैंने डिंगा की यादों में डूब कर बिताये, फिर वह भी लापता सा हो गया, शायद इंग्लैण्ड चला गया। मेरा एक दोस्त अमृत मुझे दिल्ली में बराबर कुछ साल मिलता रहा फिर वह भी गुम हो गया। एक और दोस्त, सर्दूल सिंह, मुझे दिल्ली के हंसराज कॉलेज, जहाँ मैंने सात साल पढ़ाया, में मिलने आया था। वह नवीं-दसवीं में हमारी कक्षा का मॉनिटर हुआ करता था और मैं उसका सहायक या सैकण्ड मॉनिटर। मुझे याद आता है कि हम बहुत देर तक गुज़रे ज़माने की बातों और यादों में डूबे रहे थे। फिर वह भी गुम हो गया। हमारे स्कूल का हेड मास्टर नरोत्तम सिंह जौहर, जिसने मेरी अँग्रेज़ी बनायी और जिसने मुझे तीन महीनों के लिए स्कूल का सैकण्ड मास्टर भी बना दिया और जिसकी मैं बहुत क़द्र किया करता था और जिसकी बेटी नवीं-दसवीं में हमारे साथ पढ़ी—हमारा स्कूल लड़कों का था और वह हमारे स्कूल में एक ही लड़की थी और हमारे हेड मास्टर का इतना दबदबा था कि कोई लड़का उनकी बेटी की आँख से आँख मिलाने की हिम्मत नहीं करता था—वह हेड मास्टर भी मुझे एक दिन कनाट प्लेस में मिल गये। उनके साथ एक और सरदार भी थे जिन से मेरा तारुफ़ करवाया गया तो वह उर्दू-हिन्दी के

लेखक बलवन्त सिंह निकले। हेड मास्टर साहिब ने बताया कि उनकी उसी बेटी की शादी हो रही है। वह मुझे अपने घर भी ल गये जहाँ उनकी बीवी हमेशा की तरह बीमार पड़ी थी। उन्होंने मुझे उन से भी मिलवाया और अपनी बेटी से भी। उनकी बेटी की शादी में मैं गया भी जहाँ मुझे अमृत तो मिला लेकिन अपने स्कूल का और कोई नहीं।

उसी स्कूल में एक और मास्टर हुआ करते थे जिन्होंने मुझे सातवीं कक्षा में अँग्रेज़ी पढ़ायी थी, वह उस स्कूल में रहे तो एक साल ही लेकिन उनका एक मुहावरा अब तक याद है जिसे वह कई सन्दर्भों में दोहराते रहते थे : First deserve and then desire. उन्हें पता नहीं कैसे पता चला कि मैं हंसराज कॉलेज में अँग्रेज़ी का प्रोफ़ेसर बन गया हूँ कि मैं हिन्दी का लेखक हूँ और कभी-कभी अपनी कहानियों का अनुवाद अँग्रेज़ी में भी कर, अँग्रेज़ी की पत्रिकाओं में प्रकाशित भी करवा देता हूँ। उनका पत्र जब मुझे मिला तो मुझे ख़ुशी भी हुई और मैं एक धर्म-संकट में भी पड़ गया : वे चाहते थे, मैं उनके लेखों और कहानियों को देखूँ और परखूँ कि वे प्रकाशन के काबिल हैं कि नहीं, अगर नहीं तो कैसे हो सकती हैं।

अब याद नहीं मैंने उन्हें जवाब क्या दिया लेकिन शायद मैंने किसी हील-हवाले से उन्हें टाल ही दिया। उनके एक और शागिर्द ने दिल्ली से मुझे हाल ही में लिखा, मेरी किसी डायरी में डिंगा के उस स्कूल का ज़िक्र पढ़ कर, कि मैं उन्हें यह बताऊँ कि क्या मैं उस स्कूल में कुछ देर के लिए अँग्रेज़ी के मास्टर रहे एक मास्टर अश्वनी कुमार का शागिर्द रहा हूँ। पता नहीं उन्हें मेरा ईमेल पता कहाँ से मिला। मैंने उन्हें अपनी आदत के मुताबिक तुरन्त जवाब दे दिया कि मास्टर अश्वनी कुमार ने मुझे सातवीं कक्षा में अँग्रेज़ी पढ़ायी थी और उनका एक चहेता मुहावरा मुझे अभी तक याद है। उसके बाद तो मैं उनका गुरुभाई बन गया।

यह क़िस्सा मैंने तुम्हें इसलिए तो नहीं सुना दिया कि मेरे जवाब संक्षिप्त और संकीर्ण होते जा रहे हैं?

डिंगा की गलियाँ ही नहीं, उनकी गन्ध भी मुझे याद है। डिंगा एक दिलचस्प कस्बा हुआ करता था। कभी-कभी आँखें बन्द कर के मैं अब भी उन गलियों में घूमता रहता हूँ। मुझे वे तीन मकान भी याद हैं जिन में हम किराये पर रहे। आख़िरी मकान में हमारे घर से जुड़े हुए मकान में एक

मुस्लिम परिवार रहता था। उन के घर से आती हुई मुस्लिम मसाले की गन्ध बहुत अच्छी लगती थी। कभी-कभी उस घर में ब्याह कर आयी हुई एक लाहौरी बीवी हफ़ीज़ा को जब पता चला कि मैं लाहौर के गवर्नमेंट कॉलेज में पढ़ता हूँ तो उसने मुझे बताया कि उसके माता-पिता भी लाहौर में रहते हैं। लाहौर के बारे में पश्चिमी पंजाब भर में मिसाल मशहूर थी कि जिसने लाहौर नहीं देखा वह अभी पैदा ही नहीं हुआ। और दूसरी बात यह मशहूर थी कि लाहौर में रहने वाले लोग वहाँ की दुकानों के साइनबोर्ड पढ़ कर ही पढ़े-लिखे बन जाते हैं। हमारी लाहौरी पड़ोसिन डिंगा-निवासियों को जाहिल समझती थी और मुझे डिंगा निवासी नहीं लाहौर-निवासी समझती थी। वह मुझ से बात करने के बहाने ढूँढती रहती थी और मैं डरता रहता था कि उसके घर वाले, उसके अनुसार जाहिल लोगों, को हमारी खुसर-पुसर नागावार गुज़रती होगी और वह इसी बात को ले कर कोई बवण्डर न खड़ा कर दें। कभी-कभी वह चोरी छिपे मुझे अपना बनाया हुआ कबाब भी खिला दिया करती थी। मैं उसका ज़िक्र अपनी डायरी में, जो मैं उन दिनों उर्दू में ही लिखा करता था, भी कर दिया करता था। अभी तक मुझे यह ख़्याल आता रहता है कि डिंगा में हुए फसादों के बाद ज़रूर हमारे उस किराये के मकान-सामान को लूटा गया होगा और अगर उस डायरी को पढ़ा गया होगा तो ज़रूर पढ़ने वाले किसी 'जाहिल' के मन में यह अरमान सुलगा होगा कि काश मुझ किराड़ (हिन्दू के लिए हिकारत-भरा शब्द) को उसने मार डाला होता।

डिंगा के साथ मेरी और भी कई यादें चिपकी हुई हैं जिन्हें मैंने अपने उन दो उपन्यासों में इस्तेमाल नहीं किया जो डिंगा पर आधारित हैं। इसी लिए मैंने अमरीका से धर्मवीर भारती को लिखा था कि वे 'धर्मयुग' में मेरे लिखे हुए लेखों का एक सिलसिला धारावाहिक रूप से प्रकाशित करें जिन की बिना पर डिंगा को अमर बना डालने की मेरी आकांक्षा पूरी हो सके। भारती ने मुझे टाल दिया था।

मैं एक शरारती, शर्मीला, पढ़ाकू बच्चा और लड़का हुआ करता था।

> आपके कुछ उपन्यासों में फ़ारसी कविता का-सा उजाड़ नज़र आता है जिसमें पूरी तरह अकेले हो गये चरित्रों के दर्शन होते हैं। आप का फ़ारसी साहित्य से क्या सम्बन्ध रहा हैं? यह हम जानते

ही है कि आप फ़ारसी पढ़ लेते हैं। आपके लेखन में कुछ जगहें फ़ारसी कविता की रिवायतों का अनुभव होता ही है।

मैं तुम्हें पहले बता चुका हूँ कि डिंगा के स्कूल में मैंने आठवीं कक्षा में पढ़ते हुए फ़ारसी के 'मुंशी' का इम्तिहान भी दिया था। उसके लिए मुझे ckassical फ़ारसी कवियों को और फ़ारसी कविता की तक्ती (scansion) के लिए इल्मेअरूज़ भी पढ़ना पड़ा था। जिन कवियों के नाम-काम अब मुझे याद हैं, उनमें हाफ़िज़ (दीवानेहफ़िज़), फ़िरदौसी (शाहनामा), और शायद नज़ीरी भी थे। आधुनिक फ़ारसी और आधुनिक फ़ारसी साहित्य मैंने नहीं पढ़े। मेरी हिन्दी में तो उर्दू और फ़ारसी की छटा तो है ही; मेरे लेखन के माहौल में भी फ़ारसी रवायतों और आधुनिक पश्चिमी साहित्य के-से उजाड़ का अनुभव अगर हो तो मुझे अस्वाभाविक नहीं लगेगा।

फ़ारसी कवि हाफ़िज़ का नाम आपने लिया। उन्हे पढ़ने पर आपकी जो आरम्भिक प्रतिक्रिया हुई थी, क्या आपको वह कुछ कुछ याद है? किस क़िस्म की दुनिया से आपका सम्पर्क हाफ़िज़ ने कराया था? आपके मन में किस तरह की छवियाँ उन्हे पढ़कर बनी थी?

मैं पहले कह चुका हूँ कि हाफ़िज़ के दीवान की दोनों ज़िल्दें मेरे पास यहाँ नहीं हैं। उसे पढ़ते हुए जिस दुनिया का दीदार मुझे हुआ था वह उर्दू शाइरी की बदौलत मेरी जानी-पहचानी थी। उसकी रूमानी वेदना की मिसालें मैं तुम्हें यहाँ नहीं दे सकता—मेरी स्मृति अब उतनी प्रखर नहीं रही; बेशक पहले भी वह ज़्यादा तेज़ तो नहीं थी—स्कूल में तारीख़ मेरा सब से कमज़ोर मज़मून हुआ करता था क्योंकि उसमें हमारे यहाँ तारीख़ों को याद करने पर ज़्यादा ज़ोर दिया जाता है।

अब तुम आगे बढ़ सकते हो। मैं कोशिश करूँगा कि मेरी वजह से देर न हो।

तुम्हें पत्र लिखने बैठ तो गया हूँ लेकिन नहीं जानता कि क्या और क्यों। जहाँ तक जानता हूँ वह यही कि अकेलेपन से अकुला उठता हूँ तो किसी न किसी को वह अकुलाहट झेलनी पड़ती है; आज तुम इसके निशाने पर हो।

चम्पा को गये हुए आज चार महीने और १४ दिन हो रहे हैं। सोचा न था कि उसकी अनुपस्थिति इतने दिनों तक उपस्थित रहेगी और मेरी नींद उसके आगे इतनी नाकाम रहेगी; नींद बहुत कम आती है और किसी किसी रात तो आती ही नहीं। दूसरे दिन ऊँघता तो रहता हूँ लेकिन दिन को रात के उनींदे को कभी मिटा नहीं पाता। ज़ौम्बिओन की तरह घर में झूलता रहता हूँ और कभी-कभी मुँह से अनायास एक मोहमल-सी आवाज़ या कराह फूट निकल जाती है, जिसे कोई सुनता नहीं, सुने तो सोचे कि कोई पागल हुआ जा रहा है।

ज्योत्स्ना बेटी ने यूनिवर्सिटी में एक दफ़्तर ले दिया था लेकिन मैं सिर्फ़ दो बार वहाँ गया हूँ और दोनों बार यह महसूस हुआ कि आइन्दा यह मूर्खता नहीं करूँगा। घर में होता हूँ तो कोई देखने-सुनने वाला नहीं होता; जो बकता-झकता हूँ अपने ही कानों को कतरता है। सो अब घर में ही रहता हूँ; किताबों की कोई कमी नहीं। जो चाहूँ ज्योत्सना लाइब्रेरी से ले आती है; अगर लाइब्रेरी में न हो तो अन्तर्पुस्तकालय उधार आसानी से मिल जाता है। लेकिन पढ़ने में भी जी नहीं लगता। लिखने की उमंग तो उठती रहती है लेकिन लिखा अभी तक कुछ भी नहीं सिवाय तुम्हारे सवालों के जवाब लिखने के। सोचता हूँ जब वे भी सूख जायेंगे तो मैं और सिमिट जाऊँगा।

क्या आप उर्दू और फ़ारसी के आधुनिक साहित्य के भी पाठक रहे हैं, उनमें क्या कुछ ऐसे लेखक भी हुए हैं जो आपको पसन्द रहे हों। वह साहित्य हिन्दी साहित्य से आपको किस तरह अलग लगता रहा?

आधुनिक फ़ारसी साहित्य से तो मेरा परिचय हमेशा न होने के बराबर रहा; उसके अँग्रेज़ी अनुवादों से भी मैं बेबेहरा हूँ। आधुनिक उर्दू साहित्य को मैं विभाजन के बाद कुछ वर्षों तक तो सायास पढ़ता रहा लेकिन जैसे-जैसे मैं ख़ुद हिन्दी कथा साहित्य में अधिक रमता चला गया वैसे-वैसे मैं उर्दू के आधुनिक साहित्य से कुछ दूर भी होता गया। शायद धीरे-धीरे

बढ़ती हुई इस दूरी के समय के अभाव के अलावा दो और कारण भी थे। एक तो भारत में उर्दू के ख़िलाफ़ ग़लत नीतियों के परिणामस्वरूप तेज़ी से उर्दू का केन्द्र पश्चिमी पाकिस्तान में मुन्तकिल होता जाना था। इस बदलाव के कारण भारत में पाकिस्तान के अदबी उर्दू रिसालों और छोटी पत्रिकाओं का प्रसार कम होता गया, जिसका कुप्रभाव पाकिस्तान में प्रकाशित उर्दू किताबों पर भी पड़ना अनिवार्य था। यह फासले और दूरियाँ बढ़ती ही गयीं। अब मुझे पता नहीं क्या हाल है। जहाँ तक मैं जानता हूँ भारत और पाकिस्तान में साहित्यिक और सांस्कृतिक आदान-प्रदान बहुत ही कम है, शायद फ़िल्मों तक ही सीमित हो गया है।

उर्दू और हिन्दी की आपसी दूरी के लिए मैं उर्दू अदीबों और बुद्धिजीवियों को दोष अधिक देता हूँ क्योंकि उनमें से अधिकतर हिन्दी को अपना दुश्मन मानते हैं—हकीर दुश्मन! वे हिन्दी के शब्दों से परहेज़ करते हैं। इन्तज़ार हुसैन के अलावा कोई अफ़सानानिगार शायद ही हिन्दी का कोई शब्द अपनी रचनाओं में घुसने देता हो। इसके नतीजे के तौर पर पाकिस्तानी उर्दू बोलचाल की भाषा से हिन्दी की अपेक्षा और ज़्यादा दूर चली गयी है। यह दूरी भारतीय उर्दू में भी देखी जा सकती है।

ख़ैर! मैं अपने ही अनुभव की बात करूँ तो मैंने शुरू उर्दू से किया, उर्दू और फ़ारसी से। संस्कृत मुझे नहीं आती। काश कि आती! तब मेरी हिन्दी और भी समृद्ध हो जाती, जैसे कि अब फ़ारसी, अरबी, पंजाबी और कभी-कभी अँग्रेज़ी से होती रहती है।

मेरी पहली कहानी दिल्ली में प्रकाशित होने वाली उर्दू पत्रिका 'शाहरा' में 'काका' के उनवान से प्रकाशित हुई थी। दो तीन कहानियाँ कराची में प्रकाशित उर्दू रिसाले 'मशरब' में छपी थीं। उन दिनों विभाजन में हुई लूट-मार और तबाही-बर्बादी और बरबरियत के बावजूद उधर और इधर के अदीबों के दिलों में उतनी दूरी नहीं थी जितनी अब है।

अब उस दूरी का शिकार मुझ जैसे उदार लेखक भी हुए जा रहे हैं।

पुराने उर्दू उस्तादों में मैं राजिन्दर सिंह बेदी, इस्मत चुग़ताई, अहमद नदीम कासमी, अख़्तर हुसैन रायपुरी, कन्हैया लाल कपूर, अहमद शाह बुखारी (पतरस), सआदत हसन मण्टो, मुमताज़ मुफ़्ती, इकबाल, प्रेमचन्द, फ़िक्र तौंसवी, हंसराज रहबर, अली सरदार जाफ़री, शमसुर्रहमान फ़ारूकी,

अख़्तरूलईमान और कई नाम इस वक़्त भूले हुए हैं) ले सकता हूँ जिन्हें मैं अब भी अवसर मिले तो शौक़ से पढ़ता हूँ। लेकिन अवसर अधिक नहीं मिलते।

जब भारत में होता हूँ तब भी नहीं मिलते। लेकिन एक नाम लिए बग़ैर मैं नहीं रहूँगा—नय्यर मसूद, जिन्हें उनकी उर्दू किताबों के अभाव में मैं अँग्रेज़ी अनुवाद में पढ़ रहा हूँ और झूम रहा हूँ। वह अनुवाद है नय्यर मसूद की 'कलेक्टेड स्टोरीज'। मुहम्मद उमर मेमन के सम्पादन और अनुवाद में, जो मेरे प्रकाशक पेंगुइन-रैंडम हाउस, इण्डिया ने प्रकाशित की है और मुझे भेजी है।

अगर तुमने नय्यर मसूद को नहीं पढ़ा तो इसे ज़रूर पढ़ो।

अन्त में मैं यही आशा व्यक्त कर सकता हूँ कि भारत और पाकिस्तान में खुला आना-जाना शुरू हो जाय, न सिर्फ़ लेखकों और कलाकारों का बल्कि आम लोगों का, ताकि मैं अपनी उम्र को नज़रंदाज़ कर लाहौर, रावलपिण्डी, डेरा बख़्शियाँ और डिंगा जा सकूँ, जहाँ मैं विभाजन तक जाता-आता रहा।

> आपने अपने उपन्यासों को अनुपन्यास भी कहा है। इसका सीधा आशय यह है कि आपकी नज़र में वे कुछ या बहुत भिन्न है। साथ ही आपका हमेशा से ही ज़ोर साहित्य लेखन में नये नये प्रयोग करने का रहा है। साहित्य लेखन में प्रयोग क्यों किये जाना चाहिए? आपने निरन्तर ऐसा क्यों किया और यही नहीं, अपने साहित्य की सहज स्वीकृति की क़ीमत पर किया है?

तुम्हारे इस सवाल में अनेक छोटे-बड़े सवाल निहित या छिपे-बैठे नज़र आते हैं; वे इस बात-चीत के दौरान अपने आप फूट कर हम दोनों को चकित कर सकते हैं और हम दोनों या हम दोनों में से कोई एक उन्हें उठा भी सकता है। फ़िलहाल मैं इन दोनों सम्भावनाओं को भूल इस सवाल का जवाब देने की कोशिश करूँगा।

सब से पहले 'अनुपन्यास' का इस्तेमाल मैंने अपने एक उपन्यास के उपशीर्षक में चुप-चाप कर दिया था—मैं 'काला कोलाज' और उसके उपशीर्षक 'एक अनुपन्यास' की बात कर रहा हूँ। मेरे उस दुस्साहस पर

कुछ प्रतिक्रियाएँ भी हुई थीं जिन का उल्लेख मैं यहाँ करना अनुचित समझता हूँ।

फिर इसी शब्द को मैंने अपने अगले उपन्यास, 'माया लोक' की छोटी-सी भूमिका, 'उपन्यास की सुषुप्त सम्भावनाएँ', में इस्तेमाल किया था। यहाँ मैं अपनी उस भूमिका के अन्तिम पैरे को उद्धरित करने की धृष्टता कर रहा हूँ :

> वास्तविकता तो यह है कि अनुपन्यास उपन्यास में निहित है, उपन्यास की ही एक सम्भावना है, उपन्यास के उन वैकल्पिक रूपों का सामूहिक नाम हो सकता है जिन्हें कुछ लोग दुराग्रह-वश उपन्यास की परिभाषाओं और उपन्यास के परिसर से बाहर रखना चाहते हैं। अनुपन्यास उपन्यास की ही सुषुप्त या अदृश्य सम्भावनाओं को एक स्वरूप देता है। अनुपन्यास उपन्यास से इन्कार नहीं, उसका विस्तार है। जब तक उपन्यास है, तब तक अनुपन्यास भी रहेगा—यह आश्वासन हमें उपन्यास के इतिहास से मिलता है।

उपन्यास में ही नहीं मैंने अपनी कहानियों में भी नवाचारी रुख़ अपनाया है। और मैं समझता हूँ कि मेरा पहला उपन्यास, 'उसका बचपन' और मेरी पहली प्रकाशित कहानी 'बीच का दरवाज़ा' भी किसी हद तक प्रयोगात्मक थे। उनमें भी मैंने यथार्थवादी बिखराव और फ़र्नीचर से परहेज़ किया था।

उनमें भी कहानी पर ज़ोर कम था और कहने के अन्दाज़ पर ज़्यादा। 'उसका बचपन' के बरसों बाद मैंने 'बिमल उर्फ़ जाएँ तो जाएँ कहाँ' लिखा। उसमें एक महान प्रयुक्त प्रयोग, 'आन्तरिक एकालाप' (Interior Monologue), का अपने नाकिस तरीक़े से इस्तेमाल करने की जुर्रत की, और उसके बाद मैंने हर उपन्यास में कोई नया प्रयोग करने का प्रयास किया।

जिस तरह कुछ लेखक बने बनाये रास्ते पर चलने में ही अपनी महारत दिखाने की कोशिश करते हैं, कुछ लेखक अपने पथ की खोज करते रहते हैं और अपने रास्ते को ख़ुद खोजने की ही नहीं खोदने की कोशिशों में अपनी साहित्यिक उम्र बिता देते हैं। मैं पूरी विनम्रता से यह दावा करना चाहता हूँ कि मैं दूसरी श्रेणी में आता हूँ।

जिस सहज स्वीकृति की क़ीमत का तुमने ज़िक्र किया है, उसे मैंने सहजता से चुकाया है। ऐसे प्रयोग साहित्य की कला के लिए उतने ही ज़रूरी हैं,

जितने दूसरी कलाओं के लिए।

बेशक साहित्य में दूसरी कलाओं की ही तरह प्रगति नहीं होती लेकिन इसका यह मतलब हरगिज़ नहीं होता कि साहित्य या किसी अन्य कला का रंग-ढंग एक ही ढर्रे पर चलता रहता है।

रही बात क़ीमत की, वह तो किसी न किसी सूरत में हर अच्छे कलाकार को चुकानी पड़ती है; जो कलाकार उसे चुकाने से परहेज़ करते हैं उन्हें कोई और काम या धन्धा अपनाना चाहिये था।

> मैं यह समझने की कोशिश कर रहा हूँ कि कोई भी लेखक कैसा भी प्रयोग—चाहे अधिक हो या न्यून—करता ही क्यों है? ज़ाहिर है इसके पीछे कोई अधिक गहरा कारण होता है।

ज़रूर होता है बल्कि मैं तो कहूँगा ज़रूर होते हैं, क्योंकि ज़रूरी नहीं कि इसके पीछे कोई एक ही अधिक गहरा कारण हो, कई अधिक गहरे कारण क्यों नहीं हो सकते? कुछ कारण तो उस समय और स्थान के बौद्धिक, सांस्कृतिक, नैतिक, राजनीतिक, और भौगोलिक वायुमण्डल से सम्बद्ध हो सकते हैं जिनमें वह जी और लिख रहा होता है; और कुछ उसके अपने व्यक्तित्व और चरित्र की गहराइयों से, भले ही हम यह स्वीकार कर के चलें कि किसी भी लेखक के व्यक्तित्व को उसके समय और स्थान से अलग कर के देखा नहीं जा सकता, फिर भी उस समय और स्थान में जीने और लिखने वाले सब लेखक एक-से नहीं होते, एक-सा नहीं लिखते, एक-से प्रयास और प्रयोग नहीं करते।

ज़ाहिर है कि वैसी हमगीर खोज न मेरे बस की बात है न तुम्हारे; हम दोनों अपनी यह सीमा स्वीकार कर के ही यह बातचीत जारी रख सकते हैं। अन्ततः मैं तुम्हें वही बता सकता हूँ जो मैंने ख़ुद अनुभव किया है।

मैंने अपने काम में जो प्रयोग किये हैं वे अपने समेत अपने समय और स्थान के लेखकों के काम से गहरे असन्तोष के कारण ही किये हैं। यह बात अलग है कि कुछ प्रयोग मैंने किये नहीं, वे मुझ से हो गये हैं, होते रहे हैं। अपने सब प्रयोगों पर नज़र डालूँ तो उनमें से कुछ मुझे पसन्द हैं, कुछ नापसन्द; कुछ को मैं उत्तम मानता हूँ, कुछ को नाकिस, और कुछ ऐसे भी हैं जिन्हें मैं नगण्य मानता हूँ। मेरी राय ग़लत तो हो सकती है

लेकिन वह कृति विशेष के दूसरों यानि पाठकों और आलोचकों–समीक्षकों के खण्डन–मण्डन से प्रभावित नहीं हुई, कभी भी।

अपने प्रयोगों का स्रोत या उत्स मैं अपने भीतर के अँधेरे की कलात्मक माँगों को ही मानता हूँ, कोई और माने न माने।

मुझे यह गुमान हरगिज़ नहीं कि मेरा कोई भी प्रयोग युगप्रवर्तक है; मुझे यह गुमान ज़रूर है कि मेरे कुछ प्रयोग सार्थक हैं। उन प्रयोगों के ही सामूहिक प्रभाव के कारण मैं अपने लिखे को कभी–कभी पढ़ लेने पर क़द्रे ख़ुश हो जाता हूँ और मुझे उस से शर्म नहीं आती। और उन्हीं के बूते मैं कह सकता हूँ कि मुझ पर किसी की अवहेलना या प्रशंसा का अब कोई असर नहीं होता क्योंकि मुझे इतना आत्मविश्वास अब हो चुका है, तमाम संशयों के बीच और बावजूद, कि मेरे काम में कुछ ऐसा है जो अन्यत्र नहीं है। बेशक कभी–कभी यह शक मुझे परेशान कर जाता है : कहीं मैं अँधेरे में सीटी तो नहीं बजा रहा!

इस जवाब को लिखते समय मैं इतना स्व–सीमित और स्व–केन्द्रित हो जाऊँगा, यह ख़तरा मुझे नहीं था। अगर होता तो मैंने उसे टालने का कोई जतन किया होता।

तुम मेरे जवाब में जो दोष निकालोगे मैं उनका जवाब दे सकूँगा, या तुम्हारे आरोप को कबूल कर सकूँगा।

> आपके जवाब में दोष खोजने की मैं कोशिश करूँ, ऐसा मेरा इरादा कतई नहीं। न ऐसी मेरी सामर्थ्य। मैं सिर्फ़ कुछ जोड़ने का प्रयत्न कर रहा हूँ। शायद दूसरे शब्दों में वही कह रहा होऊँगा जो आपने कहा है। हम पहले एक भोला–सा सवाल पूछें : लेखक या कलाकार कोई होता ही क्यों है? ख़ास कर हमारे समय में जहाँ ऐसा निर्णय कुछ कुछ मूर्खतापूर्ण ही माना जाता है। फिर लोग इस तरह के रास्तों पर चलने से बाज़ क्यों नहीं आते। आख़िर क्यों? ग़लत होगा पर मेरा ख़्याल है कि यह इसलिए होता है क्योंकि लेखक वह हैं जिसे इस बात का अहसास है कि उसका सौन्दर्य बोध और इसलिए उसका नैतिक–बोध और इसलिए उसका सत्य का अनुभव अन्यों से अलग है। अलग सबका होता

है पर लेखक/कलाकार ही वह शख़्स है जिस को यह चेतना रहती है कि वह थोड़ा-सा ही पर सही पर अन्यों से अलग है। इस चेतना से आविष्ट होकर वह अपनी सौन्दर्यानुभूति और नैतिक दृष्टि और सत्य के अपने अनुभव को रूप देने के रास्ते खोजता है। कुछ दूर जाने पर ही उसे यह अहसास हो जाता है कि उसके सत्य को रूप दे सके, ऐसा कोई बना बनाया रास्ता कहीं है ही नहीं।

तब वह अपना रास्ता स्वयं रचने में डूब जाता है और शायद यहाँ से ही उसके लेखन में प्रयोगों का सिलसिला शुरू हो जाता है। कुछ लेखक इस खोज को पूरी दूरी तक ले जाने के पहले ही किसी पहले से उपलब्ध शैली के आगे अपने सत्य/सौन्दर्य-बोध/नैतिक दृष्टि का आत्मसमर्पण कर देते हैं और प्रयोग करने का जोख़िम नहीं उठाते और तब वे अपने सत्य को रूप देने से चूक जाते हैं। उन्हें लेखक की जगह 'लगभग लेखक' या ऐसा ही कुछ कहना बेहतर है।

प्रयोग भी कई तरह के होते हैं : कई लेखक उपलब्ध शैलियों के भीतर ही किसी सूक्ष्म स्तर पर प्रयोग करते हैं, कई सूक्ष्म और स्थूल दोनों ही स्तरों पर। पर ऐसा कोई सर्जक मेरी कल्पना से बाहर है जो प्रयोग न करता हो।

जवाब जुटाने की उतावली में मुझ से ग़लत शब्द-प्रयोग हो गया, जिसके लिए क्षमा माँगते हुए भी मुझे संकोच हो रहा है लेकिन तुम्हारे इज़ाफे से मेरी सम्पूर्ण सहमति है। उसमें एक छोटा-सा संशोधन मैं सुझा रहा हूँ : कई लेखक/कलाकार विरसे में प्राप्त किसी प्रयोग या परम्परा के ही निखार-सँवार को ही गहराने का महत्त्वपूर्ण काम इस ख़ूबी से सरंजाम देते हैं कि वह एक नये प्रयोग की पदवी पा जाता है। लेकिन कुछ मूर्धन्य परम्परा की असीम सीमाओं में रहते हुए भी प्रयोगधर्मी और नवाचारी नज़र आते हैं, और उनके ऐसे नज़र आने पर मुझे कोई एतराज़ नहीं। प्रयोग के रूप अनेक हैं; पर ऐसे कई लेखक/सर्जक मेरी नज़र और कल्पना में हैं जिन्होंने कोई उल्लेखनीय प्रयोग नहीं किया लेकिन उन के काम की मैं क़द्र करता हूँ।

तुम्हारे 'भोले से सवाल' ने मुझे चौंका दिया और मुझे लगा कि वह सवाल

मेरे ज़हन में भी उठा था लेकिन मैंने उसे बिठा दिया, यह सोच कर कि ऐसा करने से मुझे तुम्हारे सवाल का जवाब देने में आसानी होगी। आसानी तो हुई लेकिन मेरे जवाब का अधूरापन तुम्हारे जवाब से आलोकित हुआ। हमारी भाषाओं में 'लगभग' लेखकों की संख्या कुछ ज़्यादा ही है, या मुझ निर्लज्ज प्रयोग-प्रेमी को ज़्यादा ही लगती है।

> आप अपनी पीढ़ी के कई अन्य लेखकों की तरह कभी भी सीधे सीधे राजनीति से नहीं जुड़े, न भारत में और न अमरीका में। कम से कम आपकी जवानी के दिनों में राजनीति ने अपनी सारी विश्वसनीयता नहीं खोयी थी (जैसी अब खो चुकी है) तब भी आप उससे दूर ही रहे आये। ऐसा क्यों हुआ होगा ? आज आपका वह रास्ता ठीक लगता है पर तब यह बिरला ही रहा होगा। आपके लिए उन दिनों, याने १९४० से १९५०/५५ तक महात्मा गाँधी की उपस्थिति के क्या मायने थे ?

जवानी के दिनों में भी मैं जवान नहीं था। हार्डी के किसी उपन्यास में एक उदास बच्चा है जिसे लेखक Father Time का उपनाम दे कर उसकी उदासी को अपने पाठकों की स्मृति में अंकित कर देता है। जब मैं विभाजन के बाद १९४८ में दिल्ली के कैंप कॉलेज के तम्बू हॉस्टल में रह कर एम.ए. (अँग्रेज़ी) पूरा कर रहा था तो लाहौर के एक उस्ताद दोस्त और उर्दू के व्यंग्यकार कन्हैया लाल कपूर, जिनका ज़िक्र इस बातचीत में पहले भी कर चुका हूँ, ने मुझे अपनी एक नयी किताब भेजी जिसका समर्पण-वाक्य यह था : In memory of those sad bad and mad days of Lahore to K.B. Vaid who died before he was born.

इस समर्पण से तुम अनुमान लगा सकते हो मेरी जवानी के दिनों का। उस तंगदस्ती के दौर में भी मैं लिखने की कोशिश कर रहा था, यही ग़नीमत है, राजनीति से जुड़ने की चिन्ता किसे थी। जालन्धर से दिल्ली आ जाने के बाद, जिस दौर के दिनों का ख़ाका मैंने बरसों बाद लिखे अपने उपन्यास 'बिमल उर्फ़ जाएँ तो जाएँ कहाँ' में खींचा, उसमें मेरी अपनी राजनीति और राजनीति का मज़ाक़ उड़ाने की कोशिश भी है, और उसमें अपनी भूमिका की तस्वीर की भी और तस्वीर खींचने की अपनी कोशिश की भी। मेरी उस वक़्त की राजनीति जैसी भी थी वाम-पन्थी थी। और

उसमें मेरी भूमिका हमसफ़र की-सी थी। उन्हीं दिनों मैंने अपने दोस्त धर्म नारायण के सामने एक दिन यह ख़्वाहिश भी रक्खी थी : धर्मू, मैं पार्टी का मेम्बर बन जाना चाहता हूँ। और धर्मू कई दिनों तक मेरी इस ख़्वाहिश का मज़ाक़ उड़ाता रहा था। उस मज़ाक़ के नमूने भी शायद 'बिमल उर्फ़' में हैं।

महात्मा गाँधी की उपस्थिति के मायने भी मेरी नज़र में वही थे जो एक वामपन्थी हसफ़र के हो सकते थे। उसके पहले के दौर में जब मैं कांग्रेसी हमसफ़र था और डिंगा के एक हाई स्कूल में पढ़ रहा था और बाद में गर्मियों की छुट्टियाँ बिताने डिंगा जाया करता था तो कांग्रेसी नेता सरदार हकुमत सिंह लाम्बा की जोशीली तकरीरें बड़े शौक़ और उत्साह से सुना करता था। उस की झलक मेरे उपन्यास 'गुज़रा हुआ ज़माना' में है।

यह तस्वीर उन दिनों की मेरी राजनीति की है और राजनीति में मेरी हिस्सेदारी की भी। यह बहुत आधी-अधूरी अगर है तो ठीक ही है क्योंकि मेरी भागीदारी भी आधी-अधूरी ही थी।

> आपको जो भी थोड़े क़रीब से जानता है, वह यह देखे बिना नहीं रह सकता कि आप बेहद बेचैन व्यक्ति हैं। और आप उतने ही हँसमुख भी है। इस सब के बीच आपके चैन के कौन से क्षण रहे हैं। क्या आपको कोई ऐसा कोई समय याद आता है जब आप बिल्कुल शान्त रहे। बेचैनी कुछ दूर चली गयी। जब आपको कहीं जाने या कुछ करने की हड़बड़ी नहीं थी।

सच बोलते हो, झूठ की आदत नहीं तुम्हें।

मेरी बेचैनी ने शायद मेरे जनम के साथ ही जनम लिया था या मेरी घुट्टी में ही कोई ऐसी चीज़ मिला दी गयी थी ताकि मैं जीवन भर बेचैन रहूँ और हँसमुख भी। इस सबके बीच चैन के असंख्य क्षण आते-जाते रहे—दोस्तों की सत-संगत में, बचपन में कभी-कभी परिवार के साथ आरती— ? जय जगदीश हरे—करते हुए, बाद के दिनों में कुछ पढ़ते हुए,और बाद की उम्र में कुछ लिखते हुए या लिख लेने के बाद उसके प्रकाशन पर उसे पढ़ते हुए, निपट एकान्त में, किसी पहाड़ी मुकाम पर रात के तारों जड़े आकाश को देखते हुए, स्वदेश-विदेश की किसी कलादीर्घा, कला-प्रदर्शनी, या

कला-संग्रहालय में किसी कलाकृति में डूबते हुए, किसी संगीतसभा में किसी आवाज़ या तान को सुनते या किसी नृत्य को देखते हुए, कभी-कभी किसी फ़िल्म को अकेले भोगते हुए, कभी किसी याद या यन्त्रणा को लौटाते या 'लूटते' हुए।

चैन के लम्बे दौर या दौरे मुझे कम ही नसीब हुए।

एक बार, सिर्फ़ एक ही बार, शुचीन्द्रम के एक मन्दिर में मूर्ति-स्नान के समय चम्पा के साथ खड़े नादस्वरम सुनते हुए और मूर्तियों को नहाते-नहलाते पुजारियों को देखते हुए मुझ नास्तिक को एक ऐसा अनुपम अनुभव हुआ था और मेरी आँखों से अनायास अश्रुधारा बहना शुरू हो गयी थी और मैंने उसे अपना वाहिद आध्यात्मिक अनुभव मान लिया था—उस अनूठे क्षण के चैन के लिए मेरे मन में एक अलग दर्जा है। यह अनुभव मुझे १९८१ के भारत दर्शन के दौरान हुआ था।

> क्या आपको कभी ऐसा लगा कि आप लेखन के अलावा भी कोई राह ले सकते थे मसलन् आप विज्ञान में डूब सकते थे या सिनेमा बना सकते थे या लेखन में ही हिन्दी की जगह अँग्रेज़ी में लिख सकते थे? या ऐसे समुद्री यात्री हो सकते थे जो पूरी ज़िन्दगी एक जगह से दूसरी पर जाते हुए गुज़ार देता? साहित्य में अपना सारा जीवन बिता देने में ऐसी क्या ख़ास बात रही जो कहीं और आपको नहीं मिल पाती?

जवाब तुम्हारे पहले सवाल का : यह सवाल तुम पहले भी पूछ चुके हो; हाँ, पहले तुम्हारे सवाल का सन्दर्भ सीमित था—वैकल्पिक रास्ता अँग्रेज़ी का ही था तुम्हारे उस सवाल में। अबके सवाल में वैकल्पिक रास्ते अनेक हैं—यह सवाल खुला है इसलिए मेरा जवाब भी खुला होगा।

सच बता रहा हूँ कि मुझे कभी भी, मेरे कठिन से कठिन समय में भी, ऐसा नहीं लगा कि मैं लिखने के लिए, लिखते रहने के लिए, अँग्रेज़ी पढ़ाने के काम के अलावा कोई और काम कर सकता था। शायद ही मुझे किसी और काम से जीवन भर वह सुख और सुखदायक दुःख मिलता जो हिन्दी में लिखने से मिलता रहा।

मैंने कभी यह नहीं सोचा कि काश मैं अँग्रेज़ी में लिखता या लिख सकता। मैंने हिन्दी में किये गये अपने बहुत से काम का अँग्रेज़ी में अनुवाद तो किया, अँग्रेज़ी में एक आलोचनात्मक पुस्तक भी लिखी जो हार्वर्ड यूनिवर्सिटी प्रेस से प्रकाशित भी हुई, अँग्रेज़ी में अनेक लेख भी लिखे लेकिन उपन्यास या कहानी या नाटक एक भी अँग्रेज़ी में नहीं लिखा। बल्कि मैं उन इने-गिने लेखकों में हूँ जो अनन्तमूर्ति की तरह किसी भी भारतीय भाषा में लिखने को एक भारतीय लेखक का नैतिक धर्म मानते हैं। अभी तक मेरे इरादे में ऐसी कोई डगमगाहट नहीं आयी थी। लिखने के अलावा मैं किसी और काम के काबिल भी शायद नहीं था, इसीलिए शायद मेरे मन में वैसी कोई उमंग भी नहीं उठी, उठ खड़ी होती या किसी कसक के रूप में ही सही उठती रहती अगर मुझे अपने परिवार-पालन के लिए जीविका कमाने की मजबूरी न होती और मेरे पास विरसे में मिली सम्पत्ति होती और मैं किसी अमीर घराने में पैदा हुआ होता।

कभी-कभी यह ख़्याल ज़रूर आता-जाता रहा कि काश मैं यह सब संघर्ष त्याग कर रमता जोगी बन जाऊँ और गुमनाम ज़िन्दगी गुज़ार दूँ अमरीकी लेखक हॉथर्न की एक अलिखित कहानी के नायक की तरह जो अपने घर से ग़ायब हो जाता है और भेस बदल कर अपने घर के पड़ोस में ही चुपचाप अपनी सारी ज़िन्दगी गुज़ार देता है। लेकिन हॉथर्न ने इस कहानी का ख़्याल ही अपनी एक डायरी में दर्ज किया, कहानी नहीं लिखी। अगर उसने कहानी भी लिख दी होती तो उस कहानी का शीर्षक वेकफील्ड होता, लेखक की डायरी के अनुसार।

> मैं आज आपसे ऐसा सवाल पूछने वाला हूँ जिसे पढ़कर आप मुझे पीटना भी चाह सकते या हँस सकते हैं। पर पता नहीं क्यों मैं आपसे वह पूछना चाहता हूँ क्योंकि इन दिनों अनेक लेखकों को इसका सामना करना पड़ता है : आपके लिखने का क्या प्रयोजन है? आप, ज़ाहिर है, इसे बचकाना मान कर टाल भी सकते हैं।
>
> आप हमारी इस लम्बी बातचीत में कुछ जगहों पर परोक्ष रूप से इस सवाल के जवाब की ओर बढ़ चुके हैं। पर एक कलाकार के लिए अपने काम के प्रयोजन हमेशा एक से नहीं होते। वे बदलते रह सकते हैं। क्या ऐसा कुछ आपके साथ भी कुछ हद तक हुआ है?

मैं तुम्हें या तुम्हारे सवाल को पीटने के लिए कमरबस्ता हो ही रहा था कि हँसते हुए दिवंगत दया कृष्ण प्रगट हो गये—वे अक्सर हेमन्त शेष सम्पादित पत्रिका के नाम 'कला प्रयोजन' का मज़ाक़ उड़ाया करते थे। चूँकि साहित्य को भी मैं कला ही मानता हूँ, इसलिए मुझे भी उनके साथ मिल कर हँसने में एक ख़ास मज़ा आता था; तुम्हारे इस सवाल पर भी आ रहा है। शायद तुमने मेरी पराजित मनःस्थिति को बदलने या बहलाने के लिए ही यह सवाल उठाया हो।

मुझे हमारी लम्बी बातचीत को फिर से खोजना पड़ेगा यह पकड़ने के लिए कि मैं कहाँ कहाँ परोक्ष रूप से इस सवाल के जवाब की ओर बढ़ रहा हूँ। लेकिन मेरे लेखन का पूर्वनिश्चित कोई उद्देश्य नहीं होता। अगर कोई और उस में ऐसा ढूँढ निकाले तो मैं उसकी निगाह की तारीफ़ ही कर सकता हूँ।

मेरे लेखन के प्रयोजन बदले तो नहीं लेकिन वह समय के साथ और सूक्ष्म, और बारीक़, और कलात्मक, और गहरे ज़रूर होते गये हैं; वे शून्य की तलाश में लगे दिखायी देते हैं।

> आप डायरी कब से लिख रहे हैं। कब कब आपको डायरी लिखने की ज़रूरत लगती है? मेरा ख़्याल है आपकी जितनी डायरियाँ भारतीय साहित्य में शायद ही किसी लेखक ने लिखी हों।

मैं डायरी, विभाजन से पहले, कॉलेज के दिनों से लिख रहा हूँ। शुरू-शुरू में मैं उसे उर्दू में लिखता था। कभी-कभी उसे दुबारा पढ़ने पर फाड़-फूड़ भी देता था, क्योंकि वह मझे बचकाना लगती थी। लेकिन जैसे-जैसे मैं बड़ा होता गया वैसे-वैसे मेरी डायरी में भी मुझे पुख़्तगी और गहराई दिखने लगी हत्ताकि विभाजन से फ़ौरन पहले गर्मियों की छुट्टियों में जब मैं डिंगा के माहौल को बिगड़ता हुआ देख और महसूस कर रहा था तो मैंने अपनी डायरी में उसका विश्लेषण करना शुरू कर दिया। वह डायरी, जब डिंगा में मारकाट शुरू हुई और हम मिस्त्री गुलाम अली की पनाह में जा छिपे, हमारे घर में ही छूट गयी—हमारा घर जिसमें मेरे एक मुसलमान सहपाठी का परिवार रहता था। उस परिवार में लाहौर की एक नव-विवाहिता दुल्हन भी थी जिस से मेरी ख़ुफ़िया आशनाई का हाल भी उस

डायरी में दर्ज था। उसका नाम हफ़ीज़ा था।

आज तक जब कभी मैं उस डायरी के बारे में सोचता हूँ तो डर जाता हूँ यह सोच कर कि अगर हमारे मुसलमान पड़ोसियों में से किसी ने उस डायरी को पढ़ लिया होगा तो...

विभाजन के बाद इधर विभक्त भारत में आ जाने पर मैं बाकायदा लिखने लगा —वैसे भी और डायरी भी। डायरी को मैं बीच बीच में फाड़ता भी रहा इसलिए उसमें असंख्य गैप्स हैं लेकिन अब तक उस आदत या ऐब का मैं बेकायदा बाकायदगी से पालन कर रहा हूँ।

तुमने देखा होगा कि मेरी प्रकाशित और स्वसम्पादित डायरियों में बहुत कुछ है और बहुत कुछ नहीं है। मेरे जीवन की जटिलता अधिक है, जिसका मैं विश्लेषण करता रहता हूँ, उसकी सफलताएँ अधिक नहीं, विफलताओं का बयान मैं तटस्थ रह कर करने का प्रयास करता रहता हूँ।

बहरहाल, मेरी कोशिश यह होती है कि मैं पूरी और सच्ची ईमानदारी से सब कुछ को देखूँ और परखूँ और बयान करता रहूँ, विडम्बना-मिश्रित तटस्थता से।

> आपकी डायरियाँ पढ़कर ऐसा नहीं लगता कि ये किसी भी तरह से आपके दूसरे लेखन की कच्ची सामग्री हों जैसा कि कुछ लेखकों के साथ साफ़-साफ़ नज़र आता है। आप अपनी डायरियों को अपने दूसरे लेखन से कैसे अलग करते हैं। मैं यह कह दूँ कि इनमें भी कथा और चरित्र बनते रहते हैं पर वे आपके उपन्यास लेखन में बनते कथा और चरित्रों से बिल्कुल अलग तरह के हैं। क्या डायरियों में आप एक ऐसी वास्तविकता को चित्रित करते हैं जो आपके उपन्यासों तक आते हुए पूरी तरह रूपान्तरित हो जाती है या विस्थापित।

मेरी डायरी की किस्तों या ज़िल्दों को दुबारा पढ़ते हुए मुझे भी कभी-कभी यह महसूस होता है कि मैं एक लम्बा अन्तहीन उपन्यास ही या भी लिख और पढ़ रहा हूँ जिसका केन्द्रीय पात्र मैं ख़ुद हूँ जिसके इर्द-गिर्द उसका परिवार है, उसके दोस्त हैं, उनके जटिल जीवन हैं, संघर्ष है, उस संघर्ष में उलझा हुआ मैं हूँ, मेरी बनती-बिगड़ती-बदलती लगन है लेकिन इस

लम्बे अन्तहीन उपन्यास को रचते हुए मैं अक्सर यह भूल जाता हूँ कि मैं एक उपन्यास ही या भी लिख रहा हूँ और यही भूल जाना इसकी विशेषता या ऐसी ख़ूबी है जो इसे मेरे दूसरे उपन्यासों से अलग करती या रखती है गोया इसमें या इसके द्वारा भी मैं कोई नया प्रयोग ही या भी कर रहा हूँ।

कभी-कभी मैं इस प्रयोग से तंग भी आ जाता हूँ और यह तंगी भी मेरा एक विषय बन जाता है; इस तंगी की विशिष्टता यह है कि यह मेरी दूसरी तंगियों की तरह मुझे तंग नहीं करती बल्कि (या जैसे राम कुमार इस शब्द को बदल कर अक्सर कहते हैं 'बल्कि') मुझे एक तीख़ा-सा लुत्फ़ भी देती रहती है।

और शायद यही मेरी डायरी की जान या पहचान हो।

तुम्हारे पिछले सवाल के एक अंश को अपने जवाब में मैंने नहीं समेटा था : कब-कब आपको डायरी लिखने की ज़रूरत महसूस होती है?

डायरी लिखना मेरे लिए ज़रूरी हो जाता है जब जब मेरे असली काम में मेरी आस्था डगमगाती महसूस होती है यानि कि मेरे लेखन में मेरी आस्था। या जब जब मैं कोई उपन्यास या कहानी या अब नाटक लिखते-लिखते मैं किसी मुकाम पर रुक जाता हूँ। वैसे मैं हमेशा डायरी में अपने बखिये उधेड़ता रहता हूँ, अपने आपको पीटता और कोसता रहता हूँ, अपनी गवाही तलब करता रहता हूँ, अपने अन्दरूनी अँधेरे में डूबा रहता हूँ, अपनी गुत्थियाँ सुलझाने की कोशिशें करता रहता हूँ, अपने शशोपंज में फँसा रहता हूँ। यही आत्मानुशीलन मुझे डायरी लिखने और लिखते रहने पर विवश करता है।

> आपके नाटक अलग तरह के हैं। उनमें वाचिक का प्राधान्य है। शब्द ही नाटक में हरकत पैदा करते हैं। इनमें अभिनेताओं से कहीं अधिक अभिनय भाषा करती है। अन्य गतियाँ भी बहुत नहीं हैं। आपकी कल्पना में नाटक किस तरह आते हैं?

तुम्हारे इस सवाल में मेरे ७५वें जन्मदिन पर आयोजित त्रिवेणी में हुई एक सभा में पढ़े गये तुम्हारे एक आलेख, 'भाषा का नृत्य', की मधुर गूँज सुनायी दे रही है। उस आलेख में तुमने पहली बार मेरे काम में भाषा के केन्द्रीय महत्त्व को एक अतिसुन्दर रूपक के रूप में पेश किया था, जिस

से मुझे एक विशिष्ट सन्तोष मिला था, जो भाषा से मेरे 'खिलवाड़' या उसके 'शरारती खिलन्दड़े अन्दाज़' से पूरी तरह व्यक्त नहीं होता था।

मेरे नाटकों में भी मेरी भाषा और शैली का केन्द्रीय स्थान है जो मेरी भाषा को मेरे नाटकों में मुख्य अभिनेता बना देती है जिसके अभिनय में नृत्य की-सी कलात्मक गहराई है।

रहा रहस्य उनके मेरी कल्पना में आने का तो वे भी मेरी कहानियों और उपन्यासों की तरह मेरी कल्पना के अनेक चोर दरवाज़ों और खिड़कियों से घुस आते हैं—और कई बार किसी दीवार में सेंध लगा कर भी या किसी बन्द दरवाज़े या खिड़की को तोड़-फोड़ कर भी चले आते हैं। उनकी प्रयोगशाला भी मेरी कष्टकर जवानी के दिनों में, जब मुझे रोज़ी कमाने के लिए कई पापड़ बेलने पड़ते थे और 'आकाशवाणी' के लिए नाटक या नाटक-नुमा 'झलकियाँ' लिखने की मजबूरी से गुज़रना पड़ता था, ही बन गयी होगी।

> आपके नाटकों का निर्देशन कई रंगकर्मी कर चुके हैं। आपको उनमें कौन सबसे बेहतर लगा और क्यों ? क्या आपके नाटकों के प्रदर्शन में आपको कभी कुछ ऐसा भी नज़र आया जो आपने उसे लिखते समय सोचा नहीं था, कुछ बिल्कुल नया जिसे अभिनेता या प्रकाश व्यवस्था या कोई रंग विन्यास अचानक सामने ले आया हो ?

मैंने सिर्फ़ राम गोपाल बजाज के निर्देशन में 'भूख आग है' का मंचन देखा है। अन्य नाटकों के मंचन की मुझे सूचना और अनुमति ई-मेल पत्र से मुझे यहाँ मिलती रही है—'हमारी बुढ़िया', 'सवाल और स्वप्न', 'अन्त का उजाला', 'मोनालिज़ा की मुस्कान', 'पार्क के पीर' की, मुझे याद है। लेकिन तब मैं यहाँ था।

'भूख आग है' का मंचन मैंने दिल्ली में कई बार देखा था। तमाम कमियों और दोषों के बावजूद मुझे बुनियादी तौर पर वह मंचन पसन्द आया था। और उसमें एक नया प्रयोग भी किया गया था, निर्देशक की ओर से : भूख का एक मुजस्समा एक कंकाल के रूप में दिखाया गया था, जब जामिया मस्जिद के भिखारियों को वे लोग घर ले आते हैं।

अन्य नाटकों के मंचन की मुझ से अनुमति लेते हुए कई युवा निर्देशकों ने मुझे यह वचन तो सहर्ष दे दिया था कि वे मंचन के बाद उसका एक पूरा विडियो भेज देंगे लेकिन इस वचन का पालन किसी ने नहीं किया था। मैंने भी उन लोगों का पीछा नहीं किया था।

कोई भी लेखक कहीं भी किसी निर्देशक के मंचन से सौ प्रतिशत सन्तुष्ट नहीं होता। मैंने कहीं पढ़ा था कि चेख़व रूस के किसी बड़े निर्देशक के काम से असन्तुष्ट हुए थे। इसी लिए शायद लोनेस्को अपने या किसी और के नाटकों को देखने नहीं जाते थे! मुझे भी नाटक पढ़ने में जो गम्भीर लुत्फ़ आता है, वह उनके मंचन से नहीं मिलता।

भाषा का नृत्य

उदयन वाजपेयी

एक

कई वर्ष पहले भोपाल में हम कुछ मित्रों ने मिलकर होली के मौक़े पर एक हास्य उपन्यास लिखा था।[१] उसमें अनेक लेखकों ने कृपापूर्वक पात्रों की तरह उपस्थित रहना स्वीकार किया था। उन पात्रों में वैद साहब भी थे। हमारे उपन्यास के पात्र डॉ. वैद की उम्र ढाई सौ वर्ष थी, जबकि आज[२] हमारे बीच उपस्थित श्री कृष्ण बलदेव वैद सिर्फ़ पचहत्तर वर्ष पूरे कर रहे हैं । उन्हें आज मेरी यह शुभकामना है कि वे समूचे सब्र-ओ-इत्मिनान से पूरे पौने दो सौ वर्षों का फ़ासला पार कर एक दिन हमारे डॉ. वैद से एकाकार हो जायँ। जाहिर है उस मुबारिक मौक़े पर हममें से शायद कोई न हो। पर मुझे नहीं लगता कि वैद साहब हमारी इस सम्भावित अनुपस्थिति के कारण हमारी इस जरा सी इल्तिजा को पूरा करने मे जरा भी कोताही बरतेंगे।

दो

कृष्ण बलदेव वैद का लेखन वर्षों से हिन्दी-गद्य-लेखन का लगभग स्थायी प्रतिपक्ष रहा है। प्रतिपक्ष इस अर्थ में कि यह लेखन हिन्दी-गद्य-लेखन से न सिर्फ़ नितान्त अलग क़िस्म का रहा है बल्कि शायद इसलिये भी कि वह गद्य-लेखन के अनेक विकल्पों को उद्‌घाटित करने के चुनौतीपूर्ण कार्य में संलग्न रहा है। अपने इस प्रतिपक्षी से निपटने का हिन्दी आलोचना

ने अपना सबसे कारगर नुस्ख़ा अपनाया है इस लेखन का सामना ही न करने का नुस्ख़ा (जैसा कि वह वागीश शुक्ल जैसे अद्वितीय लेखक के साथ करती रही है) । लेकिन इसे किसी षड्यन्त्र की तरह देखना शायद हिन्दी-आलोचना की नियत पर शक करने जैसा कुछ होगा जो न सिर्फ़ नैतिक दृष्टि से अनुचित है बल्कि शायद सच भी नही है। दरअसल, वैद साहब के लेखन में ही ऐसा कुछ है, उनके लेखन की ही प्रकृति कुछ ऐसी है, जिस पर हिन्दी की, कम से कम इन्स्टिट्यूशनल आलोचना-दृष्टि टिकने से पहले ही फिसल जाती है। और जिस लेखन पर आलोचना टिक तक न सके, उसे वह बेचारी चर्चा के केन्द्र या उसके आसपास कैसे ला सकती थी! वैद साहब के लेखन में आख़िर ऐसा क्या है जिससे यह फिसलन पैदा होती रहती है? मुझे नहीं लगता कि यह संक्षिप्त सा निबन्ध भी इस क़ाबिल साबित होगा कि वह उनके लेखन पर कुछ देर टिक सके, पर कम से कम इसे अपनी इस निरन्तर फिसलन की दास्तान कहने देने का अवसर देना बेजा नहीं है ।

तीन

वागीश शुक्ल ने *पूर्वग्रह* के अंक ११३ में प्रकाशित अपने एक अद्भुत निबन्ध 'भाषा की मृत्यु : एक उत्तर कथन' (मूल अँग्रेज़ी से हिन्दी अनुवाद : मदन सोनी) में नॉम चॉम्स्की के हवाले से लिखा है :

> भाषा निष्पादनात्मक (performative) होती है, मैं यह भी कह सकता था, शायद कहना चाहिए था कि वह निरूपणात्मक (representational) होती है, तथापि मेरा विश्वास है कि भारतीय बुद्धि में निरूपणात्मक कर्म दरअसल निष्पादनात्मक ही होते हैं, मूर्तिशिल्प एक निम्पादन है। चित्रकृति एक निष्पादन है, ऐसा कोई आदर्श सत्य नहीं जिसका निरूपण किया जाना है, बल्कि यह निष्पादन (performance) है जिसके माध्यम से सत्य स्वयं को प्रकट करता है, [...] निष्पादन शब्द का मेरा प्रयोग सृजनात्मकता से कही अधिक सम्बद्ध है, नयी चीज़ों को उत्पन्न करने की उस सामर्थ्य से जिसे संस्कृत साहित्य चिन्तन मे 'प्रतिभा' या 'शक्ति' कहा जाता है।

चार

उसका बचपन के बाद के वैद साहब के अधिकतर लेखन में, जिसमें उनके उपन्यास *काला कोलाज़, बिमल उर्फ़ जाएँ तो जाएँ कहाँ, मायालोक* आदि और उनकी *कथा सरित् सागर*-प्रेरित कहानियों समेत तमाम कहानियाँ शामिल हैं, भाषा शायद ऐसी भूलभुलैया की तरह प्रस्तुत होती है जो जैसे ही किसी सुस्पष्ट अभिव्यक्ति, मसलन लेखक के अपने निजी दुख की अभिव्यक्ति, की ओर मुड़ने लगती है, एक नया रास्ता फूट निकलता है और वह पाठक को वहाँ से दूर ले जाता है। उनका लेखन, दरअसल, बेहद बेबाक लगता हुआ भी एक संकोची व्यक्ति की अभिव्यक्ति है जिसका संकोच बेबाकी में प्रकट होता है। वैद साहब का लेखन अतिवाचालता के आवरण में मौन की रक्षा की कवायद है। यह ज़रूर है कि कभी-कभी, मसलन, 'पिता की परछाइयाँ' कहानी में इस आवरण के छेदों से उनकी मौन व्यथा की झलक दिखायी देने लगती है लेकिन यह उनके साहित्य में कम ही होता है। शायद इसका कारण यह हो कि वैद साहब का लेखन भाषा पर आत्यन्तिक सन्देह का लेखन है। यहाँ भाषा की सामर्थ्य पर आस्तित्विक क़िस्म का सन्देह है। इस लेखन के भीतर अपने ही उपादान के प्रति ऐसा सन्देह कैसे जन्म ले सका? यह कुछ ऐसा ही है जैसा मटके को उस मिट्टी की क्षमता पर ही सन्देह हो जिससे वह बन रहा है बल्कि यह ऐसे मटके का सृजन है जो मिट्टी पर प्रश्न उठाने की प्रक्रिया में ही अपना आकार पाता है। वैद साहब के लेखन में भाषा पर यह सन्देह या भाषा पर इस प्रश्नांकन का उत्स क्या है? क्या यह उनके प्रवास का फल है? प्रवास जहाँ उनकी अपनी भाषा को समझने वालों की संख्या बहुत नहीं रही होगी। ख़ुद वैद साहब शायद ऐसा ही कुछ मानते हुए लगते हैं। उनकी संकलित कहानियों की पुस्तक 'आलाप' की भूमिका में उन्होंने लिखा है—

> [...] उसे (प्रवासी लेखक को) यह डर भी लगातार डाँटता रहता है कि अगर वह अपनी इस तलाश और तरतीब के नतीजों को जाहिर करने के क़ाबिल हो भी जायेगा तो दूसरे या तो उसकी बात को सही-सही समझेंगे नहीं या उस पर पूरा-पूरा विश्वास नहीं करेंगे। इस डर को भगाने के लिए उसके पास कोई डण्डा नहीं। वह समझता है कि इस डर को खुराक शायद उसकी अपनी आन्तरिक असुरक्षा या अदम्य अपराध भाव

> से ही मिलती है, लेकिन इसके बावजूद वह उस खुराक को ख़तम होते नहीं देखना चाहता, क्योंकि वही खुराक उसके काम को भी कायम रखती है, उसे भी कुव्वत पहुँचाती है...!
>
> उसका अपराध-भाव अक्सर लाइलाज होता है निराधार हो न हो, उसकी असुरक्षा कभी निराधार नहीं होती, लाइलाज हो न हो। किसी भी आत्मप्रताड़ना या आत्महत्या या आत्मालाप से उसके अपराध-बोध का अंकुश कुन्द नहीं होता। किसी भी सफलता या सहायता या संगीत से उसकी असुरक्षा की फुंकार ख़ामोश नहीं होती।
>
> वह इस अंकुश और फुंकार को अपनी ज़िद के लिए और अपनी ज़िद को अपनी ज़िन्दगी के लिए ज़रूरी समझता है, ज़िद से मुराद यहाँ प्रवास में रहकर ही जीने, जलने और काम करने की ज़िद से भी है और उस काम को हर दानिश्ता समझौते के दाग़ से पाक रखने की ज़िद से भी।

वैद साहब ने भाषा की सम्प्रेषण-सामर्थ्य पर सन्देह करना भले ही प्रवास में शुरू किया हो, भाषा की निरूपणात्मक सामर्थ्य पर सन्देह के बीज उनके लेखन में पहले भी रहे हैं । सम्भवत: हुआ यह है कि 'प्रवास-गंगा' के तट पर वे बीज कुछ अधिक ही प्रस्फुटित हो गये। भाषा पर सन्देह उनके लेखन में कहीं से भी आया हो, वह उनके लेखन का स्थायी तत्त्व होकर रहा है। लेकिन यह कोई अनोखी बात नहीं। भाषा पर गहन सन्देह के साहित्य की पर्याप्त समृद्ध परम्परा है। अगर उसमे नीत्शे जैसे दार्शनिक हैं तो बैकेट जैसे लेखक भी। यह सन्देह अलग-अलग लेखनों में अलग-अलग रूप लेता रहा है जिससे अलग-अलग लेखन शैलियाँ आकार लेती रही हैं। भाषा पर आत्यन्तिक आशंका की अभिव्यक्ति अगर एक ओर बैकेट के लेखन में अल्पता को प्राप्त होती है तो वैद साहब में प्रगल्भता को। लेकिन इन तमाम लेखकों को दरअसल भाषा की निरूपणात्मक सामर्थ्य पर सन्देह है। यह सन्देह कि भाषा स्वयं के अलावा शायद ही किसी का निरूपण (representation) करती हो। क्या इसीलिए स्पहानी भाषा के कवि ऑक्टावियो पॉज़ ने कहा था कि कला किसी का निरूपण नहीं करती सिवाय अपने होने की प्रक्रिया के ?

प्रश्न किया जा सकता है कि जब भाषा पर इतना ही सन्देह है तो फिर लिखा ही क्यों जाय। अगर यथार्थवाद— याने भाषा की निरूपणात्मक सामर्थ्य पर अन्धविश्वास - के इस विज्ञापन-युग में वैद साहब के जैसे

लेखन को लेखन कहा जा सके तो यहाँ लिखना व्यक्त करना है ही नहीं, वह व्यक्त न कर पाने का विलाप है। लेखन भावों का प्रकटन नहीं, उनका छिपाव है। जैसे कई जानवर अपने खाने को ज़मीन में गाड़ देते हैं कि फिर कभी खायेंगे, अभी नहीं। उसी तरह यहाँ भाषिक निष्पादन से ढँकने का काम लिया जा रहा है, फ़र्क़ इतना है कि यहाँ जो छिपाया जा रहा है वह इस तरह छिपा है कि उसे कभी पाया नहीं जा पायेगा । वह अपने अभाव में ही उपलब्ध हो सकेगा । और यह इच्छा का प्रश्न नहीं है—भाषा से यह काम इसलिए लिया जा रहा है क्योंकि यहाँ यह मानकर चला जा रहा है कि वह यही कर सकती है—छिपाव, ढँकाव। उसमे प्रकटन की सामर्थ्य ही नहीं वह सिर्फ़ छिपाती है, भटकाती है, बहकाती है । इसलिए उससे सिर्फ़ छिपाने का, भटकाने का, बहकाने का काम लिया जा रहा है।

पाँच

हर साहित्यिक कृति पाठक के सामने अपने को पढ़ने के ढंग का प्रस्ताव रखती है। पाठक साहित्यिक कृति के पास इसीलिए— भरत मुनि के अनुसार— जितना सम्भव हो सके ख़ाली होकर जाता है जिससे वह कृति के इस प्रस्ताव को सुन सके। पाठक को यदि पुस्तक के तिलिस्म में दाख़िल होना है तो उसके पास इस प्रस्ताव को मानने के अलावा कोई चारा नहीं है।

यदि इस प्रतिज्ञप्ति को कुछ देर के लिए मान लिया जाय तो हमें यह जानने की कोशिश करनी चाहिए कि वैद साहब की कृतियाँ अपने पाठकों के सामने क्या प्रस्ताव रखती हैं। क्या ये प्रस्ताव हिन्दी के साहित्यिक संस्कारों में आज सहज रूप से विद्यमान है? मेरा ख़्याल है नहीं। शायद बीसवीं शती की हिन्दी की साहित्यिक संस्कृति उत्तरोत्तर भाषा की निरूपण-क्षमता (representational capacity) को प्रमुखता देने की ओर झुकती गयी है । यह कोई आश्चर्य नहीं कि इसमें यथार्थवादी लेखन, जो दरअसल यथार्थ को नहीं भाषा को बरतने का एक ढंग है, इतना सशक्त होकर उभर सका। यथार्थवाद का सारा ढाँचा भाषा को उसकी निरूपण-क्षमता में ही निःशेष कर देने पर टिका होता है। यहाँ भाषा को, कविता में कम, पर गद्य

में कुछ ज़्यादा ही, सिर्फ़ पहले से उपलब्ध सत्य को निरूपित करने की इज़ाज़त होती है, उसे अपने निष्पादन के या परफोर्मन्स के रास्ते सृजन करने की नहीं। ऐसी साहित्यिक संस्कृति में सम्प्रेषण ही अधिक महत्त्वपूर्ण बल्कि निर्णायक मूल्य की तरह स्थापित होता है, सृजन नहीं। मुझे यह एहसास है कि सम्प्रेषण और सृजन पूरी तरह विरोधी मूल्य नहीं हैं, लेकिन भाषा की निरूपण क्षमता पर बल देने वाली साहित्यिक संस्कृति में सम्प्रेषण को हमेशा ही सृजन पर वरीयता हासिल रही है। बल्कि सृजन का एक हद तक पूर्व प्रदत्त मैसेज की सज्जा के लिए इस्तेमाल भर होता है। इससे तमाम तरह के 'सत्य' और उनसे जुड़ी व्यवस्थाएँ निष्कम्प बनी रहती हैं।

वैद साहब का साहित्य इसी अर्थ में हिन्दी–गद्य–लेखन का स्थायी प्रतिपक्ष है। उनके गद्य–लेखन में भाषा की निष्पादन सामर्थ्य को वरीयता प्राप्त है। दूसरे शब्दों में, उनका अधिकतर गद्य–लेखन पूर्व उपलब्ध सत्य का निरूपण नहीं, भाषा के निष्पादन (जिसे वे एक्सपेरिमेण्ट के अर्थ में 'प्रयोग' कहते हैं, और जिसे मैं संस्कृत में प्रचलित इसके अर्थ में 'प्रयोग' करूँगा) के रास्ते सत्य को पाने का है। वे वैसे गद्य नहीं लिखते जैसे हिन्दी में पिछले कुछ दशकों में ज़्यादातर लिखा जाता रहा है। वे उस तरह गद्य लिखते हैं जैसा भारत में शताब्दियों से संगीत गाया जाता रहा है, चित्रकला होती रही है, नाचा जाता रहा है।

> देखता हूँ एक तालाब के किनारे अलिफ अकेला खड़ा हूँ। तालाब तिलमिला रहा है, मैं शान्त हूँ, तालाब की तिलमिलाहट पर नज़रें बाँधे खड़ा हूँ और शान्त हूँ, सोच रहा हूँ तालाब की तिलमिलाहट को देखते हुए शान्त क्यों हूँ और शान्त हूँ। सोच रहा हूँ कि तालाब क्यों तिलमिला रहा है कि मैं उसके किनारे खड़ा उसे क्यों निहार रहा हूँ कि मैंने उस बयाबान सड़क का सहारा क्यों छोड़ दिया कि मेरे दर्द क्या दूर हो गये कि मेरी कराहें क्या बन्द हो गयीं कि मेरा कोहान क्या काफ़ूर हो गया और शान्त हूँ। सोच रहा हूँ कि अगर सोच रहा हूँ तो शान्त क्यों हूँ, सोच रहा हूँ कि शायद सिर्फ़ सोच ही रहा हूँ कि शान्त हूँ लेकिन दरअसल अशान्त हूँ तो शान्त क्यों हूँ और शान्त हूँ। सोच रहा हूँ कि सोच रहा हूँ कि शायद यह तालाब शान्त हो और मैं तिलमिला रहा होऊँ और शान्त हूँ।
>
> (दर्द ला दवा)

यहाँ भाषा नाचती है और पाठक को अपने इस नाच में शामिल होने का न्यौता देती है बल्कि यह कहें कि नाचे बग़ैर वह इस गद्य में प्रवेश ही नहीं कर सकता। उसे यह इजाज़त नहीं कि वह गद्य–द्वार पर बैठ कर किसी सत्य की प्रतीक्षा करे। यहाँ पाठक को गद्य के नाच में उतरना होगा। पाठक भाषा के नाच में शामिल हो नाचता है। चक्कर खाने की हद तक नाचता है। भाषा में सम्भावित तमाम सन्देशों को अपने पैरों की थापों से कुचलते हुए उन्हें सन्देहों में बदलते हुए नाचता है। शायद मै अतिश्योक्ति कर रहा होऊँ पर वैद साहब के लेखन को पढ़ने का यही ढंग है : उनके शब्दों और अर्थों के नर्तन में डूबना, उभरना और फिर डूब जाना।

छह

हिन्दी में नृत्य की, संगीत की, मूर्तिकला की कोई विशेषज्ञ आलोचना–पद्धति विकसित नहीं हो पायी क्योंकि वे साफ़–साफ़ निष्पादनात्मक कलाएँ (performative arts) हैं । हम केवल निरूपण को कला मानने वाले लोग होते गये हैं इसलिए हमारी आलोचना का दायरा इतना सँकरा होता गया है कि उसमें न केवल संगीत आदि की व्याख्या का स्थान नहीं है बल्कि कई बार साहित्य की जो व्याख्याएँ उसमें प्रस्तावित होती हैं, उन्हें देखकर लगता है कि इन्हें किसी प्रोफार्मा के आधार पर लिखा गया है। इसलिए अगर वैद–साहित्य पर कोई विशेष आलोचनात्मक लेखन नहीं है तो इसमें आश्चर्य क्या? यहाँ अधिकतर वह सत्य उपलब्ध ही नहीं है जिसे कृति में निरूपित किया गया हो और जिसे आलोचक फ़ुर्ती से उठाकर अपनी व्याख्या में सजा सकें। यहाँ तो आलोचना को भी अपनी निष्पादक क्षमता का सहारा लेना होगा जैसा कि पारम्परिक टीकाएँ लिया करती थीं। दरअसल, हम औपनिवेशिक शिक्षा–दीक्षा के वशीभूत निरूपणात्मक कलाकर्म को ही व्याख्यायित करने की पद्धतियाँ विकसित कर सके हैं, निष्पादनात्मक कलाकर्म को पता नहीं और कितना इन्तज़ार करना बाक़ी है।

शायद पौने दो सौ वर्ष।

सन्दर्भ

१. यहाँ लगभग १२-१३ वर्ष पहले लिखे उस हास्य उपन्यास का ज़िक्र है जिसे हिन्दी के लोकप्रिय जासूसी उपन्यासकार कर्नल रंजीत के उपन्यासों के शीर्षक की तर्ज पर, पूरी तरह हँसी-हँसी में *दूसरी परम्परा की खोज उ.र्फ कर्नल नामवर सिंह के सनसनीखेज कारनामे* नाम दिया गया था। इस उपन्यास में जिसकी सिर्.फ ३०-३५ प्रतियाँ प्रकाश में आयी थी—कृष्ण बलदेव वैद, निर्मल वर्मा, रमेशचन्द्र शाह, नामवर सिंह, अशोक वाजपेयी, मृणाल पाण्डे आदि लेखक और स्वर्गीय जगदीश स्वामीनाथन आदि चित्रकार पात्रों की तरह उपस्थित थे। इसे पढ़कर बेहाल हुए जा रहे दिवंगत श्रीमती भवानी और जगदीश स्वामीनाथन की हँसी आज भी मेरे कानों में गूँजती है।

२. यह निबन्ध श्री कृष्ण बलदेव वैद के ७५ वें जन्म दिन के अवसर पर कुँवर नारायण, कृष्णा सोबती और अशोक वाजपेयी आदि लेखकों द्वारा दिल्ली में आयोजित विचार गोष्ठी 'एक अलग रास्ता' में पढ़ा गया था। आयोजन में वैद की तीन पुस्तकों *बदचलन बीवियों का देश* (कहानियाँ) *परिवार अखाड़ा* (नाटक) *और जवाब नहीं* (साक्षात्कार) का लोकार्पण हुआ, श्री वैद ने अपने कुछ गद्यांश सुनाये, रामगोपाल बजाज ने श्री वैद के उपन्यासों के कुछ अंश पढ़कर सुनाये और अशोक वाजपेयी और रमेश दवे ने वैद-साहित्य पर अपना वक्तव्य दिया । प्रस्तुत निबन्ध अंशतः 'शुभकामना-निबन्ध' भी है । हमारे सौभाग्य से निबन्ध-पाठ के समय वैद साहब उपस्थित थे।